दण्डपाणि च भैरवम्

देश के जाने-माने न्यूरोलॉजिस्ट **प्रोफेसर डॉ. विजय नाथ मिश्र** बनारस हिंदू विश्वविद्यालय के चिकित्सा विज्ञान संस्थान में न्यूरोलॉजी विभाग के प्रोफेसर और पूर्व विभागाध्यक्ष, सर सुंदरलाल चिकित्सालय, बीएचयू के पूर्व चिकित्सा अधीक्षक हैं। आप दिल्ली के मानव व्यवहार और संबद्ध विज्ञान संस्थान और पूर्वोत्तर इंदिरा गांधी क्षेत्रीय स्वास्थ्य एवं आयुर्विज्ञान संस्थान (NEIGRIHMS) शिलांग के न्यूरोलॉजी विभाग में भी पदेन रहे हैं।

प्रो. मिश्र गोस्वामी तुलसीदास जी की तपस्थली काशी के तुलसी घाट स्थित परम्परा और विरासत के साथ ही, उनके द्वारा स्थापित संकटमोचन मंदिर के शिवसायुज्य प्राप्त महन्त, महान् वैज्ञानिक और पर्यावरणविद् प्रोफेसर वीरभद्र मिश्र के पुत्र हैं।

न्यूरोलॉजी के क्षेत्र में पिछले तीस वर्षों से सक्रिय प्रोफेसर मिश्र को मिर्गी मरीजों के प्रति समर्पित होने के कारण उत्तर भारत की हिन्दी पट्टी में 'मिर्गी मैन' के रूप में जाना जाता है। ग्रामीण इलाकों में अपने सामाजिक सरोकारों के साथ ही प्रोफेसर मिश्र की काशिका सम्पदा में गहरी रूचि है।

प्रोफेसर मिश्र की एक महत्त्वपूर्ण रचना *रामचरित मानस की पांडुलिपियाँ (ज्ञात-अज्ञात तथ्य)* पूरे देश में चर्चा का विषय रही है, जिसे हिन्दुस्तानी एकेडमी, इलाहाबाद द्वारा तुलसीदास पुरस्कार से सम्मानित किया गया था। आपको 2013 में स्वास्थ्य उत्कृष्टता पुरस्कार और विज्ञान गौरव, स्पुत एशिया फाउंडेशन, नई दिल्ली द्वारा चिकित्सा उत्कृष्टता पुरस्कार से सम्मानित किया गया है।

पवित्र गङ्गा की गोद और काशी विश्वनाथ की धरती पर पले-बढ़े **श्री यतीन्द्र नाथ चतुर्वेदी**, तुलसी-कबीर के आँगन जिनकी परवरिश की थाती हैं। एक समकालीन साहित्यकार हैं, जिन्हें उनके उनके प्राचीन और आधुनिक साहित्य तथा इतिहास पर आधारित कार्यों के लिए पहचाना जाता है। आप बचपन से ही पुरातन और शास्त्रीय संस्कृत साहित्य के साथ अखंड भारत और विश्व के कालातीत इतिहास के प्रति सजग रहे जो आपकी रचनात्मकता का आधार बना।

श्री चतुर्वेदी की लिखी दो पुस्तकें सम्पूर्णानन्द संस्कृत विश्वविद्यालय वाराणसी के पाठ्यक्रम में शामिल हैं। साथ ही, आपने कई विश्वविद्यालयों की अध्ययन सामग्री का लेखन किया है। श्री चतुर्वेदी विभिन्न उच्चस्तरीय समितियों के सदस्य भी रहे हैं। सम्प्रति भारत सरकार के केन्द्रीय नागर विमानन मंत्रालय की हिन्दी सलाहकार समिति के राजपत्रित सदस्य हैं। इससे पूर्व श्री चतुर्वेदी भारत सरकार के केन्द्रीय युवा कार्यक्रम एवं खेल मंत्रालय, केन्द्रीय नवीन और नवीकरणीय ऊर्जा मंत्रालय, केन्द्रीय संस्कृति मंत्रालय, केन्द्रीय वित्त मंत्रालय (राजस्व) की हिन्दी सलाहकार समिति के राजपत्रित सदस्य रहे हैं।

श्री यतीन्द्र नाथ चतुर्वेदी को संस्कृति के क्षेत्र में उत्कृष्ट कार्य के लिए केन्द्रीय संस्कृति मंत्रालय, भारत सरकार द्वारा वरिष्ठ अध्येतावृत्ति (सीनियर फ़ैलोशिप) अवॉर्ड-2019 और तिरुपति तिरुमलई देवस्थानम्, आंध्र प्रदेश से वैदिक अनुसंधान प्रकाशन अनुदान सम्मान 1995-96 सहित कई सम्मान प्राप्त हैं।

दण्डपाणि च भैरवम्

काशी की सम्पदा का महत्त्वपूर्ण अभिलेख

प्रो. (डॉ.) विजय नाथ मिश्र • यतीन्द्र नाथ चतुर्वेदी

MANJUL

मंजुल पब्लिशिंग हाउस

MANJUL

मंजुल पब्लिशिंग हाउस

कॉरपोरेट एवं संपादकीय कार्यालय

• द्वितीय तल, उषा प्रीत कॉम्प्लेक्स, 42 मालवीय नगर, भोपाल-462 003

विक्रय एवं विपणन कार्यालय

• सी–16, सेक्टर 3, नोएडा, उत्तर प्रदेश, 201301

वेबसाइट : www.manjulindia.com

वितरण केन्द्र

अहमदाबाद, बेंगलुरू, कोच्चि, कोलकाता, चेन्नई,
हैदराबाद, मुम्बई, नई दिल्ली, पुणे

दण्डपाणि च भैरवम्

यह संस्करण मंजुल पब्लिशिंग हाउस प्रा. लि. द्वारा 2025 में प्रकाशित

द्वितीय आवृत्ति 2026

ISBN 978-93-7317-479-2

पुस्तक चित्रांकन और रेखांकन : सप्तवाहन चतुर्वेदी, अनिल शर्मा,
मनीष खत्री व विकाश टोरकोड

टाइपसेटिंग : डीजीअल्ट्राबुक्स प्रा. लि., नई दिल्ली

मुद्रण व जिल्दसाज़ी : रेप्रो इंडिया लिमिटेड

विश्वेशं माधवं ढुण्ढिं दण्डपाणिं च भैरवम्।
वन्दे काशीं गुहां गङ्गा भवानीं मणिकर्णिकाम्॥

विश्वेश्वरादिस्तुति/श्रीवासुदेवानन्दसरस्वती

(काशी विश्वेश्वर ज्योतिर्लिंङ्ग, बिन्दुमाधव, दुण्ढ़िराज गणेश, दण्डपाणि, कालभैरव, काशी, गुहा गङ्गा (उत्तरवाहिनी गङ्गा), माता भवानी अन्नपूर्णा तथा मणिकर्णिका आदि का हम वन्दन करते हैं।)

अनुक्रमणिका

बीजाक्षर

सृष्टि के आदि काल से मौन जहाँ तपस्यारत है। शब्द के रूप में नाद जहाँ जन्म लेकर पनपते हैं स्वयं अपने भगवान् शिव के लिए। यहीं पर स्वयंभू शिव हर युग में देह और प्राण को सायुज्य प्रदान करते हैं। इस काशी ने एक कालातीत सफर तय किया है, उस युग के कल से लेकर इस युग के आज तक का सफर। काशी ने देखा है प्रलय के साथ एक युग के अन्त से लेकर एक नयी सृष्टि के आरम्भ तक को। काशी एक नगर मात्र नहीं, यह पौराणिक कहानियों, किंवदंतियों का एक जीवन्त और गूढ़ रहस्यों की दैवीय प्रयोगशाला है, जिसके हर कण में अदृश्य शक्तियाँ समायी हुई हैं। इतिहास के पन्ने इधर से उधर हो गये। यहाँ का हर कोना एक अभिलेखीय दास्तान समेटकर रखता है। यह जीवन्त धरोहर अपनी रहस्यमय तरङ्गे और काशिका बयार की दिव्यता भरी गवाही देता है, जहाँ रेत का हर संकर-शङ्कर ध्वनि में परत दर परत कुछ कहना चाहता है।

भगवान् शिव ने त्रिशूल की नोक से एक प्राण रेखा खींची और वह पावन मोक्षभूमि 'काशी' हो गई, जो इस भूखण्ड को महाप्रलय के भँवर से उबार गई। मोक्ष के शास्वत मार्ग पर काशी के द्वार से अनवरत अनगिन जीव मुक्ति प्राप्त करते हैं, जिसे न तो विज्ञान माप सका और न ही तर्क समझा सका। मंदिरों के इस शहर में कण-कण में भगवान् विराजमान हैं। इसे शिव ने स्वयं अपनी शक्ति से सृष्टि के लिए चुनकर स्थापित किया है।

सृष्टि के प्रथम और प्रलय के भवसागर की आखिरी नाव में सवार काशी विभिन्न युगों के धार्मिक, आध्यात्मिक, ऐतिहासिक, दार्शनिक समय-रेखा को अपने भूगोल पर विनाश और पुनरुत्थान के साथ उकेरते-उकेरते समय की मार से बचते-बचाते हुए थकी नहीं आजतक।

इस काशी को जीवन के हर मोड़ पर अनुभव किया जा सकता है। काशी की रहस्यमयी शक्तियाँ हर व्यक्ति को अपने भीतर अनुभूत होती हैं। यहाँ की आबो-हवा में कुछ ऐसा खास है, जो आत्मा को जागृत कर जीवन को परम सत्य की ओर अग्रसर कर देता है।

भारत की आधारशिला कहती है कि आनन्दकानन की पहाड़ियाँ विविध वृक्षों के साथ सदा हरियाली से आच्छादित रहती थीं। काशी की दिव्य हरितिमा अपने आराध्य देव शिव-पार्वती का न जाने कब से प्रतीक्षा कर रही थीं। उधर शिवरात्रि में विवाह हुआ। बर्फ से आच्छादित कैलाश को देखकर माता पार्वती बोलीं—'क्या हम यहीं रहेंगे? रहना कहाँ है हमें? बसने वाली जगह बताइए।' त्रिलोकधारी ने कहा—'चलो देखते हैं।' भगवान् महादेव आकाश मार्ग से विचरण करते हुए जब काशी के भूभाग से गुजरते हुए मध्य पहाड़ी (जिसे कालान्तर में 'विश्वेश्वर पहाड़ी' कहा गया) पर पहुँचे, तो माता पार्वती का मन वहीं रम गया। बस, यहीं से काशी शिव-पार्वती की हो गई। शिव और शक्ति एकसाथ विराजमान हो गये यहाँ सदा के लिए।

इस पुस्तक का लेखन ऐतिहासिक-पौराणिक, रूखे-सूखे, दल-दलीय डेटा संकलन करने की बजाय अनवरत स्पंदित तरल तरङ्गों को आत्मसात् कर अक्षराभिषेक करना है। काशी का इतिहास जितना आकर्षित करता है, उससे कहीं अधिक प्रकाशवान ऊर्जा से ओत-प्रोत प्राण-शक्ति अपने आध्यात्मिक शिखर को अक्षुण्य सहेजे रखती है। यह हमारे भगवान् और भारतीय सभ्यता की परत दर परत संक्षिप्त आत्मकथा है। आनन्दकानन के इस इतिहास-गाथा का विवरण जगह-जगह टूटे और बिखरे हुए अक्षरों में मिलता है, जिसे हम (यतीन्द्रनाथ चतुर्वेदी और प्रोफेसर (डॉ.) विजय नाथ मिश्र) ने चुन-चुन कर एकत्रित किया है।

काशी तरक्की के लिए तेजी से बदलते हुए भारत की एक आत्मकथा है। एक प्राचीनतम सभ्यता काशिका के छिन्न-भिन्न हो चुक कर बिखर जाने और फिर से सिमट जाने का जिंदा दस्तावेज है बनारस। एक शहर के बुनियादी सवालों में तब्दील हो जाने की कहानी है बनारस, जो एक सभ्यता के मर-मिट जाने पर पुनः पनप कर एक नए जीवन को गढ़ने की प्राचीनतम संस्कृति है। यहाँ इतिहास की सिसकियों ने आँसुओं के महा-सैलाब बांधे हैं। काशी तो हर बार पुरातात्विक गुनाह पर खंडहर की परत पर फिर से अंकुरित हुई और पनपी है। शेष काशी, अवशेष काशी में 'कब' से कहीं अधिक मायने 'क्या' और 'क्यों' के हैं। वेदों, पुराणों, स्मृतियों, महाकाव्यों और इतिहास के गर्भ में विश्राम कर रही काशी की तीर्थयात्रा हो अथवा वर्तमान में जाग रही अन्तर्राष्ट्रीय काशी घाटवाक् विश्वविद्यालय की काशी-प्रदक्षिणा, हम दोनों ने मिलकर जो कुछ सहेज पाया है, उसे एक शिशु की तरह बाबा विश्वनाथ को समर्पित कर रहे हैं। सृष्टिकार को समझने में हमसे त्रुटि हो सकती है, पर अवढरदानी शिव हमारी भावनाओं के प्रणेता हैं।

यतीन्द्र नाथ चतुर्वेदी प्रोफेसर (डॉ.) विजय नाथ मिश्र

बेबसी के दिन, ढांढ़स की रातें

एक सवाल के साथ कई रातों का जागा हुआ हूँ। कालातीत रहस्यों भरे प्रश्नों के साथ हमारे कई दशक चुकते-चुकते ओझल हो गये इस जीवन से।

सवाल यह वहाँ से पनपता है कि वह काशी कैसी रही होगी, जब पञ्चतत्व था ही नहीं! बादल भी जब नहीं बरसते थे और नदियाँ भी यहाँ नहीं बहती थीं। समुद्रों में जल ही जल था, पर खारा था अथवा मीठा पता नहीं था कुछ! ब्रह्मा को सृष्टिकर्ता का पद महादेव ने दिया। इन्द्र आदि देवता विभिन्न लोकों के संरक्षक बने। शिलाद को कोई संतान नहीं थी, उन्हें एक ऐसा पुत्र मिला जो मृत्यु पर विजय पा सकता था। भगवान् शङ्कर का ध्यान करके दक्ष ने प्रजापति का पद प्राप्त किया। जीवनचक्र से मुक्ति का यह सबसे बड़ा आश्रय महाश्मशान है, जहाँ विश्वेश नामक अग्नि द्वारा कर्म के बीज भून दिये जाते हैं।

***

समुद्र मंथन से कालकूट विष निकला और समूची सृष्टि पर मृत्यु की छाया मंडराने लगी। विष इतना प्रचंड था कि उसके स्पर्श मात्र से जीवन का संचार रुक जाता। विष की ज्वाला से दसों दिशाएँ जलने लगीं, पर्वत हिलने लगे, समुद्र उबलने लगे। परिस्थिति की जटिलता को समझते हुए आगे आए करुणामय महारुद्र महाशिव। सम्पूर्ण सृष्टि की एक करुण पुकार पर देवाधिदेव महादेव ने बिना एक क्षण विचार किये उस विष को अपने कण्ठ में उतार लिया। कण्ठ में

दहकते हलाहल विष के तपन की पीड़ा में मौन त्रिलोकी ने त्रिलोक को हिला दिया। तब, गङ्गा को उनकी जटाओं से बहना पड़ा। देवताओं को गङ्गाजल लाकर उनपर चढ़ाना पड़ा, ताकि गरल की अग्नि को शांत किया जा सके।

***

क्या हुआ होगा जब तीर्थंकर यहाँ जन्मे होंगे? क्या हुआ होगा जब बुद्ध के पहले कदम काशी में पड़े होंगे? कैसे इस काशी ने अपनी संस्कृति की बुनियाद पर अपनी जातक कथाओं को उधेड़ा और फिर बुना होगा? ईसापूर्व 326, सिकंदर भारत पर आक्रमण कर खुद तो लौट गया पर उसके बाद भारत के उत्तर-पश्चिमी भाग पर यूनानियों ने अपना शासन स्थापित किया। इस आक्रमण का काशी पर क्या असर पड़ा होगा? फिर ईसापूर्व 200 में शकों ने भारत के उत्तर-पश्चिमी भाग पर आक्रमण किया तब काशी ने क्या महसूस किया होगा? पहली शताब्दी ईस्वी में कुषाणों ने भारत के उत्तर-पश्चिमी भाग पर आक्रमण कर एक शक्तिशाली साम्राज्य स्थापित किया तब काशी कैसी रही होगी? ईसा पूर्व 500 में फारसी शासकों ने भारत के उत्तर-पश्चिमी भाग पर आक्रमण किये जब, तब इन विदेशी आक्रमणों ने प्राचीन भारत के इतिहास और संस्कृति को अपनी-अपनी क्षमता से तहस-नहस कर नये राजवंशों की स्थापना के साथ नये-नये धर्मों को स्थापित कर प्रचार करते हुए सांस्कृतिक बहुलता को जन्म दिया होगा। इन आक्रमणों के आतंक की सदियों ने बहुत गहरा प्रभाव डाला है भारत पर। पर, हनक हमारी ऐसी कि 'हर हर महादेव शम्भो। काशी विश्वनाथ गङ्गे।'

***

क्या हुआ होगा उस-उस दिन और उस-उस रात को जब काशी पर समय का ग्रहण लगा होगा। हमारे पूर्वज जिये-तपे-जूझे-लड़े-रोये-मरे-गले थे काशी के लिये। वह पहली साँझ कैसी रही होगी, जब उस गोधुली बेला में अङ्ग-भङ्ग मन्दिर में सन्ध्या आरती नहीं हुई होगी? वह पहली घनी काली रात कैसी रही

होगी, जब काशी में किसी के गले से निवाला नहीं उतरा होगा? समय को कोसते और करवटें बदलते घनी रात भी बीत गयी होगी। वह पहली अगली सुबह कैसी रही होगी, जब काशी में सूर्य तो उगा था, पर शिव पार्थिव ही नहीं रहे थे। कितनो के हाथ से अर्घ्यलुटिया दरककर फिसल गयी होगी। संध्यावंदन भी रुंधे कण्ठ से ही हुआ होगा। गङ्गा के तट तक जो आया होगा वह कैसे भारी मन से वापस लौटा होगा? नियम भङ्ग हुआ होगा। बुजुर्ग माताओं के काँपते हुये हाथों से अपने-अपने शिवलिङ्ग पर चढ़ाते हुए धतूरे, बेलपत्र और कनेर के पुष्प ढरके नहीं होंगे। वह पहली अगली सुबह कैसी रही होगी, जब काशी में गङ्गा घाट पर कितने गायों और नन्दियों ने उस दिन जल ग्रहण नहीं किया होगा? क्या उस दिन गौओं को भी दुहा गया होगा? पतझड़ के बाद बसन्त आने पर काशी के बिल्ववृक्षों में जब कोपलें पनपी होंगी तो क्या विचार आया होगा? जब बाबा विश्वनाथ के प्रति अपराध हुआ होगा, जब मूल विश्वनाथ मन्दिर को तोड़ा गया होगा और शिवलिङ्ग को बचाने के लिये शिवलिङ्ग को ज्ञानवापी में छिपाना पड़ा होगा तब काशीवासियों की क्या मनोदशा हुई होगी? ज्ञानवापी की ओर देखते हुये नन्दी के समीप जाने का साहस किसे हुआ होगा? धीरे-धीरे यह सूचना भारत वर्ष में पहुँची होगी? कितने आँखों में आँसू होगा तो कितने सूख गये होंगे?

आधारशिला

एक दिन की बात है। मैं गङ्गा के पश्चिमी तट पर किनारे-किनारे कुछ सोचते हुए चला जा रहा था। उधर से विजय नाथ भी कुछ विचारमग्न धीरे-धीरे चले आ रहे थे। हम परस्पर मिले। कुशल-क्षेम के बाद हमने पूछा कि जो हम सोच रहे क्या वही आप भी तो नहीं विचार कर रहे। इस सवाल ने हम दोनों को आत्मविभोर कर दिया। विजय नाथ ने बड़ी आत्मीयता के साथ कहा कि—'कोई ऐसी तरङ्ग है जो मेरे जीवन के आरम्भ से ही हमसे कुछ कहना चाहती है। जिन तरङ्गों की महाध्वनि में मैं आज तक वह बात नहीं सुन पाया हूँ, जो मेरे लिए कही जा रही है। उन्हीं तरङ्गों में दिग्भ्रमित आवाज को साफ-साफ सुनने के लिए मैं काशी की गलियों और घाटों में कुछ खोजता रहता हूँ।' उनकी यह बात मानों मेरी ही बात की एक गवाही कर रहा हो। मैंने कहा—'यही तो मेरे भी साथ है, कि बचपन में माँ-पिताजी ने मुझे गङ्गाजी के इसी घाट पर बाबा तुलसीदासजी की शाश्वत गवाही में संकल्पित किया था, तब से आजतक मैं उसी संकल्प की प्रदक्षिणा में बार-बार यहाँ आता हूँ और माँ गङ्गा से दुख-सुख साझा कर लौट जाता हूँ चरैवेति के पथ पर।' 'अरे वाह यतीन्द्र जी इसका मतलब आप और हम तो सजग सहचर हुए जन्मान्तरों के। नियति ने ही हमें इस जन्म में पुनः मिलाया है' प्रसन्नता के साथ विजय नाथ ने यह बात कही।

हम दोनों साथ-साथ काशी के इतिहास में डूबते-उतराते तरङ्गों में गोता लगाते हुए चलते रहे। कुछ कदम चल कर, किसी डग ठहर कर, हम इतिहास को गंभीरता के साथ खंगालते रहते। चलते-चलते विजय नाथ का घर आ

जाता। वह एक कप कॉफी ऑफर करते। चूंकि मुझे कॉफ़ी प्रिय है, इसलिए हम काफी पीते हुए किसी एक मोड़ पर इतिहास को उसके एकांत में अकेला छोड़कर विजय नाथ के यहाँ से अपने घर लौट आते। यही क्रमानुशासन रहा है हमारा। फिंर किसी नए दिन हम मिलते और इतिहास के प्रवाह में डुबकी लगाने लगते।

आज ब्रह्ममुहुर्त से ही विजय नाथ बहुत गम्भीरता से इतिहास के रसातल तक पहुँच कर हमारी प्रतीक्षा कर रहे थे। दिन निकलते ही फोन की घण्टी बजी, उधर से विजय नाथ थे। उन्होंने कहा—'यतीन्द्र जी, आप आइये काशी विचरण किया जाय, कुछ सवाल और जवाब हमसे परस्पर ऐसा चाहते हैं।' हम तैयार होकर नियत स्थान पर तय समय में पहुँच गये।

हमें देखते ही विजय नाथ ने तुरन्त एक बड़ा गम्भीर सवाल पूछा—'यतीन्द्र जी, शिव को आदिदेव कहते हैं। उल्लेख है कि प्रलय और सृष्टि के मध्य दो युगों के विलय के रसातल से लेकर अनन्त तक ज्योर्तिलिङ्ग ही सेतु-विन्दु है, शेष सबकुछ नश्वर है।

विषय की गहराई के साथ हम थोड़ा गम्भीर हुए और कहना आरम्भ किये—'विजय नाथ जी, आपका प्रश्न युगान्तरों में सबसे अधिक पूछा जाने वाला प्रश्न है। इसी प्रश्न के उत्तर में इतिहास का जन्म होता है। यह इतिहास वेदों को आत्मसात कर, पुराणों से होते हुए अपने वर्तमान की अपनी संस्कृति के साथ शैशव से वृद्ध होता है और अपनी निर्धारित आयु पूरी कर इतिहास की गोद में हमेशा के लिये सो जाता है। मैं जो कहने जा रहा हूँ, उसे ध्यान से सुनिये। ऐसा ही कुछ कभी इसी काशी में हुआ था जब नन्दी ने भृङ्गी के इसी सवाल के उत्तर में कहा था।'

ज्योर्तिलिङ्ग

कुछ कदम आगे चलकर ठहरते हुए विजय नाथ ने फिर पूछा कि—'यतीन्द्र जी, आज मैं यह विचार कर रहा था कि प्रलय और सृष्टि के मध्य ज्योर्तिलिङ्ग को कैसे समझा जा सकता है। शव से शिव तक की यह ब्रह्माण्डीय यात्रा कैसे अपने चक्र पूर्ण करती है?'

हमने कहना आरम्भ किया—'विजय नाथ जी, प्रलयकाल में ब्रह्माण्ड की सम्पूर्ण ऊर्जा ज्योर्तिलिङ्ग में विलीन हो जाती है और सृष्टिकाल में यही ज्योर्तिलिङ्ग प्रकट होता है। प्रलयकाल में सृष्टि की उत्पत्ति से पहले असत, सत और रज नहीं था। यह अंतरिक्ष या फिर उससे भी परे कुछ भी नहीं था। आवरण तत्व और संरक्षण तत्व कुछ भी नहीं था। उस प्रलय काल में मृत्यु भी नहीं थी और अमृत भी नहीं था। रात और दिन का ज्ञान भी नहीं था। सूक्ष्म अव्यक्त आदि न था और न अंत था। सृष्टि के उत्पन्न होने से पूर्व प्रलयकाल में यह जगत् अंधकार से आच्छादित और तमस रूप मूल कारण में विद्यमान था। सब कुछ जैसे गहरी नींद में सोया हुआ था।'

अभिभूत विजय नाथ ने कहा, 'बहुत रोचक प्रसंग है। फिर क्या हुआ?'

हमने कहा, 'विजय नाथ जी, परमेश्वर ने अपने संकल्प से सृष्टि की उत्पत्ति का निर्णय लिया और सर्वप्रथम जल की सृष्टि-रचना की। अज्ञात यह सम्पूर्ण जगत् सलिल (जल रूप में) हुआ। तत्पश्चात् उसमें अपना अंश प्रवाहित-स्थापित किया। जब घना अंधेरा था, तब परस्पर घर्षण के साथ आधारशिला जलहरी (विष्णु) और शिव के ज्योर्तिमय ज्योर्तिलिङ्ग (सृष्टि) का प्रादुर्भाव हुआ।' विजय नाथ सहसा बोल पड़े—'अद्भुत।'

हमने आगे कहा—'भगवान् महेश्वर ही 'अ', 'उ', 'म' के त्रिविध रूपों में वर्णित हैं। इसलिए ज्योर्तिलिङ्ग स्वरूप सदाशिव को 'ॐ' कहा गया है। 'अकार' उनका मस्तक और 'आकार' ललाट है। 'इकार' दायाँ और 'ईकार' बायाँ नेत्र है। 'उकार' दायाँ और 'ऊकार' बायाँ कान है। 'ऋकार' दायाँ और 'ऋकार' बायाँ गाल है। 'ऌ' दायाँ और 'ॡ' बायाँ उनकी नाक के छिद्र हैं। 'एकार' और 'ऐकार' उनके दोनों होंठ हैं। 'ओकार' और 'औकार' उनकी दोनों दन्त पक्तियाँ हैं। 'अं' और 'अः' देवाधिदेव शिव के तालु हैं। 'क' आदि पाँच अक्षर उनके दाहिने पाँच हाथ हैं और 'च' आदि पाँच अक्षर बायें पाँच हाथ हैं। 'त' और 'ट' से शुरू पाँच अक्षर उनके पैर हैं। 'पकार' पेट है, 'फकार' दाहिना और 'बकार' बायाँ पार्श्व भाग है। 'भकार' कंधा, 'मकार' हृदय है। 'हकार' नाभि है। 'य' से 'स' तक के सात अक्षर सात धातुएं हैं, जिनसे भगवान् शिव का शरीर बना है।'

'वाह यतीन्द्र जी, वाह! आपने बहुत सरल तरीके से इतने गूढ़ रहस्य को समझाया है। वाह! फिर क्या हुआ,' विजय नाथ ने बीच में रोकते हुए कहा।

हमने कहना आरम्भ किया—'विजय नाथ जी, ईश्वर ने संकल्प कर लिङ्ग के दक्षिण में आदिवर्ण अकार, उत्तर में उकार, मध्य में मकार और अंत में 'ॐ' अ (ब्रह्मा), उ (विष्णु), म (शिव), अर्द्धमात्रा (सदाशिव), बिंदु (परम शिव) नाद प्रणव का उच्चारण किया। इसमें अकार, उकार, मकार, अर्थमात्रा तथा बिंदु कुल मिलाकर पाँच अक्षर हैं। इन पाँचों अक्षरों के पाँच देवता हैं। अकार के सद्योजात देवता, उकार के वामदेव, मकार के अघोर, अर्द्धमात्रा के तत्पुरुष तथा बिंदु के ईशान देवता कहे गये हैं।

जगत् और प्रकृति जब दोनों ब्रह्म में लीन हो जाते हैं तब उन्हें परम शिव कहते हैं। जब जगत् प्रकृति में लीन हो जाता है तब सदाशिव कहे जाते हैं। जब जगत्-प्रकृति-ब्रह्म तीनों होते हैं तो उन्हें शिव कहते हैं। ऐसा ही उपनिषदों में कहा गया है। तेजोमय ज्योर्तिपुञ्ज के आदि और अन्त का कुछ पता नहीं था। उस समय समस्त सृष्टि में कुछ भी था ही नहीं।

प्रणव का पहला अक्षर 'अकार' से जगत के बीजभूत सृष्टिकर्ता ब्रह्माजी, दूसरा अक्षर 'उकार' से पालक श्रीहरि विष्णुजी, तीसरा अक्षर 'मकार' से नित्य

अनुग्रही भगवान् शिवजी का बोध होता है। 'मकार' भगवान् शिव बीज के स्वामी हैं, 'अकार' ब्रह्माजी बीज हैं। 'उकार' विष्णुजी गर्भ हैं। इन सभी को नाद कहा गया है। 'अच्छा, बड़ा गूढ़ रहस्य है।' विजय नाथ ने एकाग्र होते हुए कहा।

हमने कहना जारी रखा—'विजय नाथ जी, फिर ईश्वर ने अंधकार की तलहटी में बैठकर उजाले का स्वप्न देखा। इसके बाद सृष्टि के लिये अव्यक्त स्वयम्भू भगवान्-परमात्मा-परब्रह्म परमेश्वर ने महाभूतादि (पृथ्वी, जल, अग्नि, आकाश और वायु) पंचतत्वों को प्रकाशित करते हुए अंधकार का नाश कर स्वयं को प्रकट-प्रत्यक्ष, व्यक्त किया।

स्वयंभू ने जल की सृष्टि कर उसमें एक बीज संधान किया। यह बीज सृष्टि की पहली आकृति सूर्य के समान चमकीले एक स्वर्ण-अण्ड (हिरण्यगर्भ) में परिवर्तित हो गया। यही अण्डाकार शिवलिङ्ग का स्वरूप भी है। उसी अण्डे में निराकार ब्रह्म पड़ा रहा। वह दिव्य स्वर्णाण्ड जल में कई वर्षों तक रहते हुये चारों तरफ से ऊपर की ओर बढ़ने लगा। बढ़ते क्रम में जब ब्रह्म ने अङ्गड़ाई ली, तब वह अण्डा दो भागों में 14 टुकड़ों में फूट गया और ब्रह्म साकार होकर ब्रह्माण्ड (ऊपर के सात और नीचे के सात कुल 14 भुवन) हुआ, जिससे ब्रह्मा जी उत्पन्न हुए। ब्रह्माजी ने दोनों खंडों से क्रमशः आकाश, पाँच तत्वों वाली पृथ्वी और मध्य में स्वर्ग, आठों (दस) दिशाएँ और आठ समुद्र जल के स्थान बनाये। फिर सत्-असत् स्वरूप परमात्मा से ही आत्मा, मन, बुद्धि और अहंकार प्रकट हुए। फिर सृष्टि की उत्पत्ति के लिये पहला संकल्प स्वयं ब्रह्माजी ने लेते हुए सृष्टि की रचना करना आरंभ किया, जो परमेश्वर के मन में सबसे पहला बीज रूप कारण हुआ। फिर ईश्वर ने प्रणव के साथ 'भूः' मन्त्र पढ़ा, इसे पढ़ते ही पृथ्वी की रचना हुई। पुनः सबके पहले प्रणव लगाकर 'भुवः', 'स्वः', 'महः', 'जनः', 'तपः' और अन्त में प्रणवयुक्त 'सत्यम्' इन मन्त्रों को पढ़कर ऊपर के सात लोक रचे।'

विजय नाथ और यतीन्द्रनाथ दोनों अस्सी घाट पर बैठकर पूर्व दिशा में उदय हो रहे सूर्य की किरणों को गङ्गा की लहरों पर डूबते-उतराते देखते हुए निःशब्द हो अपनी-अपनी वैचारिकी साथ शिव के रुद्राक्ष हो रहे थे।

चौदह लोक

आज सायं विजय नाथ और यतीन्द्रनाथ गङ्गा पूर्वी तट की रेती पर टहल रहे थे। कुछ दूर चलकर विजय नाथ ने प्रश्न किया कि—'यतीन्द्रनाथ जी, यह चौदह लोक कहाँ पर और कैसे स्थापित तथा कौन-कौन से हैं?'

हमने रूककर कहना आरम्भ किया कि—'विजय नाथ जी, गङ्गा की परत दर परत लहरों की ओर देखिये, गङ्गा की ये भँवर हिलोर लेते हुए हमसे कुछ कहना चाहती हैं, ये तरङ्गे हमें झकझोरती हैं, हाथ पकड़कर कालातीत इतिहास को हमसे-आपसे साझा करती हैं।'

यतीन्द्रनाथ और विजय नाथ दोनों गङ्गा को देखते हुए इतिहास की गहराई में गोता लगाने लगे। जैसे वे दोनों आज के वाराणसी में नहीं, प्रलय के बाद सृष्टि विकास के समय के आनन्दकानन में विचरण कर रहे हों।

यतीन्द्रनाथ ने कहा कि—'इसी काशी के इतिहास की गर्त में गम्भीर होकर कभी भृङ्गी ने नन्दी से पूछा था कि—'वे चौदह लोक कौन-कौन से हैं? कहाँ पर और कैसे स्थापित हैं? कृपया समझाइये। तब प्रतिउत्तर में नन्दी ने कहना आरम्भ किया था कि 'हे भृङ्गी, हिरण्यगर्भ से प्रस्फुटित कुल 14 लोक (भुवन) हैं। इनमें से 7 ऊर्ध्वलोक व 7 अधोलोक हैं।'

सात ऊर्ध्वलोक

1. भूलोक : अन्तरिक्ष का वह विस्तार जो सूर्य और चन्द्रमा की किरणों से प्रकाशित होता है। अर्थात समुद्र, महाद्वीप, पर्वत और वनों से युक्त समूची पृथ्वी भूलोक है। पृथ्वी से ऊपर आकाश है, जो विस्तृत और गोलाकार है। पृथ्वी से दो

लाख योजन ऊपर सूर्य है। सूर्य से एक लाख योजन ऊपर चन्द्रमा है। चन्द्रमा से एक लाख योजन ऊपर तारों का क्षेत्र है। तारामंडल से दो लाख योजन ऊपर बुध ग्रह है। बुध से दो लाख योजन ऊपर शुक्र ग्रह है और शुक्र से दो लाख योजन ऊपर मंगल है। मंगल से दो लाख योजन ऊपर बृहस्पति है। बृहस्पति से दो लाख योजन ऊपर शनि है। शनि से एक लाख योजन ऊपर सप्तर्षियों का क्षेत्र है। सप्तर्षियों से एक लाख योजन ऊपर ध्रुव (ध्रुव तारा) स्थित है।

2. भुवर्लोक : अंतरिक्ष का वह क्षेत्र, जो पृथ्वी से लेकर सूर्य तक है, वह भुवर्लोक है और यहाँ उसमें अन्तरिक्ष वासी देवता निवास करते हैं।

3. उच्चलोक (स्वर्गलोक) : सूर्य से लेकर ध्रुवमण्डल तक जो है उसे स्वर्गलोक कहा गया है और यहाँ देवताओं के राजा इंद्र, सूर्य, पवन, चन्द्र, अग्नि, वरुण, देवताओं के गुरु बृहस्पति, अप्सरायें आदि निवास करती हैं।

पूर्वोक्त तीन लोकों को ही त्रिलोकी (त्रिभुवन) कहा गया है। इन्द्र आदि देवताओं का अधिकार क्षेत्र इन्हीं लोकों तक सीमित है।

4. महर्लोक : यह लोक ध्रुव से एक करोड़ योजन ऊपर है। यहाँ भृगु आदि सिद्ध गण निवास करते हैं।

5. जनलोक : यह लोक महर्लोक से दो करोड़ योजन ऊपर है और यहाँ सनकादिक आदि ऋषि निवास करते हैं।

6. तपलोक : यह लोक जनलोक से आठ करोड़ योजन ऊपर है और यहाँ वैराज नाम के देवता निवास करते हैं।

7. सत्यलोक : यह लोक तपलोक से बारह करोड़ योजन और पृथ्वी से अस्सी करोड़ योजन ऊपर है और यहाँ ब्रह्मा निवास करते हैं। अतः इसे ब्रह्मलोक भी कहते हैं और सर्वोच्च श्रेणी के ऋषि-मुनि यहीं निवास करते हैं।

भूलोक, भुवर्लोक और स्वर्लोक को 'कृतक लोक' कहा गया है और जनलोक, तपलोक और सत्यलोक को 'अकृतक लोक'। महर्लोक प्रलयकाल के दौरान नष्ट तो नहीं होता, पर रहने के अयोग्य हो जाता है। अतः वहाँ के निवासी जनलोक चले जाते हैं। यहाँ इस कारण महर्लोक को 'कृतकाकृतक' कहा गया है।

सत्यलोक से ऊपर वैकुण्ठ है। इसकी गणना पृथ्वी से एक सौ साठ करोड़ योजन ऊपर की गई है। यहीं पर श्रीपति साक्षात् निवास करते हैं। कैलास उससे सोलह गुना बड़ा है। यह शिव का निवास स्थान है।

यहाँ जिस तरह से ऊर्ध्वलोक हैं और उसी तरह से सात अधोलोक भी हैं, जिन्हें पाताल कहा गया है। इस लोक में राजा बलि अमर है। सात प्रकार के पाताल लोक होते हैं, जहाँ दैत्य, दानव, यक्ष और बड़े-बड़े नागों की जातियाँ निवास करती हैं। इन सात पाताल लोकों के नाम निम्न हैं :

1. **अतल :** यह पृथ्वी से दस हजार योजन की गहराई पर है और इसकी भूमि सफेद है।

2. **वितल :** यह अतल से भी दस हजार योजन नीचे है और इसकी भूमि काली है।

3. **नितल :** यह वितल से भी दस हजार योजन नीचे है और इसकी भूमि प्रातःकालीन सूर्य के रङ्ग की है।

4. **गभस्तिमान :** यह नितल से भी दस हजार योजन नीचे है और इसकी भूमि पीली है।

5. **महातल :** गभस्तिमान से यह दस हजार योजन नीचे है और इसकी भूमि कँकड़ीली है।

6. **सुतल :** यह महातल से दस हजार योजन नीचे है और इसकी भूमि पथरीली बतायी गयी है।

7. **पाताल :** यह सुतल से भी दस हजार योजन नीचे है और इसकी भूमि स्वर्ण निर्मित है।

त्रिनेत्र

आनन्दकानन के हरिकेश वन में विचरण कर रहे भृङ्गी ने बात को मोड़ते हुए प्रश्न किया कि—'हे नन्दी, यह तो समझ में आ गया कि ज्योर्तिलिङ्ग कैसे प्रकट हुआ, सृष्टि के साथ चौदह लोक कौन-कौन से हैं और कहाँ पर कैसे स्थापित हैं तथा ब्रह्मा जी ने सृष्टि का विस्तार कैसे किया। पर एक बात अभी भी मन में रह गई है कि भगवान् के त्रिनेत्र हैं। इसका क्या रहस्य है? कृपया बताइये।

नन्दी ने कहा कि—'हे भृङ्गी भगवान् शिव की तीन आँखें हैं। उनका दायाँ नेत्र सूर्य और बाँया चन्द्रमा है। यह तीसरी आँख विवेक के साथ ज्ञान और बुद्धि तथा तीन लोक (स्वर्ग, मृत्यु और पाताल) का प्रतीक है। इन त्रिनेत्र से अतीत (भूत), वर्तमान और भविष्य को देख कर वे त्रिकालदर्शी हो जाते हैं। शिव जी के तीसरे नेत्र से उत्पन्न क्रोध में अग्नि के कुछ अंश के बराबर की तेज़ उग्र किरणें निकलती हैं, जो दिव्य प्राणियों को भी पूरी तरह से राख में बदल सकती हैं। इसमें संपूर्ण सृष्टि को भस्म करने की शक्ति है। यह तीसरी आँख उनकी शक्ति और विनाश का प्रतीक है, जब क्रोध अधिक होने लगता है तब विवेक विचलित होने के कारण यह खुल जाती है, जिसके कारण प्रलय आता है। पुराणों में उल्लेख है कि कामदेव ने अपनी क्रीड़ाओं से शिव जी की तपस्या भङ्ग करने का प्रयास किया था, जिससे क्रोधित होकर, भगवान् ने अपनी तीसरी आँख से कामदेव को भस्म कर दिया था। एक अन्य उल्लेख के अनुसार माता पार्वती ने आमोद करते हुए भगवान् की दोनों आँखें बंद कर

दी थीं। इससे सृष्टि में अंधेरा छा गया था, तब महादेव ने अपनी तीसरी आँख खोलकर रोशनी की।

शिवलिङ्ग क्या है

आनन्दकानन के लोलार्क क्षेत्र में विचरण कर रहे भृङ्गी ने प्रश्न किया कि—'हे नन्दी, यह तो समझ में आ गया कि ज्योर्तिलिङ्ग कैसे प्रकट हुआ, सृष्टि के साथ चौदह लोक कौन-कौन से हैं और कहाँ पर कैसे स्थापित हैं तथा ब्रह्मा जी ने सृष्टि का विस्तार कैसे किया। त्रिनेत्र का क्या रहस्य है। पर एक बात अभी भी मन में रह गई है कि शिवलिङ्ग क्या है? इसका क्या अर्थ है और क्या रहस्य है? कृपया बताइये।' नन्दी ने कहा कि—'हे भृङ्गी, सृष्टि में जो हिरण्यगर्भ ब्रह्माण्ड का आकार है, वह लिङ्ग की आकृति का ही है। यह ब्रह्माण्ड वृत्ताकार रूप में ऊपर नीचे की ओर अण्डाकार लिङ्ग रूप में दिखता है। ब्रह्माण्ड की अनंतता और निराकारता, असीमित ऊर्जा का प्रतीक 'लिङ्ग' जिसका अर्थ 'चिह्न' या 'प्रतीक' होता है। यहाँ सृजन, पालन और संहार कहने का आशय है कि यह ध्यान, उपासना और ब्रह्मांड की असीम शक्ति का प्रतिनिधित्व करता है। इसलिए शिवलिङ्ग को त्रिमूर्ति (ब्रह्मा, विष्णु, महेश) का भी प्रतीक माना जाता है। सृष्टि विस्फोट के बाद ऊर्जा वृत्त के आकार में चारों ओर फैलती हुयी ऊपर व नीचे की ओर अण्डाकार दिशा बनाती है जैसे कि शिवलिङ्ग का रूप है। कहते हैं कि हमारा ब्रह्माण्ड भी ऐसा ही है, जहाँ विभिन्न आकाशगङ्गायें अपने अंदर अनगिनत नक्षत्रों को समेटे हुए ब्लैकहोल के चारों ओर घूमती हैं व अंततः उसी में समा जाती हैं। पञ्चतन्मात्र रूप, रस, गन्ध, स्पर्श, शब्द ही अलिङ्ग शिव हैं। पुनः वही स्वयं देह से रहित पञ्चमहाभूत (जल, वायु, पृथ्वी, अग्नि एवं आकाश) हैं। हे भृङ्गी, पहले एक पिण्ड के रूप में भगवान् थे जिनका

ऊपर और नीचे विस्तार होना शुरू हुआ। त्रिशूल (सत्त्व, रज, तम) यही तीन गुण सृष्टि का तीन कारण (सृष्टिकर्ता-ब्रह्मा, पालनकर्ता-विष्णु और संहारकर्ता-शिव) हैं। यही तीन देव लिङ्ग का तीन भाग नीचे से स्थापित करते हैं। प्रथम भाग (भूमि) सृष्टिकर्ता ब्रह्मा का अंश हैं। द्वितीय (मध्य) भाग रज गुण का अंश, जो सत्त्व और तमः गुण का संयोग है, में भगवान् विष्णु रहते हैं। तृतीय सर्वोपरि भाग ही लिङ्ग हैं। इसे पूजा भाग भी कहा जाता है।

इस प्रकार पृथ्वी पीठिका जलहरी है, आकाश को लिङ्ग कहते हैं। सभी प्राणियों का आधार और सभी प्राणी उसमें लय हो जाते हैं, इसीलिए उसे लिङ्ग कहते हैं।

काशी के भूगोल में आज भी अद्यतन से लेकर पुरातन तक की कई परत में शिवलिङ्ग देखे जा सकते हैं।

त्रिपुण्ड

आनन्दकानन के भद्रवन में विचरण करते हुए आज भृङ्गी ने एक आधार प्रश्न किया कि— 'हे नन्दी, शिव त्रिपुण्डधारी हैं। इसका क्या तात्पर्य है? कृपया बताइये।'

नन्दी ने कहा कि— 'हे भृङ्गी, भगवान् शिव के माथे पर तीन आड़ी रेखायें हैं, शैव-परम्परा का यह तिलक "त्रिपुण्ड" कहलाता है। ये तीन गुणों आत्मरक्षण, आत्मप्रचार और आत्मबोध का प्रतिनिधित्व करते हैं। यह शरीर, मन और आत्मा की शुद्धि का प्रतीक है। यह भगवान् शिव के श्रृंगार का हिस्सा हैं।

प्रत्येक रेखा के नौ-नौ देवता हैं, जो सभी अंगों में स्थित हैं। कहा गया है कि "त्रिपुण्ड" की प्रथम रेखा के गार्हपत्य अग्नि, प्रणव का प्रथम अक्षर अकार, रजोगुण, पृथ्वी, धर्म, क्रियाशक्ति, ऋग्वेद, प्रातःकालीन हवन और महादेव आदि नौ देवता हैं। द्वितीय रेखा के दक्षिणाग्नि, प्रणव का दूसरा अक्षर उकार, सत्वगुण, आकाश, अन्तरात्मा, इच्छाशक्ति, यजुर्वेद, मध्याह्न के हवन और महेश्वर आदि नौ देवता हैं। तृतीय रेखा के आहवनीय अग्नि, प्रणव का तीसरा अक्षर मकार, तमोगुण, स्वर्गलोक, परमात्मा, ज्ञानशक्ति, सामवेद, तीसरे हवन और शिव आदि नौ देवता हैं।

कालांतर में यह त्रिपुण्ड शैव परम्परा ने अपनाते हुए भस्म लेकर बीच की तीन (मध्यमा और अनामिका) अंगुलियों से ललाट से लेकर नेत्रपर्यन्त और मस्तक से लेकर भौंहों (भ्रकुटी) तक (विपरीत दिशा में खींची गई रेखा) त्रिपुण्ड लगाना अपना लिया। मध्याह्न से पहले भस्म में जल मिला कर, मध्याह्न में चंदन मिलाकर और सायंकाल सूखी भस्म ही त्रिपुण्ड रूप में लगानी चाहिए।

शरीर के बत्तीस (मस्तक, ललाट, दोनों कान, दोनों नेत्र, दोनों नाक, मुख, कण्ठ, दोनों हाथ, दोनों कोहनी, दोनों कलाई, हृदय, दोनों पार्श्व भाग, नाभि, दोनों अण्डकोष, दोनों उरु, दोनों गुल्फ, दोनों घुटने, दोनों पिंडली और दोनों पैर), सोलह (मस्तक, ललाट, कण्ठ, दोनों कंधों, दोनों भुजाओं, दोनों कोहनी, दोनों कलाई, हृदय, नाभि, दोनों पसलियों, तथा पृष्ठभाग), आठ (गुह्य स्थान, ललाट, दोनों कान, दोनों कंधे, हृदय, और नाभि) या पाँच (मस्तक, दोनों भुजायें, हृदय और नाभि) स्थानों पर त्रिपुण्ड लगाया जाता है।

कुछ शैव त्रिपुण्ड के बीच में माता गौरी के लिए रोली का बिन्दु लगाते हैं। इसे वे गौरीशङ्कर का स्वरूप मानते हैं। गौरीशङ्कर के उपासकों में भी कोई पहले बिन्दु लगाकर फिर त्रिपुण्ड लगाते हैं तो कुछ पहले त्रिपुण्ड लगाकर फिर बिन्दु लगाते हैं।

जो केवल शक्ति के उपासक हैं वे केवल लाल बिन्दु का ही तिलक लगाते हैं।

शैव परम्परा में अघोरी, कापालिक, तान्त्रिक जैसे पंथ बदल जाने पर तिलक लगाने का तरीका भी बदल जाता है।

रुद्राक्ष

आनन्दकानन के दारुक वन में विचरण करते हुए आज भृङ्गी ने एक आधार प्रश्न किया कि—'हे नन्दी, शिव रुद्राक्ष धारण करते हैं। इसका क्या तात्पर्य है? कृपया बताइये।'

नन्दी ने कहा कि—'हे भृङ्गी, रुद्र (शिव) के अक्ष (आँसू) जलबिंदु से रुद्राक्ष की उत्पत्ति होती है। एक बार त्रिपुरासुर नाम के एक शक्तिशाली असुर ने सभी देवताओं को त्रस्त कर दिया था। देवता भगवान् शिव की शरण में गए। उस समय शिव ध्यानमग्न थे और देवताओं की वेदना सुनकर शिव की आँखों से आँसू गिर पड़े, जिनसे रुद्राक्ष उत्पन्न हुआ।' 'हे भृङ्गी, एक दिन भगवान् शिव माता पार्वती को बता रहे थे कि मैंने एक बार लंबे समय तक आंखें बंद करके तपस्या की। वर्षों तक आंखें नहीं खोलीं। लंबे समय बाद मैंने जब आंखें खोली थीं तो आंखों से आंसुओं की कुछ बूंदें गिरीं, जो रुद्राक्ष हो गये।'

मौजूदा समय में 1 से 21 मुखी रुद्राक्ष पाए जाते हैं। इनके अलावा, श्री मुखी, गौरी शङ्कर और गणेश रुद्राक्ष भी पाए जाते हैं। रुद्राक्ष के हर मुख को शिव के मुख का प्रतीक माना गया है। इन्हें केवल काले, लाल धागे या सोने में ही पहना जाता है।

त्रिशूल

आनन्दकानन के अशोकवन में विचरण करते हुए भृङ्गी थोड़ा ठहरे और कुछ सोचते हुए पूछे कि—'हे नन्दी, मेरे मन में त्रिशूल को लेकर कई बार विचार आया कि इसे भगवान् हमेशा हाथ में लिये रहते हैं। इसका रहस्य कृपया संक्षेप में बताइये।'

नन्दी गम्भीर हुए और कहने लगे—'इस प्रकार हे भृङ्गी—'सृष्टि का प्रथम विस्फोट, ब्रह्मनाद जिससे स्वयं शिव का आविर्भाव हुआ। उनके साथ तीन गुण सत-रज-तम भी प्रकट हुए। इन्हीं तीन गुणों के समन्वय से सृष्टि को सञ्चालित करने के उद्देश्य से शिव ने इन तीनों गुणों को त्रिशूल के तीनों शूल में समाहित कर अपने हाथों में इस अचूक और घातक अस्त्र को धारण कर लिया। यह त्रिशूल दैहिक, दैविक और भौतिक तीनों प्रकार के तापों को समाप्त करता है।'

'हे भृङ्गी, ब्रह्मवैवर्त पुराण में बताया गया है कि दैत्य माली और सुमाली (रावण के नाना) भगवान् शङ्कर से वरदहस्त प्राप्त कर पृथ्वी पर अपनी आसुरी प्रवृत्ति से उथल-पुथल करते हुए आकाश की ओर भाग रहे थे, तब भगवान् सूर्यदेव ने उनका रास्ता रोक दिया। माली और सुमाली भगवान् सूर्यदेव से भीषण युद्ध करने लगे, लेकिन जब पराजित होने लगे तब उन दोनों दैत्यों ने अपने वरदान का उपयोग कर भगवान् शिव को पुकारा। वरदान के वशीभूत भगवान् शिव को सूर्यदेव से युद्ध करना पड़ा। युद्ध के दौरान शिव ने सूर्यदेव पर त्रिशूल फेंका, जिससे उनके तीन भाग हो गये। (ये भाग टुकड़ों में बटकर

पृथ्वी पर अलग-अलग तीन स्थानों पर गिरे। पहला टुकड़ा आज के उड़ीसा में गिरा, जहाँ कोणार्क का सूर्यमंदिर हुआ, दूसरा आज के बिहार में गिरा, जहाँ देवार्क का सूर्यमंदिर हुआ और तीसरा आज के उत्तर प्रदेश के इसी काशी में गिरा, जिसे लोलार्क सूर्य मंदिर के नाम से जाना जाता है) चूंकि सूर्य देवता को चोट लगी तो वे अचेत होकर अपने रथ से नीचे गिर गए और पूरी सृष्टि अंधकारमय हो गई। सृष्टि में अंधकार होने और भगवान् शिव के प्रहार के बारे में सूर्य देव के पिता कश्यप ऋषि को जब पता चला तो वे क्रोधित हुए और भगवान् शिव को श्राप दे दिया कि—'शिव एक दिन अपने ही पुत्र पर भी यही त्रिशूल चलायेंगे।' उल्लेख है कि इसी श्राप के कारण ही शिव ने इसी त्रिशूल से बालगणेश का सिर धड़ से अलग किया था। इसी त्रिशूल से भगवान् शङ्कर ने वाराह अवतार में मोह के जाल में फँसे भगवान् विष्णु का मोहभङ्ग कर उन्हें बैकुण्ठ में जाने के लिए विवश किया था। इसी त्रिशूल से शिव ने शंखाचूर का वध किया था।'

सत्ययुग में बाबा विश्वनाथ जिस दिन काशी आये, उसी दिन मणिकर्णिका घाट में जाकर स्वयं त्रिशूल से एक मीटर लम्बा-चौड़ा और एक मीटर गहरा कुण्ड खोद कर मंत्र द्वारा अग्नि प्रज्वलित करके श्मशान भूमि को वरदान देते हुए बोले यह मेरा धूनी स्थान है। यहाँ पर अनादि काल तक अखण्ड अग्नि जलती रहेगी, यहाँ पार्थिव का अग्नि संस्कार होगा। काशी के श्मशान घाट पर जलाये गये शवों का पुनर्जन्म नहीं होगा। इसी मुक्ति भवन में मैं भी प्रतिदिन आऊँगा और रहूँगा, कहकर काशी विश्वनाथ जी अन्तर्ध्यान हो गये।

डमरू

आनन्दकानन के अशोकवन में विचरण करते-करते भृङ्गी और नन्दी महावन पहुँच गये। विशाल महावन की एक पहाड़ी पर बैठते हुए भृङ्गी इस संक्षिप्त प्रतिउत्तर से सन्तुष्ट होते ही फिर पूछे कि—'हे नन्दी, डमरू की क्या विशेषता है?'

नन्दी ने कहना आरम्भ किया कि—'हे भृङ्गी, कहते हैं सृष्टि में संतुलन के लिए डमरू को भगवान् शङ्कर अपने साथ लेकर प्रकट हुए थे। इस डमरू का आकार रेत-घड़ी जैसा है, जो दिन-रात और समय के संतुलन का प्रतीक है। शास्त्रों में उल्लेख है कि सृष्टि के आरंभ में जब देवी सरस्वती प्रकट हुई तब देवी ने अपनी वीणा को बजाकर उससे सृष्टि में ध्वनि उत्पन्न किया। इस ध्वनि में सुर और सङ्गीत दोनों ही नहीं थे। तब भगवान् शङ्कर ने ताण्डव नृत्य करते हुए अपने डमरू को चौदह बार बजाया। कहते है इसी ध्वनि से व्याकरण और सङ्गीत के छन्द, ताल का जन्म हुआ।'

नाग वासुकी

आनन्दकानन के महावन में विचरण कर रहे भृङ्गी ने बात को रोकते हुए पूछा कि—'भगवान् शङ्कर के गले से हमेशा लिपटकर रहने वाले नाग के बारे में कृपया बतायें।'

नन्दी ने कहा कि—'हे भृङ्गी, भगवान् शङ्कर के गले से हमेशा लिपटकर रहने वाले नाग का नाम वासुकी है। पुराणों के अनुसार महर्षि कश्यप और कद्रू के पुत्र सौ फनों वाले सर्वाधिक विषधारी वासुकी नाग को इनके ज्येष्ठ भ्राता शेषनाग के बाद नागों का दूसरा सबसे बड़ा राजा माना जाता है। इनके बाद तक्षक, शंख, कालिया, पद्म, महापद्म, कारकोटक तथा कुलीक नाग हुए। तक्षक नाग ने ही प्राचीन तक्षकशिला (जिसे तक्षशिला के नाम से जाना जाता है) नगर की स्थापना की थी।' यह नागों के राजा हैं और नागलोक पर इनका शासन है। समुद्र मंथन के समय नागराज वासुकी ने स्वयं ही प्रस्तुत होकर मंदरांचल पर्वत को अपने पाश में रस्सी की तरह लपेट कर देवताओं और असुरों द्वारा समुद्र को मथा था। त्रिपुरदाह के समय वह शिव की धनुष की डोर बने थे। वासुकी की पत्नी का नाम शतशीर्षा था। वासुकी के बहनोई जरत्कारु के पुत्र आस्तीक ने जन्मेजय के नागयज्ञ के समय नागवंश की रक्षा की थी।

शिव के अस्त्र-शस्त्र

आनन्दकानन के महावन से लौटते हुए एक पहाड़ी पर भृङ्गी ने फिर पूछा कि—'भगवान् शङ्कर ने कौन सा धनुष बनाया था, उसके विषय में भी कुछ प्रकाश डालें।'

नन्दी ने कहा कि—'हे भृङ्गी, भगवान् शङ्कर ने जिस धनुष को बनाया था उसका नाम पिनाक था। उसकी टङ्कार से ही बादल फट जाते और पर्वत हिलने लगते थे। धनुष इतना शक्तिशाली था कि इसके एक तीर से त्रिपुरासुर की तीनों नगरी ध्वस्त हो गयी थी। शास्त्रों के अनुसार एक बार राजा दक्ष के यज्ञ में यज्ञ का भाग शिव को नहीं देने के कारण भगवान् शङ्कर बहुत क्रोधित हो गए थे और उन्होंने अपने पिनाक धनुष से सभी अतिथि देवताओं को नष्ट करने की ठान ली। उनके धनुष की टङ्कार से पूरा ब्रह्माण्ड हिलने लगा। फिर बड़ी मुश्किल से उनका क्रोध शांत किया गया। उसके बाद भगवान् शङ्कर ने यह धनुष देवताओं को दे दिया। देवताओं से यह धनुष राजा निमि के ज्येष्ठ पुत्र देवरात के पास आया। यहीं धरोहर स्वरूप यह शिव धनुष वंशानुगत राजा जनक के पास सुरक्षित था। भगवान् शङ्कर के इस विशालकाय धनुष को कोई भी उठाने की क्षमता नहीं रखता था। लेकिन भगवान् श्रीराम ने इसे उठाकर इसपर प्रत्यंचा चढ़ाई और इसे एक झटके में तोड़ दिया।'

भृङ्गी अभी भी सन्तुष्ट नहीं हुए थे, फिर पूछे कि—'भगवान् शङ्कर के अन्य अस्त्र-शस्त्र का भी परिचय दें।'

नन्दी ने कहा कि—'भगवान् शिव का एक सबसे शक्तिशाली दिव्यास्त्र पाशुपतास्त्र को बताया जाता है। इस अस्त्र की सबसे खास विशेषता यह है कि इसको मन, वचन, नेत्र और धनुष से चलाया जा सकता था। तीनों लोकों में कोई भी ऐसा जीव नहीं है, जो इससे न मर सके। *रामायण* में यह दिव्यास्त्र मेघनाद के पास था, महाभारत काल में पाशुपतास्त्र शिवजी ने अर्जुन को दिया था। दूसरा शक्तिशाली खड्ग चंद्रहास है, जिसे रावण की भक्ति से प्रसन्न होकर भगवान् शिव ने रावण को दी और साथ में यह चेतावनी भी दी यदि इसका गलत उपयोग किया तो यह वापिस मेरे पास आ जाएगी। सीता हरण के समय रावण ने इसका प्रयोग जटायु पर किया और उनके पंख काट दिए। इसके बाद यह खड्ग रावण से वापिस शिव जी के पास आ गया। तीसरा भगवान् शिव की तीसरी आँख की शक्ति के साथ माहेश्वर अस्त्र है। त्रिनेत्र के विषय में पहले ही कह चुका हूँ। एक बार ब्रह्माजी और विष्णु जी के बीच होने वाले युद्ध में महेश्वर अस्त्र का वर्णन मिलता है। चौथा महादेव का महाविध्वंसक अस्त्र रौद्रास्त्र है। इसका उपयोग जब किया जाता है, तो यह ग्यारह रुद्रों में से एक रुद्र की शक्ति का आह्वान करता है और लक्ष्य को नष्ट कर देता है। इस दिव्यास्त्र का प्रयोग करके द्वापर में अर्जुन ने हिरण्यपुर नाम से विख्यात सुन्दर नगर के पौलोम और कालिकेय दानवों का नाश किया था।'

माता पार्वती

आनन्दकानन के मणिकर्णिका कुण्ड के पास विचरण करते हुए भृङ्गी ने नन्दी से कहा कि—'हे नन्दी, कृपया वह प्रकरण बताएँ जिससे इस संसार में स्त्री की रचना हुई।'

नन्दी ने कहना आरम्भ किया कि—'हे भृङ्गी, ब्रह्माजी द्वारा रची हुई इस सृष्टि का विस्तार नहीं हो पाने पर सृष्टिकर्ता ब्रह्माजी ने शिव-शिवा के संयुक्त रूप की आराधना से भगवान् शिव को प्रकट कर कहा कि—'मेरे द्वारा रची गई सृष्टि का विस्तार नहीं हो रहा है। यदि यह कार्य इसी तरह होता रहा तो कभी भी सृष्टि में वृद्धि नहीं हो पायेगी।' तब इसके लिए शिवजी ने अपने शरीर से अलग करते हुए देवी शिवा को प्रकट किया। उन्होंने सबसे पहले ब्रह्मा को अपना अर्धनारीश्वर स्वरूप दिखाया। उसे देखकर ही ब्रह्मा ने नारी की कल्पना की। नारी और पुरुष के संयोग से सृष्टि रचना की व्यवस्था दी। अर्थात नर-नारी मिलकर सूक्ष्म ब्रह्मा की तरह सृष्टिकर्ता हो जाते हैं। फिर शिव ने जगदंबा के साथ विवाह व्यवस्था दी। सर्वप्रथम विवाह शिव-जगदंबा का ही है। भगवान् शिव बोले—'हे ब्रह्मा! मैंने आपके मनोरथ को पूर्ण करने के लिए ही देवी शिवा को प्रकट किया है। इस सृष्टि का विस्तार तभी संभव है, जब मैथुनी सृष्टि की रचना हो। इसलिए तुम इस कार्य की पूर्ति करो।' ब्रह्माजी बोले—'हे देवी! आपके पति भगवान् शिव की ही कृपा से इस सृष्टि का सृजन हुआ है। सृष्टि के आरंभ में देवाधिदेव भगवान् शिव ने ही मेरी रचना की थी और मुझे सृष्टि की रचना करने का आदेश दिया था। जिसके फलस्वरूप मैंने अनेक पुरुषों की

रचना की। परंतु इतना करने पर भी उनकी वृद्धि संभव नहीं हो सकी। इसलिए हे माते! मैं अपनी प्रजा की वृद्धि हेतु आपकी शरण में आया हूँ। प्रजा वृद्धि तभी संभव है, जब सृष्टि का निर्माण कार्य अर्थात वृद्धि स्त्री-पुरुष के समागम से हो। परंतु अभी तक मैं नारी को प्रकट नहीं कर पाया हूँ। आप मुझे नारी की सृष्टि करने की शक्ति प्रदान करें। हे जगत-जननी! मेरे कार्य की सिद्धि हेतु आप मेरे पुत्र दक्ष की पुत्री के रूप में जन्म लीजिए।' ब्रह्माजी की प्रार्थना को मानते हुए देवी जगदम्बा ने दक्ष की पुत्री होना स्वीकार कर लिया। यह कहकर देवी शिवा ने भगवान् शिव के शरीर में प्रवेश कर लिया। तत्पश्चात् शिव-शिवा वहाँ से अंर्तध्यान हो गए। तभी से शिव-शिवा का अर्द्धनारीश्वर रूप विख्यात हुआ और इस संसार में स्त्री जाति की रचना संभव हुई।

सृष्टि का विस्तार

आनन्दवन के मध्य पहाड़ी पर चढ़ते हुए पलाश के वृक्ष पर हाथ रखते हुए भृङ्गी ने नन्दी से पूछा कि—'हे नन्दी, ब्रह्मा जी ने सृष्टि का विस्तार कैसे किया? यह संसार कैसे गढ़ा?'

नन्दी ने कहा कि—'हे भृङ्गी, ब्रह्मा जी ने शब्द आदि पंचभूत, उनके स्थूल, आकाश, वायु, अग्नि, जल और पृथ्वी, पर्वत, समुद्र, वृक्ष और कला आदि से युगों और कालों की रचना की। उत्पत्ति और विनाश वाले पदार्थों का निर्माण किया। अपने नेत्रों से मरीच को, हृदय से भृगु को, सिर से अंगिरा को, कान से मुनिश्रेष्ठ पुलह को, उदान से पुलस्त्य को, समान से वशिष्ठ को, अपान से कृतु को, दोनों क़ानों से अत्री को, प्राण से दक्ष को और गोद से सूत को, छाया से कर्दम मुनि को उत्पन्न किया।'

तत्पश्चात भगवान् शिव की प्रेरणा से ब्रह्मा जी अपने शरीर को दो भागों में विभक्त कर दो रूपों आधे शरीर से पुरुष व आधे से नारी हो गए। पुरुष स्वयंभुव मनु हुए और नारी रूप से शतरूपा हुईं। मनु ने वैवाहिक विधि से शतरूपा का पाणिग्रहण किया और सृष्टि को उत्पन्न करने लगे। उन्हें प्रियव्रत और उत्तानपाद नामक दो पुत्र तथा आकूति, देवहूति और प्रसूति नामक तीन पुत्रियाँ उत्पन्न हुईं। आकूति का रुचि मुनि से, देवहूति का कर्दम मुनि से तथा प्रसूति का दक्ष प्रजापति के साथ विवाह कर दिया गया। रुचि और आकूति के वैवाहिक संबंध में यज्ञ और दक्षिणा नामक स्त्री-पुरुष का जोड़ा उत्पन्न हुआ। यज्ञ की दक्षिणा से बारह पुत्र हुए। कर्दम और देवहूति के संबंध से बहुत सी पुत्रियाँ पैदा हुईं।

दक्ष और प्रसूति से चौबीस कन्याएं हुईं। दक्ष ने तेरह कन्याओं (श्रद्धा, लक्ष्मी, धृति, तुष्टि, पुष्टि, मेधा, क्रिया, बुद्धि, लज्जा, वसु, शांति, सिद्धि और कीर्ति) का विवाह धर्म से कर दिया और अन्य ग्यारह कन्याओं क्रमशः ख्याति का भृगु, सती का शिव, संभूति का मरीचि, स्मृति का अंगिरा, प्रीति का पुलस्त्य, क्षमा का पुलह, संनति का क्रतु, अनसूया का अत्रि, ऊर्जा का वशिष्ठ, स्वाहा का अग्नि, स्वधा का पितर से विवाह संपन्न हुआ। कल्पभेद से दक्ष की साठ कन्याएं हुईं। उनमें से दस कन्याओं का विवाह धर्म से, सत्ताईस का चन्द्रमा से, तेरह कन्याओं का विवाह कश्यप ऋषि से, चार कन्याओं का अरिष्टनेमि से, अन्य दो-दो कन्याओं का भृगु, अंगिरा और कुशाश्व से संपन्न हुआ। कश्यप ऋषि की संतानों से संपूर्ण त्रिलोक आलोकित है। देवता, ऋषि, दैत्य, वृक्ष, पक्षी, पर्वत तथा लताएं आदि कश्यप पत्नियों से पैदा हुए हैं। इस प्रकार इनकी संतानों से पूरा जगत चराचर हो गया।

सती

आनन्दवन के मध्य पहाड़ी से उतरते हुए नागकेशर की शाखाओं पर हाथ रखते हुए भृङ्गी ने नन्दी से पूछा कि—'हे नन्दी, यह बात तो समझ में आ गई कि माता भगवती ने सृष्टि के विस्तार के लिए ब्रह्मा जी के अनुरोध पर दक्ष की पुत्री होना स्वीकार किया। यह सब कैसे और किस प्रकार हुआ? थोड़ा हमें समझाइए।'

नन्दी ने कहा कि—'हे भृङ्गी, इसके बाद माता भगवती ने सती के रूप में राजा दक्ष के यहाँ जन्म लिया। सती दक्ष की सभी पुत्रियों में अलौकिक थीं। समय के साथ सती विवाह योग्य हो गईं तो दक्ष को उनके लिए वर की चिंता होने लगी। उन्होंने ब्रह्माजी से परामर्श मांगा। परमपिता ब्रम्हाजी बोले, सती भगवती देवी का अवतार हैं। वे आदि शक्ति हैं और शिव आदिपुरुष के अतिरिक्त सती से विवाह के लिए कौन उचित होगा? परमपिता की बात मानकर दक्ष ने सती का विवाह भगवान् शिव के साथ कर दिया और सती कैलाश में भगवान् शिव के साथ रहने लगीं।'

***

नागकेशर के वृक्षों की झुरमुटों में आगे बढ़ते हुए नन्दी ने कहना आरम्भ किया—'एक बार राजा दक्ष ने एक विशाल यज्ञ का आयोजन किया। इस यज्ञ में सभी देवताओं और ऋषियों-मुनियों को बुलाया, परन्तु विरोधाभास, बैर भाव के कारण उन्होंने भगवान् शिव को उस यज्ञ में आमंत्रित नहीं किया।

माता सती को जब यह बात पता चली तो वह उद्वेलित हो गईं, उस समय भगवान् की अनुमति लिए बिना ही मन और वायु से पहियों का हवाई रथ, जिसमें दस हजार सिंह जुते थे और जिसकी ध्वजा का मुख्य स्तंभ सुमेरु के समान ऊँचा था। वायु का झोंका प्रवाह इसका ध्वज था, ब्रह्माण्डीय बुद्धि

चिह्नित मध्य ध्रुव थी तथा नर्मदा और अलकनंदा के बाण सुसज्जित थे, सूर्य और चन्द्रमा को छत्र बनाकर माता सती चल पड़ीं। गायत्री स्वयं जूआ थीं, तक्षक आदि रस्सियाँ बने, प्रणव सारथी हुआ और ओंकार की ध्वनि चरचर की ध्वनि थी। देवी के हवाई रथ पर विराजमान होने के बाद, सेवकगण दिव्य तेज (सूर्य से भी अधिक तेज) से चमकती हुई देवी के साथ चले। क्षण भर में त्रिनेत्रधारी भगवान् की अर्धांगिनी ने दक्ष की सभा का खुला प्रांगण देखा। वह आकाश में रुके हुए हवाई रथ से तुरन्त नीचे उतर आईं। अन्य रिश्तेदारों को नजरअंदाज करते हुए सती राजा दक्ष के पास चली गईं। सवाल-जवाब के आदर-अनादर में दक्ष ने शिव के विरुद्ध बहुत अनाप-शनाप बोला। अपने पिता की यह बात सुनकर पतिव्रता सती अत्यन्त दु:खी हो गईं और स्वयं को क्रोध से प्रज्वलित कर अग्नि में समर्पित कर दिया।

पर्वतों को भी हिला देने वाली तेज तूफानी हवा चली। क्षण भर में ही यज्ञ मंडप की भूमि (घास-फूस और धूल से) ढंक गई। अचानक बिजली कड़कड़ाई, जिससे पृथ्वी भयंकर भूकम्प के साथ हिल गई। आकाश से उल्काएँ गिरने लगीं। बादलों ने वहाँ रक्त की बूँदें बरसाईं। दिव्य अस्त्र-शस्त्र आपस में भयंकर रूप से टकराने लगे। भूत-पिशाच नाचने लगे। ऊपर आकाश में बाज़ और गिद्ध मँडराने लगे। यज्ञ मंडप के ऊपर चकोर और कौवे उड़ने लगे। सियार और लोमड़ी अशुभ स्वर में भौंकने लगे। पवित्र यज्ञ की वस्तुएं और प्रसाद गीदड़ों और कुत्तों द्वारा अपवित्र कर दिए गए। यज्ञ मंडप तुरन्त श्मशान में बदल गया। सब कुछ उसी स्थान पर अटक गया जहाँ वह था।

महादेव बहुत व्याकुल हुए और उनके क्रोध से वीरभद्र-अवतार का जन्म हुआ। वीरभद्र ने क्रोधित होकर उस यज्ञ को छिन्न-भिन्न कर डाला। सभी ऋषि-मुनि इधर-उधर भागने लगे। वीरभद्र ने देखते ही देखते राजा दक्ष का मस्तक धड़ से अलग कर दिया। भगवान् शङ्कर सती के जले हुए शरीर को देखकर अपने आपको भूल कर सती के प्रेम में बेसुध हो गए। उन्होंने सती के शरीर को अपने हाथों में उठा लिया और सभी दिशाओं में भ्रमण करने लगे। इस अलौकिक प्रेम को देखकर पृथ्वी, वायु, जल का प्रवाह रुक गया। इस भयानक

स्थिति से सृष्टि को उबारने के लिए भगवान् विष्णु अपने सुदर्शन चक्र से माता सती के एक-एक अङ्ग को काटने लगे। पृथ्वी पर जिन इक्यावन स्थानों पर माता सती के अङ्ग कट-कट कर गिरे, वही स्थान आज शक्ति पीठ जाने जाते हैं। आज भी उन स्थानों में सती का पूजन होता है, उपासना होती है।

शक्तिपीठों के स्थान, अंग, शक्ति व भैरव

क्रम स्थान	अङ्ग या अङ्गाभूषण	शक्तिपीठ	भैरव
01 हिंगुल (हिंगलाज)	ब्रह्मरंध्र (सिर का ऊपरी भाग)	कोट्टरी	भीमलोचन
कराची, पाकिस्तान से लगभग 125 किमी उत्तर-पूर्व में।			
02 शर्करे	आँख	महिष मर्दिनी	क्रोधीश
कराची, पाकिस्तान के सुक्कर स्टेशन के निकट। इसके अलावा नैनादेवी मंदिर, बिलासपुर, हि.प्र. भी बताया जाता है।			
03 सुगंध	नासिका	सुनंदा शक्तिपीठ	त्र्यंबक
बांग्लादेश में शिकारपुर, बरिसल से 20 किमी दूर सोंध नदी तट।			
04 महामाया	गला	महामाया	त्रसंध्येश्वर
अमरनाथ, पहलगाँव, कश्मीर।			
05 ज्वाला देवी	जीभ	सिधिदा (अंबिका)	उन्मत्त भैरव
कांगड़ा, हिमाचल प्रदेश।			
06 जालंधर, पंजाब में	बायाँ वक्ष	त्रिपुरमालिनी शक्तिपीठ	भीषण
छावनी स्टेशन निकट देवी तलाब			
07 अम्बाजी मंदिर, गुजरात	हृदय	अम्बाजी शक्तिपीठ	बटुक भैरव
08 गुजयेश्वरी मंदिर, नेपाल निकट पशुपतिनाथ मंदिर।	दोनों घुटने	महाशिरा शक्तिपीठ	कपाली

09 मानस, कैलाश पर्वत मानसरोवर, तिब्बत के निकट एक पाषाण शिला।	दायाँ हाथ	दाक्षायनी शक्तिपीठ	अमर
10 बिराज, उत्कल, उड़ीसा	नाभि	विमला शक्तिपीठ	जगन्नाथ
11 गण्डकी नदी के तट पर पोखरा, नेपाल में मुक्तिनाथ मंदिर।	मस्तक	गंडकी चंडी शक्तिपीठ	चक्रपाणि
12 अजेय नदी तट, केतुग्राम, कटुआ, वर्धमान जिला, पश्चिम बंगाल से 8 किलोमीटर।	बायाँ हाथ	देवी बाहुला शक्तिपीठ	भीरुक
13 उज्जनी गुस्कुर स्टेशन से वर्धमान जिला, पश्चिम बंगाल 16 किलोमीटर।	दायीं कलाई	मंगल चंद्रिका	कपिलांबर
14 माताबाढ़ी पर्वत शिखर निकट राधाकिशोरपुर गाँव, उदरपुर, त्रिपुरा।	दायाँ पैर	त्रिपुर सुंदरी शक्तिपीठ	त्रिपुरेश
15 छत्राल, चंद्रनाथ पर्वत शिखर निकट सीताकुण्ड स्टेशन, चिट्टागोंग जिला, बांग्लादेश।	दायीं भुजा	भवानी शक्तिपीठ	चंद्रशेखर
16 सालबाढ़ी गाँव, बोडा मंडल, जलपाइगुड़ी जिला, पश्चिम बंगाल।	बायाँ पैर	भ्रामरी त्रिस्रोत	अंबर
17 कामगिरि, नीलांचल पर्वत गुवाहाटी, असम।	योनि	कामाख्या शक्तिपीठ	उमानंद
18 खीरग्राम वर्धमान जिला, पश्चिम बंगाल।	दायें पैर का अंगूठा जुगाड़या		क्षीर खंडक
19 कालीपीठ कालीघाट, कोलकाता।	दायें पैर का अंगूठा कालिका		नकुलीश

20 संगम, प्रयाग, उत्तर प्रदेश	हाथ की अंगुली	ललिता शक्तिपीठ	भव
21 कालाजोर	बायीं जंघा	जयंती शक्तिपीठ	क्रमादीश्वर
भोरभोग गांव, खासी पर्वत, जयंतिया परगना, सिल्लैट जिला, बांग्लादेश।			
22 किरीटकोण ग्राम,	मुकुट	विमला (किरीट)	सांवर्त
लालबाग कोर्ट रोड स्टेशन, मुर्शीदाबाद जिला, पश्चिम बंगाल से 3 किलामीटर दूर।			
23 मणिकर्णिका घाट, काशी	(मणिकर्णी)	विशालाक्षी	काल भैरव
24 कन्याश्रम, भद्रकाली मंदिर,	पीठ	श्रवणी शक्तिपीठ	निमिष
कुमारी मंदिर, तमिलनाडु।			
25 कुरुक्षेत्र, हरियाणा	एड़ी	सावित्री शक्तिपीठ	स्थनु
26 मणिबंध, गायत्री पर्वत,	दो पहुंचियां	गायत्री शक्तिपीठ	सर्वानंद
निकट पुष्कर, अजमेर, राजस्थान।			
27 महालक्ष्मी,	गला	(श्री शैल) शक्तिपीठ	शंभरानंद
जैनपुर गाँव, 3 किलोमीटर उत्तर-पूर्व सिल्हैट टाउन, बांग्लादेश।			
28 कोपई नदी तट पर	अस्थि	कांची (देवगर्भ) शक्तिपीठ	रुरु
4 किलोमीटर उत्तर-पूर्व बोलापुर स्टेशन, बीरभूम जिला, पश्चिम बंगाल।			
29 शोन नदी तट पर	बायाँ नितंब	कमलाधव (काली)	असितांग
एक गुफा में, अमरकंटक, मध्य प्रदेश।			
30 अमरकंटक,	दायाँ नितंब	शोन्देश (नर्मदा)	भद्रसेन
नर्मदा उद्गम स्थल, मध्य प्रदेश।			
31 रामगिरि, चित्रकूट,	दायाँ वक्ष	शिवानी शक्तिपीठ	चंदा

झांसी-माणिकपुर रेलवे लाइन पर, उत्तर प्रदेश।			
32 वृंदावन, भूतेश्वर महादेव मंदिर निकट मथुरा, उत्तर प्रदेश।	केश गुच्छ (चूड़ामणि)	उमा शक्तिपीठ	भूतेश
33 शुचितीर्थम शिव मंदिर	ऊपरी दाढ़	नारायणी (शुचि)शक्तिपीठ	संहार
11 किलोमीटर कन्याकुमारी-तिरुवनंतपुरम मार्ग, तमिलनाडु।			
34 पंचसागर, अज्ञात	निचला दाढ़	वाराही शक्तिपीठ	महारुद्र
35 भवानीपुर गांव	बायीं पायल	अर्पण करतोयतत)	वामन
28 किलोमीटर शेरपुर से, बागुरा स्टेशन, बांग्लादेश।			
36 श्री पर्वत, लद्दाख, कश्मीर	दायीं पायल	श्री सुंदरी शक्तिपीठ	सुंदरानंद
अन्य मान्यता श्रीशैलम, कुर्नूल जिला आंध्र प्रदेश।			
37 विभाष, तालुक	बायीं एड़ी	कपालिनी (भीमरूप)	शर्वानंद
पूर्व मेदिनीपुर जिला, पश्चिम बंगाल।			
38 प्रभास	आमाशय	चंद्रभागा शक्तिपीठ	वक्रतुंड
4 किलोमीटर वेरावल स्टेशन, निकट सोमनाथ मंदिर, जूनागढ़ जिला, गुजरात।			
39 भैरव पर्वत	ऊपरी ओष्ठ	अवंति शक्तिपीठ	लंबकर्ण
क्षिप्रा नदी तट, उज्जयिनी, मध्य प्रदेश।			
40 जनस्थान,	ठोड़ी	भ्रामरी शक्तिपीठ	विकृताक्ष
गोदावरी नदी घाटी, नासिक, महाराष्ट्र।			
41 सर्वशैल, गोदावरीतीर,	गाल	राकिनी (विश्वेश्वरी)	वत्सनाभ (दंडपाणि)
कोटिलिङ्गेश्वर मंदिर, गोदावरी नदी तीरे, राजमहेंद्री, आंध्र प्रदेश।			

42 बिरात,	बायें पैर की अंगुली	अंबिका	अमृतेश्वर
निकट भरतपुर, राजस्थान।			
43 रत्नावली,	दायाँ स्कंध	कुमारी शक्तिपीठ	शिवा
रत्नाकर नदी तीरे, खानाकुल-कृष्णानगर, हुगली जिला पश्चिम बंगाल।			
44 मिथिला,	बायाँ स्कंध	उमा शक्तिपीठ	महोदर
जनकपुर रेलवे स्टेशन के निकट, भारत-नेपाल सीमा पर।			
45 नलहाटी	पैर की हड्डी	कलिका देवी शक्तिपीठ	योगेश
नलहाटि स्टेशन के निकट, बीरभूम जिला, पश्चिम बंगाल।			
46 कर्नाट, अज्ञात	दोनों कान	जयदुर्गाशक्तिपीठ	अभिरु
47 वक्रेश्वर,	भ्रूमध्य	महिषमर्दिनी शक्तिपीठ	वक्रनाथ
पापहर नदी तीरे, 7 किलोमीटर दुबराजपुर स्टेशन, बीरभूम जिला, पश्चिम बंगाल।			
48 यशोर, ईश्वरीपुर,	हाथ एवं पैर	यशोरेश्वरी शक्तिपीठ	चंदा
खुलना जिला, बांग्लादेश।			
49 अट्टहास	ओष्ठ	फुल्लरा शक्तिपीठ	विश्वेश
2 किलोमीटर लाभपुर स्टेशन, बीरभूम जिला, पश्चिम बंगाल।			
50 नंदीपुर,	गले का हार	नंदिनी शक्तिपीठ	नंदिकेश्वर
चारदीवारी में बरगद वृक्ष, सैंथिया रेलवे स्टेशन, बीरभूम जिला, पश्चिम बंगाल।			
51 लंका, स्थान अज्ञात	पायल	इंद्रक्षी शक्तिपीठ	राक्षसेश्वर
एक मतानुसार, मंदिर ट्रिंकोमाली में हैं, पर पुर्तगली बमबारी में ध्वस्त हो चुका है। एक स्तंभ शेष है। यह प्रसिद्ध त्रिकोणेश्वर मंदिर के निकट है।			

भस्म

आनन्दकानन की एक पहाड़ी पर शाल के एक वृक्ष के नीचे पाषाणशिला पर बैठे भावुक भृङ्गी ने एक आधार प्रश्न किया कि—'हे नन्दी, शिव को भस्म प्रिय है। कृपया इसका रहस्य बताइये।'

नन्दी ने कहा कि—'हे भृङ्गी, माता सती के शव के टुकड़े पृथ्वी पर गिरने के बाद परमेश्वर शिव के हाथ में केवल भस्म (राख) ही बची। चिता की इस भस्म को भगवान् शिव ने सती की स्मृति में अपने शरीर पर लगा लिया। मृत्यु पर इस ताण्डव को भगवान् शिव ने माता सती का जो भस्म लगाया, उससे वियोग उत्सव में बदल गया। तभी से भगवान् शिव के लिङ्ग स्वरूप के साथ समस्त आठों स्वरूपों में भस्म को समर्पित करने का विधान बन गया।

अन्नपूर्णा

आनन्दकानन के भद्रवन में विचरण करते हुए एक सरोवर पर कदम्ब के वृक्ष के नीचे बैठकर भृङ्गी ने प्रश्न किया कि—'हे नन्दी, काशी में माता अन्नपूर्णा का कृपया रहस्य बताइये।'

नन्दी ने कहा कि—'हे भृङ्गी, कैलाशवासी भगवान् शिव का माता पार्वती से विवाह हुआ। माता पार्वती को विवाह के पश्चात् अपने पिता के क्षेत्र हिमालय के अन्तर्गत कैलाश अपने मायके में रहना पसंद नहीं था और भगवान् शिव को काशी अतिप्रिय थी। माता पार्वती ने शिव की नगरी काशी में रहने की इच्छा जताई थी, जिसके बाद भगवान् शिव उन्हें अपने सनातन गृह अविमुक्त-क्षेत्र काशी लेकर आ गए।

कहते हैं कि सत्य, त्रेता और द्वापर युगों में काशी श्मशान की महत्ता बढ़ जाती है, जबकि कलियुग में यह माता अन्नपूर्णा की पुरी हो जाती है। काशी में भगवान् के दाहिने विराजमान होकर माता पार्वती अन्नपूर्णा स्वरूप की महत्ता बनाती हैं। माता अन्नपूर्णा अन्न की देवी हैं, उन्हें अन्नदा और शाकुम्भी भी कहते हैं। वह सम्पूर्ण सृष्टि में अन्न और भोजन का संचालन करती हैं। माता अन्नपूर्णा की कृपा से कोई भी भक्त भूखा नहीं रहता। माता अन्नपूर्णा के नगरी में जो कोई भी आता है वो भूखा नहीं लौटता है। माँ अन्नपूर्णा की कृपा से अन्न-धन का भण्डार सदैव भरा रहता है। इसलिए, उन्हें भरण-पोषण की देवी भी कहा जाता है। एक समय जब पृथ्वी पर सूखा पड़ गया था, तब शिवजी ने पृथ्वी के जीवों के कल्याण के लिए स्वयं भिक्षुक का रूप बनाकर माता

पार्वती के अन्नपूर्णा स्वरूप से भिक्षा माँगी थी। भगवान् शिव ने माता अन्नपूर्णा से भिक्षा में लिए गए उस अन्न को बाँट दिया और एक बार फिर पृथ्वी लोक धन-धान्य से संपन्न हो गई। इस दिन के बाद पृथ्वी लोक में मार्गशीर्ष महीने में पूर्णिमा तिथि को अन्नपूर्णा जयंती मनाई जाने लगी।

दुर्गा

आनन्दकानन के दक्षिणी छोर पर विचरण करते हुए भृङ्गी ने नन्दी से पूछा कि—'हे नन्दी, देवी का नाम दुर्गा कैसे पड़ा? वे सभी शक्तियाँ कौन थीं? मुझे उनके नाम बताइये। काशी में उनकी पूजा किस प्रकार की जाती है? यह मुझे बताइये।'

नन्दी ने भृङ्गी से कहा कि—'हे भृङ्गी, दैत्य रुरु (रूद्र) का पुत्र दुर्गादैत्य था। उसने अजेय होने का वरदान प्राप्त कर समस्त लोकों को बाहुबल से युद्ध में जीतकर अपने अधीन कर लिया। उस शक्तिशाली दैत्य ने स्वयं इन्द्र, वायु, चन्द्र, यम, अग्नि, वरुण और कुबेर तथा ईशान, रुद्र, अर्क (सूर्य) और वसुओं का स्थान ग्रहण कर लिया था। देवतागण जो अपना राज्य खो चुके थे, वे शिव की शरण में आये। तब भगवान् शिव ने दैत्य का दमन करने के लिये देवी को निर्देश दिया। भगवान् की आज्ञा पाकर भवानी ने देवताओं को भय से मुक्ति का आश्वासन दिया और युद्ध के लिए तत्पर हो कर उन्होंने देवी कालरात्रि को बुलाया और रुद्राणी ने उन्हें दैत्य को चुनौती देने के लिए भेजा। दुर्गा दैत्य के पास आकर कालरात्रि ने कहा—'हे दैत्य! तीनों लोकों की सम्पत्ति त्याग कर रसातल में चले जाओ या फिर युद्ध करो। मुझे देवी ने यह संदेश देने के लिए भेजा है। तुम्हारी मृत्यु निश्चित है।' महाकाली के ये वचन सुनकर दैत्यराज क्रोध से भड़क उठा। अनाप-शनाप बोलते हुए उसने उन्हें बंदी बनाने का आदेश दिया। दैत्य अनुचर जैसे ही आगे बढ़े देवी ने हुं हुं की हुंकार से निकलने वाली अग्नि से उन्हें शीघ्र ही भस्म कर दिया। देवी द्वारा

क्षण भर में उन्हें भस्म होते देख दैत्यराज क्रोधित हो उठा। उसने अपनी आँखों की एक झलक से दुर्धर, दुर्मुख, खर, सीरपाणि, पाशपाणि, सुरेन्द्रदमन, हनु, यज्ञारि, खड्गलोमन, उग्रस्य, देवकाम्पन आदि तीस हजार दैत्यों को उत्पन्न किया और उनसे देवी को बंदी बनाकर लाने को कहा। दैत्यराज के इस आदेश पर दुर्धर नामक असुर ने अपने हाथों में रस्सियाँ, तलवारें और खड्ग लेकर उन्हें पकड़ने का प्रयत्न किया। वे सभी दैत्य, जिनके शरीर बड़े-बड़े पर्वतों के समान भारी थे, हाथ ऊपर उठाए हुए थे, अस्त्र-शस्त्र लिए हुए थे, वे सब उसकी निःश्वसन शक्ति से बलपूर्वक घायल हो गये और दिशाओं की ओर फेंक दिये गये। जब करोड़ों दैत्य उड़ने लगे, तब देवी कालरात्रि आकाशमार्ग से चल दीं। करोड़ों असुरों ने स्वर्ग और पृथ्वी के बीच के स्थान को भर दिया और जब वह आगे बढ़ीं तो उनके पीछे-पीछे चले गए। दुर्गादैत्य ने असंख्य पैदल सैनिक, सौ करोड़ रथों, दो करोड़ हाथियों और एक करोड़ घोड़ों के साथ हवा के वेग में क्रोधातुर प्रस्थान किया। अपने पैरों की ठोकरों से उन सभी ने बड़ी-बड़ी चट्टानों को चूर्ण कर दिया। वे बहुत विशाल और भयानक थे। उन्होंने तीनों लोकों में आतंक मचा दिया और अपने हथियार और अस्त्र-शस्त्र उठाए रखे। भयंकर अत्याचारी दैत्य ने अपनी विशाल सेना के प्रमुखों को इस प्रकार आदेश दिया—'हे जंभा, महाजंभ, कुजांभ, विकटानन, लांबोदरा, महाकाय, महादंस्त्र, महानु, पिंगाक्ष, महिषग्रीव, महोग्रा, अत्युग्रविग्रह, क्रुराक्ष, क्रोधनक्रंद, संक्रांति, महाभय, जितान्तक, महाबाहु, महावक्त्र, महीधर, दुंदुभि, दुंदुभिराव, महादुंदुभि, नासिका, उग्रस्य, दीर्घदशाना, मेघकेश, वृक्कनान, सिंहास्य, सूकरमुख, शिवराव, महोत्कट, शुकतुण्ड, प्रचण्डस्य, भीमक्ष, क्षुद्रमानस, उलूकनेत्र, कंकास्य, काकतुण्ड, करालवाक्, दीर्घग्रीव, महाजंघा, क्रमेलक-शिरोधर, रक्तबिन्दु, जपानत्र, विद्युज्जिह्वा, अग्नितापन, धूम्राक्ष, धूम्रनिश्वस, कैंडा, चण्डांशुतापन तथा महाभिषन को अपना नेता मानकर अन्य लोग, यदि तुममें से कोई या अन्य कोई भी इस विन्ध्यवासिनी को साहसपूर्वक, बुद्धिपूर्वक, बलपूर्वक अथवा छल से ले आये, तो मैं उसे आज ही इन्द्र का पद प्रदान कर दूँगा।' **विंध्य पर्वत** पर महादेवी

शिविर लगा चुकी थीं। उनकी एक हजार बड़ी भुजाएँ जिनके हाथों में अनेक भयंकर अस्त्र थे। वह युद्ध करने के लिए आतुर थीं। चारों ओर युद्ध के नगाड़ों की गूँज स्वर्ग और पृथ्वी पर फैल गई। धरती काँप उठी। जैसे संवर्त के समय समुद्र समस्त ब्रह्माण्ड को जलमग्न कर देता है। सारे समुद्र थर्रा उठे। तारे टूट कर गिरने लगे। इसके बाद देवी ने अपने शरीर से अनगिनत सैकड़ों-हजारों भीषण शक्तियाँ उत्पन्न कीं। उमा के अंश से कुल नौ करोड़ शक्तियाँ उत्पन्न हुईं, जिनमें मुख्य रूप से त्रैलोक्यविजय, तारा, क्षमा, त्रैलोक्यसुन्दरी, त्रिपुरा, त्रिजगन्माता, भीमा, त्रिपुरभैरवी, कामाख्या, कमलाक्षी, धृति, त्रिपुरतापनि, जया, जयंती, विजया, जलेसी, अपराजिता, शंखिनी, गजवक्त्र, महिषाघ्नी, राणाप्रिया, शुभानंद, कोत्राक्षी, विद्युज्जिह्वा, शिवराव, त्रिनेत्र, त्रिवक्त, त्रिपदा, सर्वमंगला, हुंकारहेति, तलेसी, सर्पस्या, सर्वसुंदरी, सिद्धि, बुद्धि, स्वधा, स्वाहा, महानिद्रा, शरशना, पाशपाणि, खरमुखी, वज्ञातारा, शांतानन, मयूरवदाना, काकी, शुकी, भासी, गरुत्मती, पद्मावती, पद्मकेशी, पद्मास्या, पद्मवासिनी, अक्षरा, त्यक्षरा, तंतु, प्रणवेसी, स्वरात्मिका, त्रिवर्ग, गर्वरहित, अजपा, जपहरिणि, जपसिद्धि, तपसिद्धि, योगसिद्धि, परा, अमृत, मैत्रीकृत, मित्रनेत्र, रक्षोघ्नी, दैत्यतापनि, स्तम्भनी, मोहनी, माया, बहुमाया, बालोत्कटा, उच्चटानि, महोलकस्या, दनुजेन्द्रक्षायन्कारी, क्षेमंकारी, सिद्धिकारी, छिन्नमस्ता, शुभानना, शाकंभरी, मोक्षलक्ष्मी, त्रिवर्गफलादायिनी, वार्तालीं, जांभली, क्लिन्ना, अश्वारूढ़, सुरेश्वरी, ज्वालामुखी और अन्य का उल्लेख किया जा रहा है। इन शक्तिशाली दैत्यों की विशाल सेना, जो समुद्र के समान थी, तटों की सीमाओं को पार करती हुई, उन शक्तियों द्वारा प्रत्येक को घेरकर चारों ओर से रोक दी गई। युद्ध के दौरान दैत्यों द्वारा छोड़े गए हथियार बहुत भयंकर थे। फिर भी शक्तियों ने तिरस्कारपूर्वक व्यवहार किया और उन्हें घास के पत्तों की तरह नष्ट कर दिया।

दैत्य जम्भ अत्यंत क्रोधित हो गया और उसने बाणों और शस्त्रों से भीषण प्रहार किया, जैसे बादल घनघोर वर्षा करते हैं। उसने तलवारें, चक्र, भूषुण्डी, गदा, खड्ग, लोहे की छड़ें, त्रिशूल, कुल्हाड़ी, बरछी, भाले, तीक्ष्ण

अर्द्धचंद्राकार शस्त्र, विभिन्न प्रकार के धारदार शस्त्र फेंके, जो शरीर को भेदते, छलनी कर देते थे। उसने विशालकाय वृक्ष और पाषाण शिलाओं को उखाड़-उखाड़ कर फेंकना शुरू कर दिया। माया शक्ति से सुसज्जित विन्ध्य पर्वत पर स्थित महादेवी ने पवनदेव के नेतृत्व में बाणों से सुसज्जित एक विशाल धनुष उठाया। उससे उन्होंने दैत्यों के बहुत से अस्त्र-शस्त्रों को खेल-खेल में दूर-दूर तक छिन्न-भिन्न कर दिया। अपनी सेना के सभी हथियार छीने हुए देखकर, असुर दुर्गा ने एक जलती हुई शक्ति (भाला) पकड़ी और उसे देवी की ओर फेंका। युद्ध के दौरान जैसे ही भाला तेजी से देवी की ओर बढ़ा, देवी ने अपने धनुष से छोड़े गए बाणों से उसे चूर्ण-चूर्ण कर दिया। शक्ति को खंडित होते देख, राक्षस दुर्गा ने एक चक्र छोड़ा, जिससे दैत्यों का समूह बहुत प्रसन्न हुआ। उसे भी देवी ने सैकड़ों बाणों से छोटे-छोटे कणों में बदल दिया। तब दैत्यराज ने सींग से बना एक धनुष उठाया, जो इन्द्र के धनुष के समान था और उसने देवी के हृदय पर बाण से प्रहार किया। यद्यपि देवी ने अपने प्रचण्ड वेग से उस बाण को रोक दिया था, फिर भी वह बाण तेजी से देवी की ओर बढ़ा। तब देवी ने अपने धनुष की डोरी से उस पर तेजी से प्रहार किया और उसे रोक दिया-वह साक्षात् मृत्युदेवता का बाण था। उस राक्षस ने हाथी का रूप धारण कर लिया और देवी पर आक्रमण किया। पर्वत के समान विशाल हाथी को आगे आते देख देवी ने उसे पाश से बाँध लिया और तुरन्त तलवार से उसकी सूँड़ काट दी। देवी द्वारा सूँड़ कट जाने पर हाथी ने अत्यधिक चिंघाड़ना आरम्भ कर दिया। फिर उस दैत्य ने भैंसे का रूप धारण कर लिया। अपने खुरों से ठोकर मारकर उसने अचल पृथ्वी को कंपा दिया। उस शक्तिशाली पशु ने अपने सींगों से अनेक पत्थर और चट्टानें फेंकी। उसके निःश्वास से चोट खाकर बड़े-बड़े वृक्ष भूमि पर गिर पड़े। जल के सात विशाल विस्तार तटों से टकराकर बह निकले। तीनों लोकों का मंडप उस महान् भैंसे के रूप में शक्तिशाली राक्षस से इस प्रकार हिल गया मानो युग के अंत में तेज हवा के झोंकों से हिल गया हो। अचानक हुए इस भयानक युद्ध से पूरा ब्रह्मांड भ्रमित हो गया। यह देखकर देवी क्रोधित हो गईं और उन्होंने उस पर अपने त्रिशूल से प्रहार किया। त्रिशूल

के प्रहार से वह घबराकर गिर पड़ा और फिर उठ खड़ा हुआ। भैंसे का रूप त्यागकर वह हजार भुजाओं वाला दैत्य हो गया। जब बाण निष्फल हो गया, तब क्रोधित अजेय राक्षस ने, संसार के महाप्रलय के समय प्रकट होने वाली अग्नि समान तेज वाला एक त्रिशूल उठाकर देवी पर फेंका। जैसे ही त्रिशूल देवी के पास पहुँचा, चंडिका ने राक्षस पर विजय की आशा सहित उसे अपने त्रिशूल से काट डाला। जब देवी के त्रिशूल से वह त्रिशूल निष्फल हो गया, तब दैत्यराज ने एक विशाल गदा उठाकर अचानक देवी के कंधे पर प्रहार किया। देवी के कंधे पर लगते ही बड़े पर्वत शिखर के समान गदा एक लाख टुकड़ों में विभक्त हो गई। तब देवी ने अपने बाएं पैर से दैत्यराज को लात मारी, जिससे वह जमीन पर गिर पड़ा। तत्पश्चात् ब्रह्माण्ड की माता द्वारा प्रेरित शक्तियाँ दैत्यों की सेना में इस प्रकार विचरण करने लगीं, जैसे संवर्त काल में मृत्यु के देवता की सेना होती है। क्योंकि जगतजननी ने ही दैत्य दुर्ग का पतन किया है, इसलिये उनका नाम दुर्गा प्रसिद्ध हुआ।

देवी दुर्गा शक्तियों के साथ मिलकर काशी की सर्वत्र रक्षा करती हैं। उनमें से प्रमुख हैं कालरात्रि। इसी प्रकार, नौ अन्य शक्तियाँ शतनेत्र, सहस्रसा, अयुतभुजा, अश्वारूढ़, गजस्या, त्वरीता, श्वावाहिनी, विश्वा और सौभाग्य-गौरी हैं जो इस पवित्र स्थान को हजारों दमनकारी यातनाओं से बचाती हैं।

चन्द्रमा

आनन्दकानन के महावन की एक पहाड़ी पर शाल्मली के वृक्ष के नीचे दूब की घास पर बैठकर भृङ्गी ने एक और आधार प्रश्न किया कि—'हे नन्दी, शिव के भाल पर चन्द्रमा विराजित है। कृपया इसका रहस्य बताइये।'

नन्दी ने कहा कि—'हे भृङ्गी, समुद्र मंथन के समय चौदह रत्न निकले थे, जिनमें दसवें रत्न के रूप में "चन्द्रमा" प्रकट हुआ था। समुद्र मंथन से निकला विष महदेव ने पी लिया, जिसकी वजह से उनका शरीर तप रहा था। ऐसे में शीतलता के लिए भगवान् शिव ने अपने सिर पर चन्द्रमा धारण किया। धार्मिक मान्यता है कि तभी से उनके मस्तक पर चन्द्रमा विराजमान हैं। शिव जी के मस्तक पर विराजमान होने की वजह से चन्द्रमा अत्यंत पूजनीय कहलाये।

गङ्गा

चक्रपुष्करणी तीर्थ के एक छोर पर विचारमग्न भृङ्गी ने नन्दी से एक और आधार प्रश्न किया कि—'हे नन्दी, गङ्गा जी की उत्पत्ति कैसे हुई? शिव की जटाओं में गङ्गा का वास है। तीन मार्गों से बहने वाली गङ्गा के अलावा कौन उन जीवों को स्वर्ग ले जा सकता है, जो ब्राह्मण के शाप की अग्नि से पूरी तरह भस्म हो गए और परिणामस्वरूप दयनीय स्थिति में पहुँच गए हैं? जब भगवान् विष्णु ने चक्रपुष्करिणी के तट पर तपस्या की थी, तब गङ्गा (भगीरथी) कहाँ थीं? यह गङ्गा काशी में कब आयीं। कृपया इसे संक्षेप से बताइये।

चक्रपुष्करणी तीर्थ में स्नान करते हुए नन्दी ने कहा कि—'हे भृङ्गी, जब भगवान् विष्णु ने वामन अवतार लेकर राजा बली से तीन पग धरती नापी तो उन्होंने एक पग में पूरी धरती और दूसरे पग में समूचा ब्रह्माण्ड नाप लिया था। इस दौरान जब वामन देव ने अपना पैर आकाश की ओर उठाया तब ब्रह्मा जी ने भगवान् विष्णु के चरण धोकर उस जल को अपने कमण्डल में भर लिया था। इस प्रकार गङ्गा जी की उत्पत्ति ब्रह्मा जी के कमण्डल से हुई थी। ब्रह्मा जी ने उनका पालन-पोषण स्वर्ग में किया था। कालान्तर में ब्रह्मा जी ने देवी गङ्गा को हिमालय को पुत्री के रूप में सौंप दिया था।'

नन्दी ने थोड़ा सोचते हुए कहना आरम्भ किया कि—'हे भृङ्गी, अयोध्या के इक्ष्वाकु वंश में राजा सगर हुए, जिन्होंने हैहय तथा तालजंग क्षत्रियों का संहार करके अपने प्रताप को स्थापित किया। राजा सगर की दो पत्नियाँ वैदर्भी और शैब्या थीं। राजा सगर अपनी दोनों पत्नियों के साथ कैलाश पर्वत पर जाकर पुत्र

की इच्छा से तपस्या करने लगे। शिव के वरदान से राजा सगर की पहली पत्नी वैदर्भी को साठ हजार पुत्र हुए जिन्हें कपिल मुनि ने उनकी वाचालता पर अपनी क्रोधाग्नि से भष्म कर दिया। राजा सगर की दूसरी पत्नी शैब्या से असमंजस नाम का पुत्र हुआ, जिसका भी उसकी उद्दण्डता के कारण राजा सगर ने परित्याग कर दिया था। इसी असमंजस के पुत्र अंशुमान ने कपिल मुनि के आशीर्वाद से आगे राजपाट का कुशल निवर्हन किया। राजा अंशुमान के एक पुत्र हुए, जिनका नाम दिलीप था। समय आने पर अंशुमान ने अपने पुत्र दिलीप को राज्य-भार सौंप कर गङ्गा को पृथ्वी पर लाने के लिये घोर तपस्या करते हुए शरीर त्याग किया। फिर राजा दिलीप अपने पुत्र भगीरथ को राज्य-भार सौंप कर तपस्या करते हुए स्वर्ग सिधार गये। राजा भगीरथ के समक्ष अपने पितामह का वचन और पिता का तप प्रत्यक्ष था। भगीरथ पुत्रहीन थे। उन्होंने राज्यभार अपने मन्त्रियों को सौंपा और स्वयं गोकर्ण तीर्थ में जाकर घोर तपस्या करने लगे। ब्रह्मा के प्रसन्न होने पर उन्होंने दो वर माँगे—पहला तो यह कि गङ्गाजल चढ़ाकर भस्मीभूत पितरों को स्वर्ग प्राप्त करवा पायें और दूसरा यह कि उनको कुल सुरक्षा करने वाला पुत्र प्राप्त हो। ब्रह्मा ने उन्हें दोनों वर दिये, साथ ही यह भी कहा कि गङ्गा का वेग इतना अधिक है कि पृथ्वी उसे संभाल नहीं सकती। भगवान् शङ्कर की सहायता लेनी होगी। ब्रह्मदेव के अन्तर्ध्यान होने के उपरान्त राजा भगीरथ ने पैर के अंगूठों पर खड़े होकर एक वर्ष तक तपस्या की। फलस्वरूप देवनदी गङ्गा का पृथ्वी पर आना सुनिश्चित हुआ।

राजा भगीरथ की तपस्या से प्रसन्न होकर भगवान् शङ्कर ने अति वेग के साथ पृथ्वी पर उतरती हुई गङ्गा को अपनी जटाओं में समा लिया। शिव की जटाओं में गङ्गा ऐसे विलीन हो गयीं कि उन्हें वर्षों तक शिव-जटाओं से बाहर निकलने का मार्ग नहीं मिला।

राजा भगीरथ ने पुनः तपस्या से सदाशिव को प्रसन्न किया तो शिव ने श्रुति-उपनिषदों के ब्रह्मरस अक्षरों को निचोड़ कर अपनी जटाओं से जल की तीन बूँद प्रवाह से नदियों में सर्वश्रेष्ठ नदी को अविच्छिन्न प्रवाहित किया। एक बूँद धारा बनकर पाताल की ओर चली गयी, दूसरी आकाश की ओर और तीसरी

धारा में राजा भगीरथ स्नान करके पवित्र हुए और अपने दिव्य रथ पर चढ़कर आगे-आगे चल दिये। भगीरथी के रूप में गङ्गा भगीरथ के पीछे-पीछे चलीं। वह तीन धाराओं में प्रवाहित होने के कारण ही त्रिपथगा कहलाईं। मार्ग में गङ्गा की अतितीव्र जल से जह्नुमुनि की यज्ञशाला बह गई। क्रुद्ध होकर मुनि ने सम्पूर्ण गङ्गा जल पी लिया। इस पर चिंतित समस्त देवताओं ने जह्नुमुनि का पूजन किया तथा गङ्गा को उनकी पुत्री कहकर क्षमा-याचना की। जह्नुमुनि ने कानों के मार्ग से गङ्गा को बाहर निकाला। तभी से गङ्गा जह्नुसुता जाह्नवी भी कहलाने लगीं। भगीरथ के पीछे-पीछे चलकर गङ्गा वहाँ तक पहुँचीं, जहाँ सगर के साठ सहस्त्र पुत्रों के भस्मावशेष थे। जल के पावन स्पर्श से वे मुक्त हो गये। ब्रह्मा ने प्रसन्न होकर कहा—'हे भगीरथ, जब तक समुद्र रहेगा, तुम्हारे पितर देववत माने जायेंगे तथा गङ्गा तुम्हारी पुत्री कहलाकर भगीरथी नाम से विख्यात होगी।'

धरती पर उतरीं समुद्र तक पहुँचने को तीव्रगामी गङ्गा अपने वेग से अविरल और अविच्छिन्न बहते हुए जब काशी में पहुँचीं तो अपने प्रवाह में वाराणसी में तपस्या कर रहे भगवान् दत्तात्रेय के कमण्डलु और कुश-आसन को अपनी तेज धारा में साथ बहा ले गईं। डेढ़ किलोमीटर आगे आ जाने के बाद माँ गङ्गा को इस बाद का आभास हुआ कि वह भगवान् दत्तात्रेय का कमण्डलु और कुश-आसन अपने साथ बहा लाई हैं। इसके बाद माँ गङ्गा फिर से उल्टी लौटकर भगवान् दत्तात्रेय के पास पहुँचीं और उन्हें उनकी वस्तुएं वापस करके क्षमा माँगी। जब भगवान् दत्तात्रेय ने उन्हें क्षमा कर दिया तब माँ गङ्गा पुनः सामान्य रूप से बहने लगीं। तब से आज तक काशी में उल्टी गङ्गा बहती हैं।

जब गङ्गा ने दिलीप के पुत्र भगीरथ के साथ इस आनन्दकानन में चक्रपुष्करणी तीर्थ से सङ्गम किया, तब उन्हें महादेव द्वारा प्रदत्त संरक्षण से उत्पन्न इस तीर्थ की अद्वितीय शक्ति का भान हुआ। काशी में गङ्गा ने एक भव्य लिङ्ग की स्थापना की, जिसे गङ्गेश्वर लिङ्ग के नाम से जाना जाता है। उल्लेख है कि कलियुग में गङ्गेश्वर लिङ्ग प्रायः विलुप्त रहेगा। तिष्य (कलियुग के आखिरी चरण में) आने पर गङ्गा और काशी धीरे-धीरे दुर्लभ होती जायेगी।

तीनों लोकों की सभी पवित्र नदियाँ और तीर्थ, सभी धर्म, धन सहित यज्ञ, सभी प्रकार की तपस्या, अंग सहित चतुर्भुज वेद, नारायण और शिव तथा ब्रह्मा और सभी देवगण; सभी पुरुषार्थ और सभी शक्तियों के विभिन्न सूक्ष्म रूप ये सभी गङ्गा में स्थित हैं। कृतयुग में सर्वत्र पवित्र तीर्थ हैं, त्रेतायुग में पुष्कर सभी तीर्थों में श्रेष्ठ है। द्वापरयुग में कुरुक्षेत्र (सबसे श्रेष्ठ) है। कलियुग में केवल गङ्गा सबसे पवित्र है। कृतयुग में मोक्ष का कारण ध्यान है। त्रेतायुग में ध्यान और तप मोक्ष के कारण हैं। द्वापरयुग में ध्यान, तप और यज्ञ मोक्ष के कारण हैं, लेकिन कलियुग में केवल गङ्गा ही मोक्ष का कारण हैं। यह गङ्गा, जिसका गर्भ शिव के तेज की अग्नि से बना है, जो शिव तेज से भली-भाँति सुरक्षित है वह समस्त दोषों और पापों को जला देती है। जिस प्रकार लिङ्ग की पूजा करने से सारा ब्रह्माण्ड पूजित हो जाता है, उसी प्रकार गङ्गा में स्नान करने से सभी तीर्थों का लाभ प्राप्त हो जाता है। लिङ्ग में मणिकर्णिका पाँच सौ हाथ उत्तर से दक्षिण तक फैली हुई है। यह तीनों लोकों का सार है। यह महा-आत्मा का मूल आधार है। चौंसठ हजार गण सदैव गङ्गा की रक्षा करते हैं।

भगवान् शिव की अष्टमूर्तियाँ

आनन्दकानन के अविमुक्त क्षेत्र में एक पाषाणशिला पर बैठे भृङ्गी ने नन्दी से प्रश्न किया कि—'हे नन्दी, शिव की कितनी मूर्तियाँ हैं? कृपया इसे संक्षेप से बताइये।'

चक्रपुष्करणी तीर्थ में स्नान करते हुए नन्दी ने कहा कि—'हे भृङ्गी, भगवान् शिव की क्रमशः शर्व, भव, रुद्र, उग्र, भीम, पशुपति, ईशान और महादेव अष्टमूर्तियाँ हैं। ये अष्टमूर्तियाँ पृथ्वी, जल, अग्नि, वायु, आकाश, क्षेत्रज्ञ, सूर्य और चंद्रमा में अधिष्ठित हैं तथा सूत्र में मणियों की तरह पिरोई गई हैं।

भगवान् शिव का 'शर्व' (पृथ्वीमूर्ति) रूप इस चराचर जगत को धारण करने वाला है। 'भव' (जलमूर्ति) रूप सलिलात्मक एवं जगत को जीवन प्रदान कर संसार का पालन करते हुए उसे चलाता है। 'रूद्र' (तेजमूर्ति), 'उग्र' (वायुमूर्ति) 'भीम' (आकाशमूर्ति) रूप, जिससे राजसमुदाय का भेदन होता है। 'पशुपति' (अग्निमूर्ति) रूप आत्माओं का अधिष्ठान कर जीवों के पाश को काटने वाला है। 'ईशान' (सूर्यमूर्ति) रूप इस संसार को प्रकाशित करने वाला सूर्य रूप आकाश में फैला हुआ है। 'महादेव' (चन्द्रमूर्ति) रूप अमृतमयी रश्मियों से संसार को तृप्त करने वाला है। 'आत्मा' देवाधिदेव भगवान् शिव का मूर्ति रूप है और अन्य मूर्तियों की व्यापिका है।

भगवान् शङ्कर की महापरिषद

आनन्दकानन के विश्वनाथ-खण्ड में चन्दन के एक विशालकाय वृक्ष के नीचे बैठे भृङ्गी ने प्रश्न किया कि—'हे नन्दी, शिव की एक महापरिषद है, जिसमें हम और आप भी शामिल हैं। लोक आस्था जिसे भगवान् शङ्कर की कचहरी अथवा शिव-दरबार या प्रमथ के नाम से जानती है। वह भी एक बार अपने मुखारविन्दु से बता दीजिए।'

नन्दी ने कहा कि—'हे भृङ्गी, आप तो जानते ही हैं कि भगवान् शङ्कर की पंचायत भी है। जिसकी संख्या 36 करोड़ के लगभग है। देवताओं और दैत्यों के विवादों आदि के बीच जब कोई महत्त्वपूर्ण निर्णय लेना होता है तो भगवान् शङ्कर की इस महापंचायत का फैसला अंतिम होता है। भगवान् शङ्कर की पंचायत में कचहरी के सदस्य दरबारी-गण हैं। शिव की इस पंचायत में 5 देवता शामिल हैं। 1-सूर्य, 2-गणपति, 3-देवी, 4-रुद्र और 5-विष्णु। ये देवता शिव-पंचायत के सदस्य कहलाते हैं। श्री गणेश जी को गणपति कहा जाता है। इन्हें समस्त गणों का अध्यक्ष भी मानते हैं, इसलिये ये गणाध्यक्ष भी कहलाते। देवताओं के कोषाध्यक्ष कुबेरदेव भगवान् शिव के प्रिय हैं। भैरव, वीरभद्र, मणिभद्र, चन्दिस, मैं स्वयं नन्दी, आप स्वयं भृङ्गी, श्रृङ्गी, रिटी, शैल, गोकर्ण, घण्टाकर्ण, जय और विजय भगवान् शिव के प्रमुख गण हैं। अन्य गणों में शांकुकर्ण, महाकाल, महोदरा, सोमनंदिन, नंदीषेण, कालापिंगल, कुक्कुट्ट, कुंडोदरा, मयूराक्ष, बाण, तारक, तिलपर्ण, स्थूलकर्ण, दर्मिकंड, प्रभमय, सुकेश, विंदति, छ्ग, कपर्दिन, पिंगलक्ष, वीरभद्र, किरात,

चतुर्मुख, निकुम्भक, पंचाक्ष, भरभूत त्यक्ष, क्षेमक, लांगलिन, विराध, सुमुख, आषाढ़ी, नैगमेय, शखा, विशाखा आदि प्रमुख गण हैं। इसके अतिरिक्त पिशाचों, दैत्यों, नाग-नागिनों और पशुओं को भी भगवान् शिव का गण माना जाता है। शिव के गण शिवजी के मित्र भी हैं और उनके अभिरक्षक भी। स्वयं हम नन्दी और स्वयं आप भृङ्गी, स्कंद, रिटी, वृषभ, गणेश, उमा-महेश्वर और महाकाल भगवान् शिव के प्रमुख द्वारपाल हैं। शिव के क्षेत्र में कोई भी देवी या देवता, दैत्य या दानव शिव के द्वारपाल की आज्ञा के बगैर अंदर नहीं जा सकता। ये द्वारपाल संपूर्ण दिशाओं में तैनात हैं। बाण, रावण, चण्ड, हम नन्दी, आप भृङ्गी आदि भगवान् शिव के पार्षद कहलाते हैं। इनमें हम नन्दी और आप भृङ्गी गण, द्वारपाल और पार्षद तीनों भूमिका में हैं। भगवान् शङ्कर के गणों में भैरव को सबसे प्रमुख माना जाता है, फिर मुझ नन्दी को। उसके बाद वीरभद्र का क्रम आता है। भगवान् शिव ने गण 'वीरभद्र' को अपनी जटा से उत्पन्न किया था। शिव के इन्हीं बहादुर गण वीरभद्र ने शिव के आदेश पर दक्ष प्रजापति का सिर धड़ से अलग कर दिया था। भगवान् शङ्कर का मंदिर जहाँ भी स्थापित होता है, वहाँ रक्षक (कोतवाल) के रूप में भैरव की प्रतिमा भी स्थापित की जाती है। भैरव दो हैं—काल भैरव और बटुक भैरव। ये सभी गण लगातार धरती और ब्रह्मांड में विचरण करते रहते हैं और प्रत्येक प्राणियों की आत्मा-परमात्मा सभी की पूरी खोज-खबर रखते हैं। शिष्य (7) बृहस्पति, विशालाक्ष, शुक्र, सहस्त्राक्ष, महेंद्र, प्राचेतस मनु, भरद्वाज, जिन्हें प्रारंभिक सप्तर्षि माना जाता है। इनके अतिरिक्त गौरशिरस भी शिष्य हैं। शिव से ही गुरु और शिष्य परंपरा आरम्भ होती है।

शिव के अवतार माता का रूप प्रथम सती और द्वितीय पार्वती हैं, यही उमा व उर्मि और काली कही गयीं।

पुत्र (6) गणेश, कार्तिकेय, सुकेश, जलंधर, अयप्पा, भूमा हुए।

नन्दी

आज प्रातःकाल आनन्दकानन के अशोकवन के एक उपवन में वटवृक्ष के नीचे बैठे भृङ्गी ने नन्दी से पूछा कि—'हे नन्दी, आज मेरा मन आपके बारे में जानने को व्यग्र हो रहा। कृपया अपने जन्म के वृत्तान्त को बतायें।'

यह बात सुनकर नन्दी मुस्कुराये और कहने लगे—'मेरे पिता ऋषि शिलाद ने जन्म और मृत्यु के बंधन से मुक्त संतान की कामना के लिए देवराज इन्द्र को अपने तप से प्रसन्न किया। इन्द्रदेव अपनी असमर्थता जताते हुए उन्हें भगवान् शिव से वरदान माँगने को कहा। मेरे पिता ऋषि शिलाद ने फिर कठोर तपस्या की, जिससे प्रसन्न होकर भगवान् शिव प्रकट हुए और स्वयं पुत्र के रूप में प्रकट होने का मेरे पिता ऋषि शिलाद को वरदान दिया। कुछ समय बाद एक दिन मेरे पिता ऋषि शिलाद खेत में हल चला रहे थे, उसी समय उन्हें खेत में एक बेहद आकर्षक तेजवान शिशु मिला। इस बीच आकाशवाणी होती है कि—'यही तुम्हारी सन्तान है, इसका अच्छी तरह पालन-पोषण करना।' ऋषि शिलाद मुझ नवजात शिशु को लेकर अपने आश्रम लौट आए और बेहद प्रेम और स्नेह के साथ मुझे पालने लगे। मैं बचपन से ही आध्यात्मिक और अपने पिता का आदर करने वाला था, मेरा नाम उन्होंने नन्दी रखा। मेरे पिता ऋषि शिलाद मुझसे बेहद प्रसन्न रहते थे। उन्होंने मुझे वेदों के साथ-साथ नैतिक शिक्षा का भी ज्ञान दिया था। कुछ वर्षों बाद हमारे आश्रम में दो ऋषि, एक मित्र और दूसरे वरुण पधारे। दोनों ऋषियों ने मेरे पिता को बताया कि नन्दी अल्पायु हैं। ऋषियों की बात से दुखी पिता को हमने आश्वस्त किया कि

आप चिंता न करें। ऋषियों की भविष्यवाणी सच नहीं होगी। हमने शिव जी को प्रसन्न करने के लिए भुवन नदी के किनारे कठोर तपस्या आरम्भ कर दी। तपस्या से शिव जी ने प्रसन्न होकर मुझसे कहा कि तुम मेरे ही अंश हो इसलिए तुम्हें मृत्यु से डरने की जरूरत नहीं है। भगवान् शिव ने मुझसे वरदान माँगने

को कहा। हमने वरदान के रूप में आजीवन शिव का सानिध्य माँग लिया। हमने उनसे प्रार्थना की कि हम हर समय आपके साथ रहना चाहते हैं। आप मुझे अपनी सेवा में रख लीजिए। हमारे समर्पण से प्रसन्न होकर भगवान् शिव ने हमको पहले अपने गले लगाया और वृषभ का चेहरा देकर हमें अपना वाहन बना लिया। इसके बाद शिवजी ने माता पार्वती की सम्मति से संपूर्ण गणों और वेदों के समक्ष गणों के अधिपति के रूप में हमारा अभिषेक कराया। इस तरह हम नन्दी से नन्दीश्वर बन गए और शिवजी के वरदान से जन्म के बाद मृत्यु से मुक्त और अजर-अमर हो गए। शिवजी ने हमको यह भी वरदान दिया कि जहाँ उनका निवास होगा, वहाँ हमारा भी निवास होगा। इसलिए शिवजी के सभी मंदिरों और शिवालयों में हमारी भी स्थापना की जाती है।

हमारे द्वारा शिव का सानिध्य प्राप्त करने के बाद ही असुरों और देवताओं के बीच क्षीर सागर में समुद्र मंथन हुआ। इस मंथन में सबसे पहले हलाहल नाम का अत्याधिक घातक विष निकला, जिसकी एक बूंद भी सर्वनाश कर सकती थी। इस विष का गलत प्रयोग ना हो इसलिए संपूर्ण संसार की रक्षा के लिए स्वयं शिव ने उस हलाहल का पान कर लिया। वह विष, शिव के लिए भी घातक था इसलिए उनकी अर्द्धाङ्गिनी माता पार्वती यह नहीं चाहती थीं कि इस विष की बूंद भी शिव के शरीर में जाए इसलिए माता पार्वती ने शिव के गले में ही उस विष को रोक दिया था। लेकिन विषपान करते समय कुछ बूंदें धरती पर गिर गई थीं, जिसे हमने अपनी जीभ से चाट कर साफ किया था। देवता और असुर दोनों ही हमको देखकर हैरान रह गए कि हमने जान-बूझकर इस विष को क्यों ग्रहण किया। समय आने पर मरुतों की पुत्री सुयशा के साथ मेरा विवाह हुआ।' भृङ्गी ने नन्दी को बीच में रोकते हुए एक नया सवाल किया कि—'रावण का कैसा प्रसंग है, कृपया प्रकाश डालें।' नन्दी ने कहना आरम्भ किया कि—'एक बार की बात है कि जब कुबेर पर विजय प्राप्त कर रावण लौट रहा था तो वह कुछ देर कैलाश पर्वत पर रुका था। वहाँ हमारे स्वरूप को देखकर रावण ने हमारा उपहास किया। हमने भी क्रोध में आकर रावण को यह श्राप दिया कि मेरे जिस पशु स्वरूप को देखकर तू इतना हँस रहा है। उसी पशु स्वरूप के जीव तेरे विनाश का कारण बनेंगे।'

भृङ्गी ने नन्दी से पूछा कि 'हे नन्दी, हम अक्सर देखते हैं कि जो शिवभक्त भगवान् के दर्शन के लिए आते हैं, वे लोग आपके कान में कुछ बोलते हैं, कृपया बतायें कि वे क्या बोलते हैं। नन्दी ने कहा कि—'वाह भृङ्गी, तुमने मेरे और भगवान् के मध्य के रहस्यों पर भी बहुत ध्यान दिया है। बात यह है कि भगवान् सदैव ध्यान-तपस्या में लीन रहते हैं। भक्त तो अपनी नियति के अनुसार आते हैं। हमें शिव के संदेशवाहक के रूप में देखा जाता है। भक्तों का मानना है कि हमारे माध्यम से उनकी प्रार्थनाएं और अनुरोध शिव तक पहुँच सकते हैं। भगवान तक उनकी मनोकामना पहुँच जाए इस निमित्त जाते-जाते वह हमारे कान में 'ॐ' शब्द का उच्चारण करने के बाद अपनी मनोकामनाएं हमारे कान में कह देते हैं, यह भी ध्यान रखते हैं कि कोई और न सुन सके मेरे सिवाय। और मैं भी सभी की मनोकामनाओं को सूचीबद्ध कर भगवान् को तत्काल समयानुसार पहुँचा देता हूँ।'

भृङ्गी ने एक नया सवाल पूछ दिया कि—'हे नन्दी, आपको माता पार्वती ने श्राप क्यों दिया था, उस श्राप से आपको मुक्ति किस प्रकार मिली।' नन्दी ने कहा कि—'एक बार की बात है कि भगवान् शङ्कर और माता पार्वती पासे का खेल खेल रहे थे, जिसमें माता पार्वती ने जीत हासिल की। इस खेल में कुछ विवाद उत्पन्न हो गया, जिसके समाधान के लिए मुझको मध्यस्थ के रूप में बुलाया गया। हमने सभी बिन्दुओं को समझ-बूझ कर भगवान् शङ्कर को विजेता घोषित कर दिया। हमारे इस निर्णय से माँ पार्वती ने उद्वेलित हो कर हमको एक भयंकर रोग का श्राप दे दिया। अपनी गलती की अनुभूति होते ही, हमने विनम्रता पूर्वक माफी माँगी और स्वीकार किया कि हमने यह निर्णय अपनी अटूट भक्ति और निष्ठा के कारण लिया। हम अपने स्वामी को हारता हुआ नहीं देख सकते थे। हमारी इस भक्ति से माँ पार्वती का हृदय पिघल गया और उन्होंने श्राप को हटाने का निर्णय लिया, लेकिन एक शर्त पर। उन्होंने हम से कहा कि अगली चतुर्दशी पर हमें अपनी सबसे प्रिय वस्तु गणपति गणेश को अर्पित करनी होगी। पूरे विश्वास और समर्पण के साथ, हमने गणपति गणेश को हरी दूर्वा घास, जो कि हमारे जीवन का मूल आहार थी, अर्पित कर दी।

गणपति गणेश ने इस भेंट को सहर्ष स्वीकार किया जिससे हमारा श्राप समाप्त हो गया। तब से आज तक, गणपति गणेश को दूर्वा चढ़ाने की यह परम्परा शिव, पार्वती, नन्दी और गणेश के बीच शाश्वत संबंधों के साथ भक्ति और आशीर्वाद प्राप्त करने के लिए निभाई जाती है।

हम नन्दी भगवान् शिव के निष्ठावान द्वारपाल और संदेशवाहक हैं। माता पार्वती जब नन्दी के कान में कुछ फुसफुसाती हैं, तो यह एक प्रतीक है भक्ति और विश्वास का। वो माता पार्वती की प्रार्थनाओं और इच्छाओं को सीधे महादेव तक पहुँचाने का माध्यम बन जाते हैं। यह क्षण भक्त और भगवान् के बीच के शाश्वत संबंध को दर्शाता है, जिसमें नन्दी 'महादेव' तक पहुँचने का सेतु हैं।

हे भृङ्गी, आपको अपने बारे में क्या बताना, आप तो जानते ही हैं कि मैं ही भगवान् शिव का वाहन हूँ, जो शिव का एक गण भी हूँ। मैं हमेशा शिव के साथ रहता हूँ। मनुस्मृति के अनुसार 'वृषो हि भगवान धर्मः' वृषभ का अर्थ धर्म है। वेद में धर्म को 4 पैरों वाला प्राणी कहा है। धर्म, अर्थ, काम और मोक्ष उसके 4 पैर हैं और भगवान् शङ्कर 4 पैर वाले मुझ वृषभ की सवारी करते हैं अर्थात धर्म, अर्थ, काम और मोक्ष ये चारों ही भगवान् शङ्कर के अधीन हैं। बैल को महिष कहा जाता है और इसी कारण भगवान् शिव का एक नाम 'महेश' भी प्रचलित हुआ। हमने ही 'धर्मशास्त्र', 'अर्थशास्त्र', 'कामशास्त्र' और 'मोक्षशास्त्र' की रचना की है।

भृङ्गी ने एक नया सवाल पूछ दिया कि—'हे नन्दी, असीम शक्तियों के स्वामी आप शिव परिवार का महत्त्वपूर्ण और अभिन्न हिस्सा होने के बावजूद मंदिर के गर्भ-गृह के बाहर क्यों स्थापित होते हैं?'

नन्दी ने कहा कि—'इसके पीछे भी रहस्य है। गर्भ गृह के बाहर खुली आँखों की अवस्था में समाधि की स्थिति में होते हैं हम, लेकिन हमारी दृष्टि शिव की ओर ही रहती है। शिव दर्शन से पहले लोग हमारे दर्शन करना शास्त्रसम्मत मानते हैं। लोग अपने मद, मोह, छल, कपट और ईर्ष्या जैसे निजी विकारों को हमारे पास त्याग कर ही शिव के पास जाते हैं।

हम जीवन की प्रसन्नता और सफलता के प्रतीक हैं। ऋषि शिलाद के अयोनिज पुत्र नन्दी हम शिव के ही अंश हैं, इसलिए अजर-अमर हैं। हमारे सींग विवेक और वैराग्य के प्रतीक हैं। दाहिने हाथ के अंगूठे और तजर्नी से हमारे सींगों को स्पर्श करते हुए शिव के दर्शन किए जाते हैं। नन्दी के हाथ पूजा में एक साथ दबाए जाते हैं।

हमें भगवान् शिव द्वारा सिखाई गई आगमिक और तांत्रिक ज्ञान की दिव्य जानकारी माता पार्वती से मिली थी। हमें ही नन्दिनाथ संप्रदाय के आठ शिष्यों का मुख्य गुरु माना जाता है, जिनके नाम हैं सनक, सनातन, सनंदन, सनतकुमार, तिरुमूलर, व्याघ्रपाद, पतंजलि और शिवयोग मुनि। इन आठ शिष्यों को हमने आठ अलग-अलग दिशाओं में इस ज्ञान को फैलाने के लिए भेजा था।

भृङ्गी

आज आनन्दकानन में टहलते हुए नन्दी ने भृङ्गी से पूछा कि—'हे भृङ्गी, आप हमसे प्रतिदिन पूछते हैं। बहुत दिन से एक सवाल मैं आपसे पूछना चाहता रहा, जो हम आपसे आज पूछ रहे, आप तीन पैरों वाले तपस्वी शिव के महान् गण हैं। पुराणों में आपको अपनी धुन का पक्का एक महान् तपस्वी ऋषि के रूप में उल्लिखित किया गया है। कृपया अपने बारे में कुछ कहें।'

ऐसा सवाल सुनते ही भृङ्गी प्रसन्न हुए और कहने लगे कि—'हे नन्दी, मेरी कहानी भी जीवन के उतार-चढ़ाव भरी है। मेरे पिता विभाण्डक एक महान् ऋषि थे। एक बार विभाण्डक ऋषि उर्वशी पर आसक्त हुए और एक हिरणी के गर्भ से हमारा जन्म दिया। हमने अपना सम्पूर्ण जीवन भगवान् शिव की सेवा में समर्पित कर दिया। हमें भगवान् शिव के साथ रहने और उनकी सेवा करने के लिए जाना जाता है।

हमने भी आपकी भाँति भगवान् शिव की कठोर तपस्या की। हमारी तपस्या से प्रसन्न हो महादेव ने प्रकट होकर हमसे वर माँगने को कहा। तब हमने उनसे कहा कि हम जब भी चाहें आपका सानिध्य प्राप्त हो सके। ऐसा सुनकर महादेव ने हमें वरदान दिया कि हम जब भी चाहे कैलाश पर आ सकते हैं। उस वरदान को पाने के बाद हमने कैलाश को ही अपना निवास स्थान बना लिया और यहीं भगवान् शिव के सानिध्य में रहकर उनकी आराधना करने लगे। हमारी भक्ति भगवान् शिव में इतनी थी कि उनके समक्ष हमें कुछ दिखता ही नहीं था। माता पार्वती की अवहेलना करके केवल शिव की ही पूजा

किया करते थे हम। आपने और अन्य शिवगणों ने भी हमें कई बार समझाया कि केवल शिवजी की पूजा नहीं करनी चाहिए, किन्तु भक्ति में डूबे हमको यह बात समझ में नहीं आई। एकबार हम केवल भगवान् शिव की परिक्रमा करना चाहते थे किन्तु आधी परिक्रमा करने के बाद हम रुक गए, हमने माता से अनुरोध किया कि वे कुछ समय के लिए महादेव से अलग हो जाएँ, जिससे

हम अपनी परिक्रमा पूरी कर सकें। अब माता ने हँसते हुए कहा कि मैं किसी भी स्थिति में शिव से अलग नहीं हो सकती। हमने उनसे बहुत अनुनय-विनय किया, किन्तु माता शिव से अलग हटने को तैयार नहीं हुई। हम अपने हठ पर अड़े रहे थे। महादेव ने तत्काल महादेवी को स्वयं में विलीन कर दाहिने भाग से पुरुष रूप में और बाएं भाग से स्त्री रूप में दिखते हुए अर्धनारीश्वर रूप धारण किया। अब हमने भँवरे का स्वरूप धारण कर महादेव के शीष-जटा की परिक्रमा करना चाही तब माता पार्वती ने कुपित होकर हमें शाप देकर हमारे भीतर के स्त्री रूप को छिन्न-भिन्न कर दिया। शरीर विज्ञान के तंत्रोक्त अनुशीलन के अनुसार इंसान के शरीर में हड्डियाँ और पेशियाँ पिता से मिलती हैं, जबकि रक्त और मांस माता के अंश से प्राप्त होता है। अब हम न-जीवितों में रहे और न ही मृत हुए थे। हमारे शरीर से तत्काल रक्त और मांस अलग हो गया। शरीर में बची रह गईं मात्र हड्डियाँ और पेशियाँ। मृत्यु तो हो नहीं सकती थी, क्योंकि हम अविमुक्त के क्षेत्र में थे और स्वयं सदाशिव और महामाया हमारे समक्ष थे। असह्य अपार पीड़ा से हम बेचैन होने लगे। दयनीय स्थिति में आने के बाद माता पार्वती से क्षमा याचना कर हमने दोनों की पूजा और परिक्रमा की। तब महादेव के अनुरोध पर माता पार्वती अपना श्राप वापस लेने को तैयार हुईं, किन्तु हमने माता को ऐसा करने से रोक दिया।

हमने कहा कि—'हे माता! आप कृपया मुझे ऐसा ही रहने दें ताकि मुझे देख कर पूरे विश्व को यह ज्ञान होता रहे कि शिव और शक्ति एक ही हैं और नारी के बिना पुरुष पूर्ण नहीं हो सकता।' हमारी इस बात से दोनों बड़े प्रसन्न हुए और महादेव ने हमें वरदान दिया कि हम सदैव उनके साथ ही रहेंगे। साथ ही भगवान् शिव ने कहा कि चूँकि भृङ्गी उनकी आधी परिक्रमा ही कर पाए थे, इसीलिए आज से उनकी आधी परिक्रमा का ही विधान होगा। तब से यह प्रथा बन गई कि महादेव की आधी परिक्रमा की जाती है। हम चलने-फिरने में समर्थ हो सके इसीलिए भगवान् शिव ने हमें तीसरा पैर भी प्रदान किया, जिससे हम अपना भार संभाल कर शिव-पार्वती के साथ चलते हैं।

पञ्चनद

आनन्दकानन की मध्य पहाड़ी पर नारंगी के वृक्ष के नीचे बैठकर भृङ्गी ने पूछा कि—'हे नन्दी, काशी में उस तीर्थ को पञ्चनद नाम कहाँ से मिला? वह सभी तीर्थों में सबसे पवित्र कैसे बन गया? सर्वव्यापी जनार्दन ने अपना रूप कैसे त्याग दिया और सबकी आत्मा बनकर सर्वश्रेष्ठ तीर्थ पञ्चनद में कैसे स्थित हो गए? यह स्थान किस प्रकार 'पञ्चनद' (पञ्चगङ्गा) बन गया?'

नन्दी ने कहना आरम्भ किया—'हे भृङ्गी, 'पञ्चनद' ही पञ्चगङ्गा है, जो गङ्गा के पाँच पवित्रतम तीर्थों में से एक है। भगीरथ द्वारा गङ्गा को वहाँ लाने से पहले दो पौराणिक धाराएँ 'धूतपापा' और 'किरणा' (नदियाँ) थीं, जो 'धर्मनद' नामक कुण्ड में मिलती थीं। बाद में प्रयाग से 'यमुना' और 'सरस्वती' समाहित हो गङ्गा के साथ (तीन नदियाँ) आकर काशी में मिलती थीं। इस स्थान पर पाँच नदियों का सङ्गम पञ्चगङ्गा तीर्थ और यहाँ के घाट को पञ्चगङ्गा घाट के नाम से जाना जाता है। अद्यतन, स्नान घाट के उत्तर में धूतपापा नामक पानी की एक धारा बहती है। दक्षिण में (जिसे लक्ष्मण बाल घाट कहा जाता है) गङ्गा की ओर खुलने वाला एक आयताकार कुंड है और इसे 'किराणा नदी' कहा जाता है।'

भू, भुवः और स्वः (तीनों लोकों) में काशी सबसे पवित्र तीर्थ है। यहाँ पञ्चनद तीर्थ भगवान् विष्णु को प्रिय हुआ।

नन्दी ने आगे कहना आरम्भ रखा—'हे भृङ्गी, पूर्वकाल में भृगु के कुल में वेदशिरस नामक एक महान् तपस्वी ऋषि हुए थे। देवकन्या शुचि के संसर्ग से

उन्हें एक सुन्दर कन्या की प्राप्ति हुई। कन्या के जन्म के बाद देवकन्या शुचि नवजात को आश्रम में छोड़कर अपने लोक लौट गईं। हिरणी का दूध पिलाकर ऋषि वेदशिरस ने अपने आश्रम में कन्या को पाल-पोसकर धूतपापा नाम दे कर बड़ा किया। युवावस्था में पिता की आज्ञा लेकर धूतपापा ने अविमुक्त क्षेत्र में कठोर तपस्या की। पञ्चाग्नियों से तप कर धूतपापा को शुद्ध मन से निरंतर तपस्या करते देख ब्रह्माजी उसके पास आये और बोले—'हे कन्या! मैं प्रसन्न हूँ। कोई वरदान माँगो।' चतुर्मुख भगवान् को हंस वाहन पर बैठे देखकर धूतपापा प्रसन्न हो गई।

धूतपापा ने कहा—'हे पितामह, मुझे पवित्रतम बना दीजिये।' ब्रह्मा ने कहा—'हे बालिका! स्वर्ग में, पृथ्वी पर तथा वायुमंडल में साढ़े तीन करोड़ पवित्र तीर्थ हैं। वे अधिकाधिक पवित्र करने में समर्थ हैं। मेरी आज्ञा से वे सभी तीर्थ तुम्हारे शरीर के रोम-रोम में निवास करें। तुम सबसे पवित्र बनो।' यह कहकर ब्रह्माजी अन्तर्ध्यान हो गये। वह तो धूतपापा कन्या, जिसके पाप नष्ट हो गये थे, अपने पिता वेदशिरस की कुटिया में चली गई। एक बार धर्म ने तपस्विनी धूतपापा से गंधर्व विवाह करना चाहा तो धूतपापा ने धर्म से पारम्परिक विवाह करने की बात कही। इस प्रकार दोनों ने कहा-सुनी करते हुए परस्पर श्राप दे दिया। धूतपापा ने कहा कि 'चूँकि तुम अत्यन्त अचेतन हो, अतः नदी बन जाओ, जल का कुंड बन जाओ।' धूतपापा द्वारा इस प्रकार शापित किये जाने पर धर्म भी क्रोधित हो गया और उसने भी इस प्रकार शाप दिया—'तुम, चट्टान बन जाओ।' इस प्रकार उनके पारस्परिक शाप के कारण धर्म अविमुक्त तीर्थ में एक नदी बन गया। वह महान् धर्मनद के नाम से प्रसिद्ध हुआ। उधर वेदशिरस को जब ज्ञात हुआ तो कहा कि तुम्हारे दो रूप होंगे, मूल और द्रवित। जब चन्द्रमा उदय होगा, तब तुम पिघल कर एक नदी बन जाओगी और धूतपापा के नाम से विख्यात होगी। तब से ह्रद (स्थिर तालाब) काशी में धर्मनद के नाम से प्रसिद्ध हो गया। वह महान् धूतपापा नदी समस्त तीर्थों से युक्त है। गङ्गा के आगमन से पहले मयूखादित्य नाम से सूर्यदेव ने धूतपापा के साथ धर्मनद नामक तीर्थ में शिव की उपस्थिति में मंगला गौरी का

ध्यान कर घोर तपस्या की। सूर्यदेव जब तपस्या कर रहे थे, तो उनकी किरणों से बहुत अधिक जल निकला, वह किरणा नामक एक पवित्र नदी बन गई। किरणा और धूतपापा दोनों नदियाँ पवित्र धर्मनद में गिरती हैं। वाराणसी में ये दोनों नदियाँ अपने पवित्र जल से सभी पापों का नाश करती हैं। तत्पश्चात् दिलीपपुत्र भगीरथ के साथ भगीरथी वहाँ आयीं। भगीरथी के साथ ही यमुना और सरस्वती भी वहाँ आयीं। इसलिए यह तीर्थ तीनों लोकों में पञ्चनद नाम से प्रसिद्ध हुआ। कृतयुग में इस तीर्थ का नाम धर्मनद है, त्रेता में यह धूतपापक है, द्वापर में यह बिन्दु तीर्थ है तथा कलियुग में यह पञ्चनद नाम से स्मरण किया जाता है।

दशाश्वमेध

वरणा की एक छोटी सहायक नदी मत्स्योदन (जो ओंकारेश्वर मंदिर के पास से बहती थी) के तट पर बैठे भृङ्गी ने पूछा कि—'हे नन्दी, काशी में दशाश्वमेध के बारे में कृपया बताइये।'

नन्दी ने कहा कि—'हे भृङ्गी, प्राचीन काल में इसे 'रुद्रसरोवर' के नाम से जाना जाता था। राजा दिवोदास के संरक्षण में जब ब्रह्मा जी ने यहाँ दस अश्वमेध यज्ञ किए तब से इसे दशाश्वमेध के नाम से जाना जाने लगा। ब्रह्मा जी द्वारा स्थापित ब्रह्मेश्वर लिङ्ग दशाश्वमेध के तलहटी में विद्यमान है। दशाश्वमेधेश्वर लिङ्ग शीतला देवी के परिसर में है।

गोदावरी, दशाश्वमेध घाट पर गङ्गा से मिलती थी। इस प्रकार दशाश्वमेध गोदावरी और गङ्गा के सङ्गम का पवित्र घाट बन जाता है। मूल घाट आधुनिक दशाश्वमेध घाट का दक्षिणी भाग है। उत्तरी घाट को पहले प्रयाग घाट कहा जाता था और यह एक स्वतंत्र घाट था।

ज्ञानवापी

आनन्दकानन के 'रुद्रसरोवर' के तट पर पीपल के वृक्ष के नीचे बैठकर भृङ्गी ने पूछा कि—'हे नन्दी, अब मुझे 'ज्ञानोद-तीर्थ' के विषय में कृपया बताइये।'

नन्दी ने कहा कि—'हे भृङ्गी, बात यह तब की है जब बादल भी नहीं बरसते थे और नदियाँ भी नहीं बहती थीं। समुद्रों में जल ही जल दिखाई देता था। खारा था अथवा मीठा, पता था नहीं। गङ्गा के वहाँ आने से बहुत पहले आदि ब्रह्माण्ड में उत्तर-पूर्व दिशा के अधिष्ठाता देवता जटा-जूट धारी ईशान (रुद्र) विचरण करते हुए निर्वाण के महाश्मशान आनन्दकानन पहुँच गये। उन्होंने विशाल ज्योर्तिमय लिङ्ग का दर्शन किया, असंख्य देवता-ऋषि उनकी आराधना में लगे थे। तब ईशान के मन में इच्छा हुई इस महालिङ्ग का शीतल जल से अभिषेक करूँ। तब ईशान ने उस जल को प्रकट करने हेतु विश्वेश्वर लिङ्ग से दक्षिण में थोड़ी ही दूर पर त्रिशूल से 'तरल ज्ञान' का यह ज्ञानकुण्ड खोदा जिसमें से ज्ञानस्वरूप पापनाशक जल प्रकट हुआ। इस जल से ईशान ने विश्वनाथ का एक हज़ार बार अभिषेक किया। तभी बाबा विश्वनाथ ने स्वयं प्रकट होकर ईशान से कहा कि यहाँ मेरे तेज से वह ज्ञान द्रवित हो गया है। यह जल स्वयं शिव है, ज्ञान स्वरूप है, अतः यह ज्ञानोद है, ज्ञानवापी है। यह ज्ञानवापी कहलाया। तीर्थयात्री अपनी तीर्थयात्रा की शुरुआत में संकल्प और अंत में पूर्णाहुति में इसका जल पीने के बाद वाराणसी और उसके आसपास की तीर्थयात्राएँ शुरू करते हैं।

पुराणों में महादेवजी की जो अष्ट मूर्तियाँ बताई गईं हैं, उनमें से जलमयी मूर्ति यह ज्ञानवापी ही है। इसी के जल से रुद्र चार हाथों में कलश लेकर शिव का अभिषेक करते हैं।

आनन्दकानन

आनन्दकानन के 'ज्ञानोदक' के तट पर विशाल वटवृक्ष के नीचे बैठकर भृङ्गी ने पूछा कि—'हे नन्दी, कृपया "आनन्दकानन" के विषय में बताइये। इसमें कुल कितने वन हैं?'

नन्दी ने कहा—'हे भृङ्गी, भगवान् शिव ने वाराणसी को 'आनंदकानन' के स्वरूप में बनाया था, जिसमें 'भद्रवन', 'हरिकेश वन', 'अशोक वन', 'दारूक वन', 'महावन' जैसे 'सात वन' शामिल थे।

महादेव जब आनन्दकानन में आये तो माता पार्वती को अपना 'क्रीड़ा-वन' दिखाया। वहाँ 'मंदार' के हरे-भरे 'कोविद रस' से परिपूर्ण पौधे अपने सुगंधित पुष्पों से आच्छादित थे। आकर्षक 'चम्पक' रस से भरा हुआ था। कोमल 'चमेली' के पुष्प खिले हुए थे। 'मालती' अभी खिल रही थी। वह 'करवीरा' से चमक रही थी। 'केतकी' के खिले फूल मन मोह रहे थे। यहाँ भरपूर मात्रा में 'कुराबका' के फूल थे। खिले हुए 'विचकिला' (एक प्रकार की चमेली) की सुगंध सर्वत्र फैल रही थी। 'कंकेलि' (अशोक) के कोमल 'अंकुर' वृक्षों पर लटक रहे थे। 'नवमल्ली' की सुगंध से आकर्षित होकर मधुमक्खियों के गुंजन से उपवन गूंज रहा था। यहाँ बहुत से 'पुन्नाग' पुष्प उग रहे थे। 'बकुलों' की मधुर सुगंध से वह उपवन सुगन्धित हो रहा था। रसीले 'पाताल पुष्पों' की सुगंध से सारा क्षेत्र सुगन्धित हो रहा था। ऐसा लग रहा था मानो पूरी भूमि मधुमक्खियों के झुंडों से सजी हुई है जो झुंड में नीचे लटक रहे हैं। यह जगह 'चन्दन' की हिलती हुई शाखाओं के सिरों पर खेलती हुई कोयलों के समूहों से भरी हुई थी।

यहाँ विभिन्न प्रकार के पक्षी 'काले अगुरु' के नशे में धुत्त थे। मधुक के फूलों के चारों ओर मधुमक्खियाँ मंडराती थीं और जोर-जोर से गुंजन करती थीं। वह बहुत ही मधुर सुगंध वाले 'दमण फूलों से ढंका हुआ था। वह 'मरुबक' के गुच्छों से चमक रहा था।

'नागकेसर' की शाखाओं से आच्छादित यहाँ का वातावरण अत्यंत सुखदायी था। मेरु के समान ऊँचे 'नामेरु वृक्षों' की छाया में किन्नर क्रीड़ा कर रहे थे। 'पलाश वृक्षों' पर मधुर आवाज वाले अनेक तोते थे। 'कदम्ब वृक्षों' के समूह मधुमक्खियों के जोड़े गुनगुना रहे थे। यह वन 'कर्णिकार वृक्षों' से चमक रहा था, जिनका रंग सोने के रंग से भी अधिक सुनहरा था। यह 'शाल', 'ताल', 'तमाल', 'हिंताली' और 'लकुचा' वृक्षों के समूहों से ढँका हुआ था। 'सप्तचदा' वृक्षों की सुगंध हर जगह फैल रही थी। कई 'खर्जुरी' वृक्षों ने इसे चमका दिया था। यह 'नारियल' के पेड़ों से ढँका हुआ था। 'नारंगियों' के लाल रंग ने इसे एक सुंदर रंग दिया था। यहाँ बहुत फलदार 'जंबीरा' वृक्ष थे। 'शाल्मली' वृक्षों की छाया बहुत थी। यहाँ 'नीम' के पेड़ों के विशाल वन थे। यहाँ मंद-मंद हवा बह रही थी, जो लताओं को झकझोर रही थी।

झिल्लि (टिड्डों) की ध्वनि से पूरा उपवन गूंज रहा था। किन्नरों के जोड़े जोर-जोर से गा रहे थे। कुछ स्थानों पर शावक झीलों में खेल रहे थे। नर हंस मादा हंसों के गले में पड़े कमल की डंठलों की ओर आकर्षित हो रहे थे। जब शोक-मुक्त कोक (चक्रवाक) जोड़े क्रिंगकार ध्वनि करते हुए क्रीड़ा करते थे, तब यह आनंद-वन सुन्दर प्रतीत होता था। बका (सारस) के बच्चे इधर-उधर घूम रहे थे। सारस पक्षी अपनी साथी लक्ष्मणाओं (मादा सारस) से चिपके

हुए थे। मदमस्त मोर जोर-जोर से कलरव कर रहे थे। कपिञ्जल ने उपवन को व्याकुल कर दिया। जीवञ्जीव पक्षियों के कारण यहाँ के प्राणी प्रसन्न थे। करण्डव पक्षी चहचहाते हुए सर्वत्र फैल गये थे।

सरोवर के जल पर बहती हुई शीतल वायु सम्पूर्ण वन को हिलोर रही थी। धीरे-धीरे हिलते 'केलहरा' फूलों से निकले पराग कणों के कारण यह लाल-पीले रंग का हो गया था। खिलते हुए कमल इसका चेहरा थे। नीले कमल इसकी आँखें थीं। तमाल वृक्ष इसके केश थे। चमकती दाड़िमियाँ इसके दाँत थे। मधुमक्खियों के झुंड इसकी भौंहें थीं। तोते इसे शानदार नाक प्रदान करते थे। बड़े-बड़े कुएं इसके कान थे। मूंछों के समान दूर्वा घास से यह शोभायमान था। कमल के फूलों की मधुर सुगंध इसकी सांस थी। बिम्बि फल इसके होठ थे। उत्तम कमल के पत्ते इसके वस्त्र थे, कर्णिकार आभूषण थे। सुन्दर कंबु वृक्ष इसकी सुन्दर गर्दन है। शंकर वृक्ष कंधों के लहराते हुए भाग हैं। चंदन वृक्ष में विराजमान महान् सर्प दण्डरूपी भुजा है, जो इसे सुशोभित करती है। अशोक के कोमल अंकुर अँगूठे का काम करते हैं और केतकी चमकीली कील है। सुन्दर सिंह इसकी छाती है और शिला इसका बड़ा पेट है। भँवर इसकी चमकती हुई नाभि है और वृक्षों का जोड़ा बछड़ों का जोड़ा है। केले के पेड़ों की चमकदार पत्तियाँ इसे ढँकने वाले रेशमी कपड़े की तरह काम करती हैं। ज़मीनी कमल इसके पैरों की तरह हैं और मदमस्त हाथी इसकी राजसी चाल का कारण है। यह विभिन्न प्रकार के फूलों से सजी हुई माला है। यह पूरी तरह से भैंसों और शिकारी जानवरों से ढँकी हुई है, जो बिना कांटे वाले पेड़ों से छुपे हुए हैं। चन्द्रमा के ऊपर सोया हुआ काला मृग (मानो) यहाँ के चन्द्रमा को काला कर रहा था। वृक्षों पर बिखरे हुए पुष्प आकाश के तारों से भी अधिक सुन्दर थे।

भगवान् ने आनन्दकानन के इस उपवन में प्रवेश किया और देवी को इस प्रकार आनन्द-उद्यान दिखाया। अनेक महलों और तालाबों से सुशोभित, कदम-कदम पर ऋषियों की सुन्दर कुटियाओं से सुसज्जित शिव के सम्पूर्ण आनन्दवन को देखकर माता बहुत प्रसन्न हुईं।

सभी ऋतुओं में पुष्पित, छायायुक्त, कोमल, चमकदार कोंपलों से युक्त, उत्तम फल देने वाले तथा उत्तम लताओं से लिपटे हुए वृक्षों को देखकर मुनि प्रसन्न हो गये।

आनन्दकानन में पालतू पशुओं में एक विशेष प्रकार की तृप्ति, मृग आदि वन्य पशुओं में एक विशेष तेज तथा पक्षियों एवं अन्य प्राणियों में एक विशेष प्रकार का आनन्द देखा जाता है, जो अन्यत्र नहीं देखा जा सकता। यह स्थान उत्तम कल्याण का धाम है। स्वर्ग में अमर लोगों को ऐसा स्थान कहाँ मिलता है? यहाँ के प्राणियों में भी परम सुख की वृद्धि होती है।

वाराणसी

आनन्दकानन के उपवन में विचरण करते हुए आज भाव-विह्वल भृङ्गी ने नन्दी से पूछा कि—'वाराणसी का परिचय जानना चाहता हूँ। कृपया बतायें।'

नन्दी तन्मय हो कर भृङ्गी से कहने लगे—'हे भृङ्गी, यह इतिहास से भी पुरातन घटना है। सुनिए, ऋषि अगस्त्य ने यही प्रश्न स्कन्द से पूछा था और स्कन्द ने कहा है कि यही प्रश्न अम्बिका ने शिव से पूछा था। इसलिए हे भृङ्गी, मैं वैसे ही बताने का प्रयास करूंगा जैसे कि भवानी को महादेव ने सुनाया था।

प्रलयकाल में जब चल-अचल सभी प्राणी नष्ट हो गए। सूर्य, अग्नि, वायु, पृथ्वी, चंद्रमा, तारों और अन्य ग्रहों की अनुपस्थिति में प्रकाश रहित और आकाश के बिना तमस चारों ओर पसरा था। शब्द और स्पर्श, रूप, गंध और रंग तथा स्वाद से रहित था और उसका कोई ठिकाना नहीं था। यह समस्त में सबसे पहला था। यह वही निराकार स्वरूप हैं जिसे ईश्वर कहते हैं। यह निर्विकल्प, निरारम्भ और माया तथा उलझनों से मुक्त है। इन्हीं ने अपने ही शरीर से एक प्राणी की रचना की, जो शिव से अलग नहीं होता तथा जो शिव की इच्छानुसार विचरण करता है, यद्यपि वह अकेला ही रहता है। शिव ने शिवा को रचा है, जिन्हें प्रकृति और प्रधान कहते हैं; वही सबसे बड़ी माया हैं। वही हिरण्यगर्भ की जननी हैं।

इस पवित्र स्थान की रचना भी आदि पुरुष ने, जो शाश्वत कालस्वरूप है, शक्ति के सहयोग से की है। उनके अपने पैरों के तलवों से उत्पन्न हुआ पाँच कोस तक फैला हुआ है और वह आनंदमय स्वरूप है। इस पवित्र स्थान

का नाम पहले पिनाकधारी भगवान ने 'आनन्द-वन' रखा था, क्योंकि यह आनन्द का कारण था। उस 'आनन्दकानन' में स्थित सभी लिङ्ग आनन्दस्वरूप कन्दमूल की शाखाएँ ही जाननी चाहिए। इस पवित्र स्थान में विचरण करने वाले शिव कभी भी स्थान नहीं छोड़ते। इसलिए वह 'अविमुक्त' है। इस पवित्र स्थान की रचना शिव ने अपनी 'पावन-क्रीड़ा' के लिए की थी, जब न तो पृथ्वी का क्षेत्र था और न ही जल की रचना थी। तब से यह पवित्र स्थान 'अविमुक्त' कहलाया। यह शिव और शिवा के लिए शयन-शय्या तथा निरंतर आनन्द का स्थान है।

नन्दी भावविभोर होकर भृङ्गी से कह रहे थे—'हे भृङ्गी, मानव शरीर में जैसे नाभि का स्थान है, वैसे ही पृथ्वी पर वाराणसी का स्थान है। शरीर के प्रत्येक अंग का संबंध जैसे नाभी से जुड़ा है वैसे ही पृथ्वी के समस्त स्थान का संबंध भी वाराणसी से जुड़ा है।

वाराणसी की रचना सौरमंडल की तरह की गई है, इस यंत्र का निर्माण एक ऐसे विशाल और भव्य मानव शरीर को बनाने के लिए किया गया, जिसमें भौतिकता को अपने साथ लेकर चलने की मजबूरी न हो और जो सारी आध्यात्मिक प्रक्रिया को अपने आप में समा ले। पाश (नाड़ियों) से गुथा यह शरीर, जिसमें कुलमिलाकर 114 चक्र (नाड़ियों का संगम) है। त्रिकोण की आकृति में यह शरीर के भीतर 108 और शरीर के बाहर 6 चक्र (संगम) मानव शरीर को एक आयाम से दूसरे आयाम तक जोड़े रखता है। इन 114 चक्र में से 7 प्रमुख (रीढ़ की हड्डी के आधार से सिर के ऊपर तक स्थित होते हैं, जैसे मूलाधार, स्वाधिष्ठान, मणिपुर, अनाहत, विशुद्ध, आज्ञा और सहस्रार) चक्र हैं। 21 लघु चक्र (हाथ, पैर, जीभ, आँखें आदि में स्थित होते हैं) ये सभी चक्र शरीर में उच्च-स्तरीय चेतना से जुड़कर प्राण ऊर्जा के प्रवाह को नियंत्रित करते हैं और मानसिक, भावनात्मक और शारीरिक स्वास्थ्य को प्रभावित करते हैं। वाराणसी की रचना इसी तरह की गई है विधाता द्वारा। यह पाँच तत्वों से बना है। इसलिए इस स्थान की परिधि पाँच कोस है। इसी तरह से उन्होंने सकेंद्रित कई सतहें बनाईं। यह काशी की मूलभूत ज्यामिति

बनावट है। गङ्गा के किनारे यह शुरू होती है और सकेंद्रित वृत्त परिक्रमा की माप 168 मील है। बनावट की दृष्टि से सूक्ष्म और व्यापक जगत के मिलन का एक शानदार प्रदर्शन है।

स्थूल मानव शरीर का 72 प्रतिशत हिस्सा जल है, 12 प्रतिशत पृथ्वी है, 6 प्रतिशत वायु है और 4 प्रतिशत अग्नि। बाकी का 6 प्रतिशत आकाश है। सभी यौगिक प्रक्रियाओं का जन्म एक खास विज्ञान से हुआ है, जिसे भूत शुद्धि कहते हैं। यह केवल आध्यात्मिकता का ही नहीं, बल्कि संगीत, कला और शिल्प के अलावा व्यापार और शिक्षा का केंद्र भी बना।

मानव की शारीरिक संरचना में रीढ़ के दोनों ओर वाहक नली की तरह दो छिद्र होते हैं, जिनसे होकर सभी धमनियां गुजरती हैं। ये बायीं ओर इड़ा और दाहिनी ओर पिङ्गला नाड़ियाँ हैं। शरीर की ऊर्जा कोष, जिसे प्राणमयकोष कहा जाता है, यही 72,000 नाड़ियाँ होती हैं। ये 72,000 नाड़ियाँ तीन मुख्य नाड़ियों—बाईं, दाहिनी और मध्य यानी इड़ा, पिंगला और सुषुम्ना से निकलती हैं। ठीक इसी प्रकार वाराणसी की संरचना में बायीं ओर से इड़ा (असि नदी) और दाहिनी ओर से पिङ्गला (बरणा नदी) के मध्य में सुषुम्ना (अविमुक्त क्षेत्र) है। यही इड़ा-पिङ्गला-सुषुम्ना एक होकर वाराणसी का आकार बनाती हैं। मृत्यु के समय, सभी प्राणियों के दाहिने कानों में शिव तारक ब्रह्म (प्रणव) का भाष्य करते हुए ओंकार की दीक्षा देते हैं।

शिव काशी छोड़ गये

भृङ्गी आज गहन मुद्रा में आनंद वन में अकेले ही टहल रहे थे। उधर से नन्दी भी आ गये। दोनों साथ-साथ फिर से विचारमग्न हो गए। थोड़ा सोचते हुए

भृङ्गी ने नन्दी से पूछा कि—'हे नन्दी, शिव को काशी क्यों छोड़ना पड़ा? और फिर काशी छोड़ कर शिव कहाँ गये? शिव के काशी छोड़ कर जाने के बाद काशी में किसका शासन था? कृपया संक्षेप में बतायें।'

नन्दी ने आहिस्ता-आहिस्ता कहना आरम्भ किया—'हे भृङ्गी, मंदार पर्वत की घोर तपस्या से प्रसन्न हो कर तथा ब्रह्मा जी के अनुरोध को स्वीकार कर भगवान् शिव को काशी छोड़कर मंदार पर्वत पर जाना पड़ा। भगवान् विश्वेश्वर के साथ भगवान् विष्णु भी वैष्णव तीर्थों को छोड़कर, गणपति गणेश से संबंधित सभी तीर्थों को परित्यागकर, सूर्यदेव सहित सभी देवता भी अपने-अपने पवित्र स्थानों को छोड़कर मंदारलोक चले गए। सभी देवगण जब काशी छोड़कर मंदारलोक चले गए थे, तब राजा दिवोदास ने वाराणसी को अपनी राजधानी बनाकर धर्मपूर्वक शासन किया।'

ऋपुञ्जय

आनन्दकानन के केदारखण्ड में विचरण करते हुए आज भाव-विह्वल भृङ्गी ने नन्दी से पूछा कि—'हे नन्दी, कृपया राजा दिवोदास के विषय में बतायें।'

प्रतिउत्तर में नन्दी ने कहना आरम्भ किया—'पूर्वकाल में स्वयंभुव मन्वन्तर में पद्मकल्प के समय जब भगवान् विष्णु के नाभिकमल में जगत की कल्पना और रचना हुई थी, तब एक ऐसा सूखा पड़ा था, जिससे सारे लोक और सारे जीव काँप उठे थे। यह सूखा साठ वर्ष तक रहा। सभी जीव-जन्तु इससे त्रस्त हो गए। लोगों ने फल-मूल आदि खाकर, कुछ समुद्र के किनारे, कुछ पहाड़ों पर, कुछ जलाशयों के पास और कुछ गहरी पहाड़ी घाटियों में रहने लगे। सारी पृथ्वी गाँवों और खर्वतों (पहाड़ों की तलहटी) से रहित हो गई। जब जनसंख्या क्षीण होने लगी, यज्ञ और अनुष्ठान कम होने लगे, सम्पूर्ण विश्व में त्रासद अव्यवस्था फैल गई, जो महाविपत्ति का संकेत थी, तब सृष्टिकर्ता का सृजन का प्रयास व्यर्थ हो रहा था। प्राणियों के इस विनाश से ब्रह्माण्ड के रचयिता ब्रह्मा बहुत चिंतित हो गए। सृष्टिकर्ता ब्रह्माजी चिंतित होकर विचार करने लगे। तभी

उन्होंने मनुवंश के वंशज राजा ऋपुञ्जय को समस्त इन्द्रियों को स्थिर करके अविमुक्त में तपस्या करते हुए देखा। भगवान् विष्णु से निम्नलिखित क्रम में क्रमश : ब्रह्मा, अत्रि, चंद्र, बुध, पुरुरवस, आयुस, अनेना, प्रतिक्षत्र, संजय, जया, विजया, कृति, हर्यश्व, सहदेव, नादिना, जयत्सेन, संस्कृति, क्षात्रधर्म, शुहोत्र, शल, आर्ष्टिषेण, काश, दीर्घतपस, धन्वंतरि, केतुमान, भीमरथ के पुत्र ऋपुञ्जय (दिवोदास) हुए। काश के शासनकाल से ही वाराणसी को काशी कहा जाने लगा। इन्हीं काश के परपौत्र ऋपुञ्जय (दिवोदास) थे। भगवान् ब्रह्मा उनके पास आए और बोले—'हे राजा रिपुञ्जय! समुद्र, पर्वत और वनों सहित आप पृथ्वी की रक्षा कीजिए। नागों के राजा वासुकि अनंगमोहिनी नाम की नागकन्या से तुम्हारा विवाह करेंगे, जिसका आभूषण सद्गुण और शील है। हे राजन! आप जिस प्रकार प्रजा का शासन करते हैं, उससे प्रसन्न होकर स्वर्ग के देवता दिवो देवाः आपको समय-समय पर रत्न और पुष्प प्रदान करेंगे। इसलिए तुम्हें सुप्रसिद्ध उपाधि दिवोदास मिलेगी। हे राजन, मेरी शक्ति से तुम्हें दिव्य शक्ति प्राप्त हो।'

ब्रह्माजी के वचन सुनकर राजा ऋपुञ्जय ने कहा—'हे पितामह! यह सारी पृथ्वी मनुष्यों से भरी हुई है। ऐसा क्यों है कि अन्य की बजाय आप मुझसे ही पूछते हैं?' ब्रह्मा जी ने कहा—'तुम न्यायपूर्वक राज्य करते हो।' राजा ऋपुञ्जय ने कहा—'हे पितामह, आप तीनों लोकों की रचना करने में समर्थ हैं। मैं नतमस्तक होकर आपकी आज्ञा को अपने प्रति उपकार मानकर स्वीकार करता हूँ। हे समस्त लोकों के पितामह! मेरा एक निवेदन है, यदि मुझे पृथ्वी का स्वामी बनना है, तो जो देवता दिविषद (स्वर्ग के निवासी) कहलाते हैं, वे पृथ्वी पर न रहकर स्वर्ग में ही रहें। देवता स्वर्ग में रहेंगे और मैं पृथ्वी पर रहूँगा, तो प्रजा सुखी रहेगी क्योंकि राज्य में कोई प्रतिद्वन्द्वी नहीं होगा।' ब्रह्मा जी ने कहा कि—'ऐसा ही हो'। राजा ऋपुञ्जय ने नगाड़ा बजाते हुए उद्घोषणा करायी कि—'समस्त देवगण स्वर्ग चले जाएँ। सर्प यहाँ न आएँ। मनुष्य शान्त और स्थिर रहें। जैसे मैं पृथ्वी पर शासन करता हूँ, वैसे ही सुर भी अपने स्थान पर रहें।' राजा ऋपुञ्जय का विवाह नागराज वासुकी की कन्या अनंगमोहिनी

से हुआ और समय के साथ राजा ऋपुञ्जय राजा दिवोदास के नाम से विख्यात हो गये।

***

नन्दी कहे जा रहे थे—'हे भृङ्गी, इसी बीच जब ब्रह्माजी विश्वेश को प्रणाम करके कुछ कहने वाले थे, तब भगवान् ने उनसे कहा—'हे जगत के स्वामी, आप आइए। कुशद्वीप मे मंदार पर्वत बहुत समय से कठिन तपस्या कर रहा है। हम दोनों उसे वहाँ वरदान देने जायेंगे, ऐसा कहकर प्रसन्नचित्त भगवान् शिव माता पार्वती को लेकर उस स्थान पर गए जहाँ मंदार था। उनके साथ हे भृङ्गी हम और आप भी थे। याद है न!

भगवान् शिव मंदार से बोले—'उठो, हे उत्तम पर्वत; तुम्हारा कल्याण हो। जो वरदान तुम चाहते हो, उसे बोलो।' सदाशिव के वचन सुनकर पर्वत ने बार-बार भूमि पर झुककर प्रार्थना की—'हे शंभु! यद्यपि आप सर्वज्ञ हैं, हे सृष्टि के रचयिता! मैं, जो स्वभाव से ही पत्थर हूँ, अविमुक्त क्षेत्र के साथ समता चाहता हूँ। हे प्रभु! आप उमा के साथ मिलकर अपने समस्त सेवकों सहित मेरे शीश पर विराजमान होकर कुशद्वीप पर आयें। यही वह वरदान है जिसकी मुझे तलाश है।' जब भगवान् शम्भु इस विषय में विचार करते हुए रुके, तब भगवान् ब्रह्मा ने आदरपूर्वक शम्भु से कहा—'हे विश्वेश! आपने प्रसन्न होकर मुझे चार प्रकार के जीवों की रचना करने का कार्य सौंपा है। आपकी अनुमति से मैंने बड़े परिश्रम से सृष्टि का कार्य सम्पन्न किया, किन्तु साठ वर्षों तक पड़े सूखे के कारण पृथ्वी के सभी प्राणी नष्ट हो गये। वहाँ बहुत अव्यवस्था और अराजकता फैल गई। सारी सृष्टि दयनीय स्थिति में थी। तब मैंने मनुवंश में उत्पन्न रिपुञ्जय नामक राजा को प्रजा पर शासन करने के लिए राजतिलक किया है। उस महान् तपस्वी और महाशक्तिशाली राजा ने एक शर्त रखी है—'यदि सभी स्वर्गवासी आपकी आज्ञा से स्वर्ग में रहें और सभी सर्प नागलोक में रहें, तो मैं राज्य पर शासन करूंगा।' 'जिसे मैंने स्वीकार लिया

है। इस प्रकार, हे दया के भण्डार, मंदार को भी वरदान दिया जा सकता है। राजा की यह इच्छा प्रजा की रक्षा के लिए पूरी हो। आपकी गणना के अनुसार आखिर मेरी प्रभुता तो केवल दो घटिकाओं तक ही है। यही बात शतक्रतु (इंद्र) के साथ भी है। मानव इस गणना में कहाँ आते हैं, क्योंकि वे (मेरे) आधे क्षण के बराबर ही होते हैं?'

भगवान् हर ने यह सोचा कि मंदार अशुद्धियों से मुक्त है तथा उसमें सुन्दर-और रमणीक गुफाएँ और कंदराएँ हैं, इसलिए उन्होंने इसकी स्वीकृति दे दी, जिससे ब्रह्मा की गरिमा बनी रही। जैसे 'काशी' 'जम्बूद्वीप' में सदैव मोक्ष प्रदान करती है, उसी प्रकार 'कुशद्वीप' में 'मन्दराशि' भी दीर्घकाल तक मोक्ष प्रदान करने वाली बनी।'

अविमुक्तेश्वर

आनन्दकानन के विश्वनाथखण्ड में विचरण करते हुए भृङ्गी ने नन्दी से पूछा कि—'हे नन्दी कृपया अविमुक्त भगवान् का आविर्भाव कहिये।'

प्रतिउत्तर में नन्दी ने कहना आरम्भ किया—'जब भगवान् विविध गुफाओं वाले मंदार पर्वत पर जाने वाले थे, तब उन्होंने ब्रह्मा के संज्ञान के बिना ही ज्ञानवापी के ठीक उत्तर में अपने स्वयं के और सृष्टि के सर्वप्रथम लिङ्ग अविमुक्तेश्वर की स्थापना की थी, (ठीक उसी जगह जहाँ आज मस्जिद है और जहाँ पहले विश्वेश्वर स्थित थे, आज भी उस लिङ्ग का एक निशान है—ज्ञानवापी के उत्तर की ओर तीन कब्रों के बीच दबा हुआ एक प्राचीन पाषाण का टुकड़ा) जो उनके ब्रह्माण्डीय शरीरों में से एक है, ताकि स्थापित करने वालों को सभी सिद्धियाँ प्रदान की जा सकें, मरने वाले सभी प्राणियों को मोक्ष की महिमा दी जा सके और जो लोग यहाँ दृढ़तापूर्वक रहते हैं, उनके तीर्थ की रक्षा की जा सके।

पौराणिक परम्परा अविमुक्तेश्वर को विश्वेश्वर का गुरु मानती है, जिनकी पूजा विश्वेश्वर करते थे। वर्तमान विश्वनाथ मंदिर के दक्षिण-पूर्व कोने में सृष्टि का सर्वप्रथम लिङ्ग 'अविमुक्तेश्वर' को स्थापित कर, और काशी को पूरी तरह से बिना त्यागे भगवान् शिव मंदार पर्वत पर चले गए थे। उन्होंने इसे लिङ्ग के रूप में नहीं छोड़ा था। इसके बाद 'आनन्द-वन' नाम से विख्यात यह पवित्र नगरी अविमुक्त के नाम से उल्लिखित हो गई।

सभी लोग विश्वनाथ की पूजा करते हैं, जबकि ब्रह्माण्ड के रचयिता विश्वनाथ अविमुक्तेश्वर लिङ्ग की पूजा करते हैं जो मोक्ष और सांसारिक आनंद प्रदान करता है। अविमुक्त नाम तीर्थस्थान तथा लिङ्ग दोनों का है। जागृत अविमुक्तेश्वर को आदि लिङ्ग घोषित किया गया है। उसके बाद ही संसार में अन्य लिङ्ग अस्तित्व में आए। इससे पहले किसी ने भी, कहीं भी, किसी का लिङ्ग स्थापित नहीं किया था। ब्रह्मा, अच्युत तथा वशिष्ठ आदि ऋषियों ने अविमुक्त का आकार और स्वरूप देखकर लिङ्ग की स्थापना की।

राजा दिवोदास

आनन्दकानन के विश्वेश्वर पहाड़ी पर विचरण करते हुए भृङ्गी ने नन्दी से पूछा कि—'हे नन्दी, कृपया राजा दिवोदास और उनके द्वारा शासित काशी के विषय में कहिये।'

प्रतिउत्तर में नन्दी ने कहना आरम्भ किया—'एक बार काशी में भगवान् विश्वकर्मा ने शिव से पूछा था कि—'हे महादेव, आप कब मुझसे अपना महल बनवाएँगे? तब शिव ने कहा था कि जब विधि के वरदान से दिवोदास राजा बनेगा, तब मेरे कहने पर वह तुमसे मेरा महल बनवाएगा। वह राजा काशी का जीर्णोद्धार करके उसे बसायेगा। गणपति गणेश की माया के कारण वह राज-पाट से विरक्त हो जाएगा। भगवान् विष्णु के कहने पर वह मेरी शरण में आएगा। राजसी सुख को त्यागकर वह मोक्ष की प्राप्ति करेगा।'

बदलते घटनाक्रम और मंदार पर्वत की घोर तपस्या से प्रसन्न हो कर तथा ब्रह्मा जी के अनुरोध को स्वीकार कर भगवान् शिव को काशी छोड़कर मंदार पर्वत पर जाना पड़ा। भगवान् विश्वेश्वर के साथ भगवान् विष्णु भी वैष्णव तीर्थों को छोड़कर, गणपति गणेश से संबंधित सभी तीर्थों को परित्यागकर, सूर्यदेव सहित सभी देवता भी अपने-अपने पवित्र स्थानों को छोड़कर मंदारलोक चले गए। सभी देवगण काशी छोड़कर मंदारलोक चले गए थे।

राजा दिवोदास ने वाराणसी को अपनी राजधानी बनाकर धर्मपूर्वक शासन किया। तपस्वी, अजेय, दुर्जेय, पराक्रमी, अजातशत्रु राजा दिवोदास धर्मराज यम की तरह धर्म और अधर्म के मर्मज्ञ, साध्य विजित, वसुओं से श्रेष्ठ, दसरों

(अश्विन) से भी अधिक सुंदर, विद्वान, शास्त्रार्थी, संगीतज्ञ, वह नागों और हाथियों से अधिक शक्तिशाली थे।

उनके शासन काल में स्वस्थ-निरोगी नागरिक और धन-स्वर्ण सम्पदा, प्रचुर-समृद्ध रेशम और अश्व संपन्न, सर्वत्र वैदिक मंत्रोच्चार, शास्त्रार्थ सम्पन्न वातावरण, यज्ञ-हवन सम्पन्न काशी थी। वहाँ वीणा, बाँसुरी और ढोल की मधुर ध्वनि सुनाई देती थी। दिवोदास की काशी अनवग्रह रही, जिसमें सूखा और बाढ़ का प्रकोप नहीं था।

दिवोदास का नगर उत्तम जल वाले सरोवर, सौ पद्म-कुण्ड सम्पन्न था। काशी के गाँव खुशहाल थे, अराजकता, धोखेबाज, हिंसक, मदिरा विक्रेता, जुआरी, क़र्जीदार, चोर का नामोनिशान नहीं था। संतानों द्वारा माता-पिता के चरणों की वंदना, देवताओं की पूजा, पवित्र व्रत और अनुष्ठान, पवित्र स्थान और देवताओं की सबसे बड़ी पूजा मानी जाती थी। स्त्रियाँ पतिव्रता, अनुज अपने ज्येष्ठ भाइयों और ज्येष्ठ अपने अनुजों को आदर देते थे। विद्वान पूजित थे, वे काशी के देवताओं की पूजा दिन में तीन बार करते थे। अनेक उद्यमियों ने वैध साधनों से अर्जित धन से कुएँ, तालाब और झीलें खुदवाईं तथा उद्यान बनवाये।

चूंकि समस्त देवताओं ने शिव के साथ काशी से प्रस्थान कर दिया था इसलिए दनुजों (राक्षसों) ने दिवोदास का आधिपत्य स्वीकार कर काशी राज में अपनी भूमिका निर्धारित कर ली थी। गुरु बृहस्पति ने स्वयं दिवोदास के लिए कहा है कि वह छल, राजनीतिक, ज्ञान, संधि, विग्रह, यान, आसन, संश्रय और द्वैधिभावन (अर्थात् शांति, युद्ध, विरोध करना, रुकना, आश्रय लेना और कपट) में निपुण है।

एक समय ऐसा आया कि राजा दिवोदास ने तप और योग की शक्ति से अपने वंश के संस्थापक भगवान् सूर्य को साक्षी मानकर, अपनी तपस्या के बल पर वनस्पतियों के संरक्षक बन लोकपालों-अग्नि को तीन रूपों में विभाजित कर (भोजन पकाने, यज्ञ करने और गर्मी देने) वायु और जल का रूप धारण कर इंद्र के समान अविजीत हो गये थे।

इस प्रकार दिवोदास द्वारा काशी पर शासन करते हुए प्रत्येक वर्ष एक दिन के समान बीतता गया, जिस अनुसार अस्सी हजार वर्ष बीत गये।

शिव का काशी वियोग

आनन्दकानन के पूर्वी छोर पर स्थित उपवन में विचरण करते हुए भृङ्गी ने नन्दी से पूछा कि—'हे नन्दी, कृपया शिव के काशी वियोग के विषय में कहिये।' प्रतिउत्तर में नन्दी ने कहना आरम्भ किया—'ब्रह्माण्ड के स्वामी शिव, मंदार की कंदराओं के भीतर रत्नजटित और रत्नों की शोभा से जगमगाते अपने महल में रह रहे थे। यह स्थान गगनचुंबी (बहुत ऊँचा) था, पर्वत की चोटियों से घिरा हुआ था और चारों ओर देवता विराजमान थे। फिर भी शिव काशी से वियोग से उत्पन्न ज्वर के कारण प्रसन्न नहीं हुए।' महादेव ने माता पार्वती से कहा कि—'हे देवि, मुझे योगियों के हृदयस्थल, कैलास या मंदार पर्वत पर रहने में उतनी रुचि नहीं है, जितनी काशी में रहने में है। मैं काशी के प्रति संवेदनशील रहते हुए इसकी रक्षा बहुत सावधानी से करता हूँ। काशी के निवासी हमेशा मेरे हृदय में रहते हैं, इसलिए मैं अंत में उन्हें मुक्त कर देता हूँ। काशी से अलग मेरा कोई स्थायी निवास नहीं है, इससे पृथक मेरी आसक्ति और कहीं नहीं है। अब जब तक मैं शीघ्र ही काशी का दर्शन नहीं कर लूँगा, मुझे शांति नहीं मिलेगी।' काशी से विरह की प्रचण्ड अग्नि को शान्त करने के लिए भगवान् ने मलय का चंदन अपने शरीर पर लगाया था, जो सूखकर भस्म का रूप ले चुका था। उनके हाथों में कमल के कोमल डंठलों को कंगन की तरह बाँध दिया गया था, ताकि वे झुलसती हुई गर्मी से बच सकें। मंदार पर्वत पर विराजित शिव विचार-मग्न होते हुए आत्मसंवाद करते हैं कि—'हलाहल विष से उत्पन्न हुई विषाग्नि ने मुझे उतना कष्ट नहीं दिया, जितना कि तीनों लोकों को

मोह लेने वाली काशी के वियोग से उत्पन्न हुई वेदना ने मुझे पीड़ा दी है। यद्यपि शीतल किरणों वाला चन्द्रमा मेरे सिर पर मानो अमृत की बूंदें गिरा रहा है, फिर भी वह काशी के वियोग से उत्पन्न होने वाले दुःख को दूर करने में समर्थ नहीं है। आनन्द का शाश्वत स्रोत काशी, जिसे दिव्य नदी स्वयं अपनी धारा से सींचती है। जहाँ के वृक्ष और जहाँ के लोग आनंद से भरपूर हैं। अन्न और घास के तिनके जो हवा से उड़कर काशी में कहीं गिरे हैं, वह भी उनसे श्रेष्ठ है जिन्होंने तीनों लोकों का सार काशी नहीं देखी।'

शिव का काशी लौटना

आनन्दकानन के पश्चिमी छोर पर भृङ्गी अभिभूत होकर फिर पूछते हैं कि— 'हे नन्दी, शिव वापस कैसे लौटे काशी में? सभी देवी-देवता काशी में कैसे और किस हेतु आये तथा किस-किस स्थान पर आ कर बस गए? देवी-देवता जब काशी आये तब यहाँ किसका शासन था? कृपया विस्तार से बतायें। मन बहुत उत्सुक है यह जानने को।'

नन्दी ने एक गहरी साँस छोड़ते हुए कहना आरम्भ किया—'महादेव ने माता पार्वती से कहा कि—'जिस प्रकार आप अपनी तपश्चर्या के कारण मुझे अति प्रिय हैं, उसी प्रकार यह आनन्दकानन भी मुझे सदैव प्रिय है। इतना अन्य कोई नहीं। जो लोग आनन्दवन में जन्म लेते हैं और मरते हैं, मेरे आदेश से श्मशान में प्रज्वलित अग्नि द्वारा उनके बीज भस्म हो जाते हैं। काशी में मरने वाले को मैं तारक मंत्र (ब्रह्मज्ञान) देता हूँ। वे उसी क्षण मुक्त हो जाते हैं। जो लोग महाश्मशान में चिर निद्रा में सो जाते हैं, मेरी कृपा से उनका शरीर अमर हो जाता है। उनका पुनर्जन्म नहीं होता। काशी में मरने वालों का जो उपहास करते हैं, वह अपने प्रारब्ध खराब करते हैं। इसी प्रकार जो लोग प्रशंसा करते हैं, उन्हें मेरी कृपा का पुण्य प्राप्त हुआ है। वे यहीं मुक्त हो जाते हैं। मेरी कृपा से जिस प्रकार अविमुक्त तीर्थ में प्राणी मुक्त होता है, वैसा अन्यत्र कहीं नहीं होता। जन्म-जन्मान्तरों तक योग का अभ्यास करने के बाद भी योगी को ब्रह्मज्ञान (मुक्ति) मिलेगी ही यह सुनिश्चित नहीं है। परन्तु जो व्यक्ति काशी में मरता है, वह एक ही जन्म में मुक्त हो जाता है।'

नन्दी भावविभोर होकर भृङ्गी से कह रहे थे—'हे भृङ्गी, काशी धरातल पर नहीं है, वह शिव के त्रिशूल के ऊपर है। वह काशी जिसकी रक्षा विश्वेश्वर ने महासंवर्त (प्रलय) के समय होने वाले संकट से की थी। जिसके चारों ओर हार के समान दिव्य नदी से चमक रही थी, जो हिम की माला के समान श्वेत थी। जो

वरणा नदी से होकर जाती थी और असि नदी की धारा से कट-कट जाती थी, वह अनेक सांसारिक यातनाओं से त्रस्त जनों का पुनर्जन्म थी। सांसारिक कार्यों और विपत्तियों से व्याकुल होकर, कानों तक फैली हुई उनकी आंखें, सर्वप्रथम मणिकर्णिका में गईं, काशिका क्योंकि उसमें भक्तों को केवल अपने शरीर को त्यागने से कैवल्य (मोक्ष) प्राप्त करना संभव था, जबकि वह कैवल्य आमतौर पर आठ घटकों वाले योग के निरंतर अभ्यास के माध्यम से प्राप्त किया जाता है।

प्रलय काल में भी काशी जलमग्न नहीं होती है। महाप्रलयकाल के उपस्थित होने पर जब समस्त विश्व प्रलयजल में डूब जाता है, तब विश्वनाथ अपने त्रिशूल के मध्यभाग पर काशी को आकाश में ऊँचा उठा देते हैं, उस समय एक मात्र काशी ही प्रकाशमान रहती है। जो सांसारिक अस्तित्व के सभी बीजों के लिए बंजर स्थान है। यह वह स्थान है जो अज्ञान की गहरी नींद में पड़े प्राणियों को जगाता है। निखिल ब्रह्माण्डों की अनन्तानन्त शक्तियाँ काशीपुराधिपति भगवान् बाबा विश्वनाथ के प्रांगण में नृत्य किया करती हैं। जो लोग दुःख सागर में डूबे हुए हैं, जो बार-बार देहांतरण से अत्यन्त दुःखी हैं और जिनकी गर्दनें कर्ण-रूपी बेड़ियों से जकड़ी हुई हैं, उन सबके लिए एकमात्र काशी ही मोक्ष का साधन है। सभी प्राणियों को अमृतमय दूध पिलाने वाली तथा उन्हें परमपद की ओर ले जाने वाली माता काशी ही है। काशी और माता में कोई तुलना नहीं हो सकती। माता गर्भ में गर्भ धारण करती है और काशी गर्भ चक्र से मुक्त करती है।

कलियुग में धार्मिक अनुष्ठान, तप, यज्ञ, जप और देवताओं की पूजा, दान आदि कम होगी, इसलिए भगवान् विश्वेश्वर, वाराणसी, गङ्गा और दान (धार्मिक उपहार) का विशेष महत्त्व रहेगा है। काशी में दक्षिण से आकर उत्तर दिशा की ओर बहने वाली गङ्गा और काशी में विश्वेश्वर नामक लिङ्ग, ये दो ऐसी शक्तियाँ हैं जो मनुष्यों को मोक्ष प्रदान करती हैं और कलियुग में दान के बल से इन्हें प्राप्त किया जा सकता है। मोक्ष चाहने वाले को विभिन्न बाधाओं के बावजूद अविमुक्त को नहीं छोड़ना चाहिए।

माता पार्वती ने मोक्ष प्रदान करने वाली अविमुक्ता नगरी का वर्णन करते हुए कहा कि—'जिसकी वन लताएँ उनकी बचपन की सखियाँ थीं। हे शिव, हम काशी जायेंगे, वह नगरी जिसे प्रलय के समय भव ने त्रिशूल पर धारण किया था,

जब जल आकाश तक पहुँच गया था और उसने कमल की शोभा ग्रहण कर ली थी। आपकी काशिका नगरी, जो पृथ्वी पर होने पर भी पृथ्वी का भाग नहीं है, क्योंकि भगवान् ने उसे अपने त्रिशूल पर उठा रखा है। काशी के वियोग का ज्वर आपको उतना कष्ट नहीं देता जितना मुझे देता है। उस कष्ट की शांति के लिए वह नगर ही एकमात्र उपाय है। हे प्रभु! सब ओर शांति प्रदान करने वाली, सभी प्रकार के कष्टों का नाश करने वाली काशी में जो सुख है, वह कहीं नहीं है। न तो स्वर्ग में है, न ही संसार में कहीं और। पाताल में भी वह सुख कैसे मिल सकता है, जो इतना सुन्दर है। मृत्युलोक में सुख की बात ही कहाँ हो सकती है? काशी की धूल का कण भी अत्यंत पवित्र है और हमेशा राजस और तामस गुणों का नाश करता है। यह चंद्रमा की प्रभा के समान चमकीला है।'

'जब यह मणिकर्णिका के आस-पास के क्षेत्र को प्रणाम करते हुए सुरों के माथे से चिपक जाता है, तो वे इसे बहुत सम्मान देते हैं। न तो देवलोक, न सत्यलोक, न ही नागलोक मणिकर्णिका के समतुल्य हो सकता है, क्योंकि उस स्थान पर मरने वाले व्यक्ति का कान ब्रह्मरसायन (प्रणव या राममन्त्रराज) ग्रहण करने के योग्य हो जाता है। मणिकर्णिका क्षेत्र उत्तम तेज का स्रोत है, जहाँ सैकड़ों जन्मों से संचित और बढ़ा हुआ अंधकार (अर्थात अज्ञान) नष्ट हो जाता है, जिसे अग्नि या सूर्य और चंद्रमा की किरणों से नहीं बुझाया जा सकता। हे प्रमथों के स्वामी, कृपया यह सुनिश्चित करें कि मैं आनन्दवन जा सकूँ।' यह सुनकर गिरिराज प्रसन्न हुए और गिरिजा से बोले—'अब मैं काशी पहुँचने का प्रयास करूँगा।'

शिव मन ही मन बोले—'जब ब्रह्मा की आज्ञा से राजा दिवोदास नगर का शासन धर्मपूर्वक चला रहे हैं, तो क्या उपाय करना चाहिए? जो धर्मात्मा राजा दिवोदास प्रजा की रक्षा के लिए तत्पर रहते हैं, उन्हें काशी नगरी से कैसे निकाला जा सकता है? चूँकि अधर्मियों के मार्ग में ही बाधाएँ आ सकती हैं, अन्यों के मार्ग में नहीं, अतः हे देवी, मैं वहाँ किसे भेजूँ जो उसे काशी से हटा सके? हे काशी! मैं तुम्हें अच्छी तरह जानता हूँ कि तुम मोहक जड़ी-बूटी हो। तुममें संसार को मोहित करने की अद्भुत शक्ति है। पर मेरी काशी किस हाल में है यह मुझे कौन बताएगा?'

चौंसठ योगिनियाँ

चिलचिलाती धूप में आनन्दकानन के उत्तरी छोर पर नीम के विशाल वृक्ष के नीचे आसन जमाये भृङ्गी पूछते हैं कि—'हे नन्दी, फिर भगवान् शिव ने क्या किया? ये चौंसठ योगिनियाँ कौन हैं? कृपया चौंसठ योगिनियों के विषय में बतायें कि उनका काशी आगमन क्यों हुआ? उनके नाम बताते हुए कृपया उनकी वर्तमान स्थिति के बारे में बतायें।' नन्दी ने कुछ घूँट जल पीने के बाद गहरी साँस छोड़ते हुए कहना आरम्भ किया कि—'हे भृङ्गी, मन्दार पर्वत पर काशी स्मरित होने पर काशी प्रवास के लिए व्याकुल शिव ने योगिनियों को बुलाकर कहा कि—'मुझे वाराणसी जाना है। तुम सभी योग और माया से संपन्न योगिनियों, वहाँ जाओ और कुशलता के साथ कुछ ऐसा करो कि हमारा आगमन काशी में हो सके।

हे भृङ्गी, आप तो जानते हैं कि चौंसठ योगनियों का प्रादुर्भाव आद्या शक्ति माँ काली से ही हुआ है, जो सृष्टि के विभिन्न आयामों पर शासन करते हुए सृष्टि के प्रलयकाल में माता आद्या शक्ति में समाहित हो जाती हैं। माता आदि शक्ति शेष रह जाती हैं, सृष्टि के पुनर्निमाण के लिये। दस महाविद्यायें, सिद्ध विद्यायें, तंत्र, योगविद्या, इन्द्रजाल, जादू, वशीकरण, मारण, स्तंभन आदि इन्हीं योगिनियों की प्रकृति है। इन आठ देवियों ने शुम्भ, निशुम्भ और रक्तबीज राक्षसों के विरुद्ध युद्ध में माँ दुर्गा की सहायता की थी। देवी दुर्गा ने स्वयं आठ मातृकाओं (1-ब्राह्माणी, भगवान् ब्रह्मा, ब्रह्मा जी की ही तरह उनके चार सिर और चार भुजाएँ हैं, इनका वाहन हंस है। 2-माहेश्वरी, भगवान्

शिव, भगवान् शिव की ही तरह उनकी जटाओं में अर्धचंद्र है, चतुर्भुजाओं में त्रिशूल, खड्ग आदि हैं तथा उनका वाहन नन्दी है। 3-कौमारी, कार्तिकेय, कौमारी के छः सिर और दस हाथ हैं, वे अपने हाथों में शक्ति, ध्वजा, दण्ड, धनुष, बाण, आदि धारण करती हैं तथा उनका वाहन मयूर है। 4-वैष्णवी, भगवान विष्णु, विष्णु जी की तरह वनमाला पहने हुए देवी वैष्णवी के दो हाथों में शंख व चक्र हैं, इनकी सवारी गरूड़ ही है। 5-ऐंद्रि, देवराज इन्द्र, वे वंड्का धारण कर रखती हैं तथा अपने वाहन हाथी पर विराजमान हैं। 6-वराही, भगवान् विष्णु के वराह अवतार की तरह चर्तुभुजी इन देवी का चेहरा वराह का व धड़ मनुष्य का है। हाथों में दंड़, खड्ग, खेतका और फाश धारण करती हैं। मेष इनका वाहन है और कहीं-कहीं भैंसे पर भी सवार दिखाई गयी हैं। 7-नारसिंही, भगवान् नरसिम्हा, इनका चेहरा सिंह व धड़ मानव का है और हाथों में शंख, चक्र, त्रिशूल, डमरू आदि धारण करती हैं। 8-माँ काली, जिन्हें चामुंडा के नाम से भी जानते हैं। रौद्र मुखमुद्रा वाली यह देवी के हाथों में कपाल, शूल, नरमुण्ड तथा अग्नि है तथा इनका वाहन सियार है। एकमात्र ऐसी मातृका हैं जिन्हें किसी भी देव के स्त्री शक्ति अवतार के रूप में प्रस्तुत नहीं किया जाता) की रचना की थी। हर एक मातृका की सहायक आठ शक्तियाँ हैं, इसीलिए इनकी संख्या 64 हो जाती है।

हे भृङ्गी, इस प्रकार मंदार पर्वत से भगवान् शिव ने पहले चौंसठ योगिनियों को काशी भेजा। शिव की आज्ञा शिरोधार्य कर सभी चौंसठ योगिनियाँ क्रमशः 1-गजानन, 2-सिंहमुखी, 3-गृध्रस्या, 4-काकतुंडिका, 5-उष्ट्रग्रीव, 6-हयग्रीव, 7-वाराही, 8-शरभनान, 9-उलूकिका, 10-शिवराव, 11-मयूरी, 12-विकटानाना, 13-अष्टावक्र, 14-कोत्राक्षी, 15-कुब्जा, 16-विकट लोचन, 17-शुष्कोडरि, 18-लालज्जिह्वा, 19-श्वदत्र, 20-वाणाराण, 21-क्षाक्षी, 22-केकराक्षी, 23-बृहत्तुण्ड, 24-सुरप्रिया, 25-कपालहस्ता, 26-रक्ताक्षी, 27-शुकी, 28-श्येनि, 29-कपोतिका, 30-पाशाहस्ता, 31-दण्डहस्ता, 32-प्रचंड चंडविक्रम, 33-शिशुघ्नी, 34-पापहंत्री, 35-काली, 36-रुधिरापायिनी, 37-वसाध्या, 38-गर्भभाक्ष, 39-शवहस्ता,

40-अंतरमालिनी, 41-स्थूलकेशी, 42-बृहत्कुक्षी, 43-सर्पश्य, 44-प्रेतवाहन, 45-दंडशुककार, 46-क्रौंची, 47-मृगशीर्ष, 48-वृषानाना, 49-व्यात्तस्या, 50-धूमनिश्वसा, 51-व्योमैकाचरण, 52-ऊर्ध्वदिक, 53-तपनिद्दष्टि, 54-शोषनिद्दष्टि, 55-कोत्तारि, 56-स्थूलनासिका, 57-विद्युत्प्रभा, 58-बालकाश्य, 59-मार्जरी, 60-कटपुतना, 61-अष्टाह्रासा 62-कामाक्षी, 63-मृगाक्षी, 64-मृगलोचना आदि सभी ने मंदरांचल पर्वत से काशी के लिए आकाश मार्ग से प्रस्थान किया। वाराणसी पहुँचकर सभी योगिनियों ने अनियमित क्रम में अलग-अलग होकर कर्पटिका (साध्वियों) के वेश में काशी में प्रवेश किया और नए-नए पृथक-पृथक स्वरूपों में समस्त चौंसठ योगिनियों का समूह काशी में समाहित हो कर एक वर्ष तक दिन-रात विचरण करता रहा। पर, जिस लक्ष्य को लेकर सभी योगिनियाँ काशी आईं थी, उससे विफल होकर उन सभी ने मंदरांचल पर्वत न लौट कर काशी में निवास करने का मन बनाया। तब से लेकर आज तक योगिनियाँ कभी काशी को छोड़कर अन्यत्र नहीं रहीं, यहीं आनन्दकानन से वे सभी तीनों लोकों में विचरण करती रहती हैं। आज भी काशी के बंगाली टोला-मुहल्ले में गङ्गातट राणा महल घाट के बगल में चौंसठी घाट पर चौंसठ योगिनियों का चौंसठी देवी मंदिर अपने जागृत किन्तु लघुरूप में विद्यमान है।

बारह आदित्य

आनन्दकानन के भद्रवन के लोलार्क कुण्ड पर भरी दोपहरी में विशाल पीपल के वृक्ष के शीतल छाँव में बैठे भृङ्गी पूछते हैं कि—'हे नन्दी, फिर भगवान् शिव ने क्या किया? ये बारह आदित्य कौन हैं? कृपया बारह आदित्यों के विषय में बतायें कि उनका काशी आगमन क्यों हुआ? उनके नाम बताते हुए कृपया उनकी वर्तमान स्थिति के बारे में बतायें।'

प्रतिउत्तर में नन्दी ने कहना आरम्भ किया कि—'हे भृङ्गी, जब चौंसठ योगिनियाँ वापस नहीं लौटीं तब उसके बाद शिव ने ऋषि कश्यप के पुत्र सूर्यदेव को काशी भेजा। भगवान् शिव की आज्ञा लेकर सूर्यदेव काशी की ओर चल पड़े। काशी पहुँच कर सर्वप्रथम वह भी काशी में दक्षिण की ओर मुड़ गये, वाराणसी के दक्षिण छोर पर असि और गङ्गा के संगम के पास काशी के प्राथमिक तीर्थ लोलार्क के रूप में विराजित हुए। उसके बाद काशी के उत्तर दिशा की ओर बढ़े, जहाँ अर्क नामक एक कुण्ड (वर्तमान में जिसे ग्रैंड ट्रंक रोड के ठीक दक्षिण में बकरियां कुण्ड के नाम से उल्लिखित किया जाता है) के पास सूर्यदेव ने यहीं उत्तरार्क नाम से अपना निवास स्थापित किया था। इसके बाद वाराणसी के मध्य और विश्वेश के पश्चिम भाग में सूर्य कुण्ड के पास सांबादित्य नाम से विराजित हुए।

इस प्रकार सूर्यदेव काशी पहुँच कर विभिन्न बारह आदित्य (सूर्य) क्रमश : (1) लोलार्क, (2) उत्तरार्क , (3) सांबादित्य, (4) द्रुपदादित्य, (5) मयूखादित्य, (6) खखोल्क, (7) अरुणादित्य, (8) वृद्धादित्य, (9)

केशवादित्य, (10) विमलादित्य, (11) गङ्गादित्य, तथा (12) यमादित्य आदि रूपों में काशी में विराजित हुए। कुल मिला कर सूर्य भी वापस नहीं लौटे मंदरांचल।

चतुर्मुख ब्रह्मा

सायंकाल आनन्दकानन के रुद्रसरस के एक पाषाण शिला पर बैठ कर भृङ्गी पूछते हैं कि—'हे नन्दी, चौंसठ योगिनियाँ नहीं लौटीं। सूर्य भी वापस नहीं आये मंदरांचल। तब फिर भगवान् शिव ने क्या किया? किसे काशी भेजा? उनके नाम बताते हुए कृपया उनकी वर्तमान स्थिति के बारे में बतायें।'

प्रतिउत्तर में नन्दी ने कहना आरम्भ किया कि—'हे भृङ्गी, जब सूर्य भी वापस नहीं लौटे तब फिर शिव चतुर्मुख ब्रह्मा को काशी भेजते हैं। भगवान् ब्रह्मा श्वेत हंस पर सवार होकर वाराणसी नगरी पहुँचे। वाराणसी आकर ब्रह्माजी वृद्ध ब्राह्मण का रूप धारण कर राजा दिवोदास के पास गये। भगवान् ब्रह्मा ने दिवोदास की सहायता प्राप्त कर काशी में 'दस अश्वमेध' यज्ञ किये। कहते हैं कि यज्ञ की आहुतियों से निकले धुओं से जो स्याह पनपा तब से आकाश अपना नीला रंग नहीं छोड़ा है। उसी समय से इस यज्ञ भूमि को जो पहले रुद्रसरस नाम से विख्यात थी, दशाश्वमेध के नाम से जानी जाती है। वहाँ दशाश्वमेध की स्थापना करने के बाद ब्रह्मा जी वहीं रहने लगे, वह भी काशी से वापस नहीं गये। बाद में भगीरथ के साथ वहाँ गङ्गा नदी आ गईं, जिससे वह उत्तम तीर्थ अत्यंत पुण्यमय और पवित्र हो गया।

शिव के गण

आनन्दकानन के प्रवेशद्वार की विथिका में विचरण करते हुए भृङ्गी ने नन्दी से पूछा कि—'हे नन्दी, चौंसठ योगिनियाँ नहीं लौटीं। सूर्य भी वापस नहीं लौटे। और अब चतुर्मुख ब्रह्मा भी लौट कर नहीं आये मंदरांचल। तब फिर भगवान् शिव ने क्या किया? किसे काशी भेजा? उनके नाम बताते हुए कृपया उनकी वर्तमान स्थिति के बारे में बतायें।'

प्रतिउत्तर में नन्दी ने कहना आरम्भ किया कि—'हे भृङ्गी, जब ब्रह्मा जी भी काशी से नहीं लौटे तब अत्यंत उद्विग्न मन से शिव विचार करने लगे—'जो भी काशी जाता है, वह वहीं रह जाता है।' इस प्रकार विचार करते हुए शिव ने अपने अन्य गणों क्रमश : शांकुकर्ण, महाकाल, घंटाकर्ण, महोदरा, सोमनंदिन, नंदीषेण, कालापिंगल, कुक्कुट्ट, कुंडोदरा, मयूराक्ष, बाण, गोकर्ण, तारक, तिलपर्ण, स्थूलकर्ण, दर्मिकंड, प्रभमय, सुकेश, विंदति, छग, कपर्दिन, पिंगलक्ष, वीरभद्र, किरात, चतुर्मुख, निकुम्भक, पंचाक्ष, भरभूत त्यक्ष, क्षेमक, लांगलिन, विराध, सुमुख, आषाढ़ी, नैगमेय, शखा, विशाखा, नन्दी और भृङ्गी को बुलाया और कहा कि तुम सब मेरे पुत्न हो, जैसे ये स्कंद और हेरम्ब। यद्यपि तुम सबमें अत्यन्त कार्यकुशलता है, फिर भी मुझे काशी, राजा दिवोदास, योगिनियों, सूर्य और ब्रह्मा का कुछ समाचार नहीं मिलता। अतः तुममें से दो ये शंकुकर्ण और महाकाल काशी जायें और वहाँ का हाल समाचार ले कर शीघ्र ही लौट आयें। शंकुकर्ण और महाकाल काशी आये और वह काशी में विश्वेश के उत्तर-पश्चिम भाग में शंखकर्णेश्वर और महाकालेश्वर दो पुण्यमय लिङ्गों की

स्थापना कर वहीं स्थायी रूप से बस गए तथा आज तक वे कभी काशी से बाहर नहीं गये। शंकुकर्ण और महाकाल के भी वापस न लौटने पर भगवान् शिव ने दो अन्य गणों घण्टाकर्ण और बुद्धिमान महोदर को काशी भेजा। दोनों गण काशी आये। घण्टाकर्ण ने काशी में घण्टाकर्णेश्वर लिङ्ग और महोदर ने विश्वेश्व के पश्चिम में महोदरेश्वर लिङ्ग विधिवत् स्थापित कर यहीं विराजित हो कर काशी से वापस नहीं लौटे। फिर सोमनंदी, नंदीषेण, काल, पिंगला और कुक्कुट आए और आनन्दवन में महान् सोमनंदीश्वर लिङ्ग, इसके उत्तर में नन्दीबेणेश्वर लिङ्ग, गङ्गा के उत्तर-पश्चिम में कालेश्वर लिङ्ग, इससे थोड़ा उत्तर में पिंगलेश्वर लिङ्ग, मुर्गी के अण्डे के आकार वाले कुक्कुटेश्वर लिङ्ग की स्थापना कर वहीं स्थायी रूप से बस गए तथा आज तक वे कभी काशी से बाहर नहीं गये। वह पाँचों गण भी जब काशी से वापस नहीं लौटे तब शिव ने चार अन्य गणों मयूर, कुण्डोदर, बाण और गोकर्ण को काशी भेजा। यह चारों गण भी काशी आये और लोलार्क के निकट कुण्डोदरेश्वर लिङ्ग, इसके पश्चिम में असि नदी के तट पर मयूरेश्वर लिङ्ग, इसके पश्चिम में बाणेश्वर लिङ्ग, अन्तर्ग्रह के पश्चिम में काशी के प्रवेशद्वार पर गोकर्णेश लिङ्ग स्थापित कर वह भी नहीं लौटे।

चारों गण भी विलम्ब करने लगे तब शिव ने अन्य गणों क्रमशः तारक, तिलपर्ण, स्थूलकर्ण, द्दमिकंड, प्रभुमय, सुकेश, विंदति, छग, कपर्दिन, पिंगलक्ष, वीरभद्र, किरात, चतुर्मुख, निकुंभक, पंचाक्षभार, भरभूत, भूतक्य, त्यक्ष, क्षेमक, लंगालिन, विराध, सुमुख, आषाढ़ी को बुलाकर काशी जाने का आदेश दिया। ये सभी गण भी काशी आये और क्रमशः मुक्तिदायक तारकेश्वर लिङ्ग, तिलपर्णेश्वर लिङ्ग, स्थूलकर्णेश्वर लिङ्ग, इसके पश्चिम में द्दमीचण्डेश्वर लिङ्ग और प्रभुईश्वर लिङ्ग, हरिकेश वन में सुकेश्वर लिङ्ग, भीमचण्डी के समीप विन्दतीश लिङ्ग, पितृश्वर के पास छगलेश लिङ्ग, कपर्दिश लिङ्ग, इसके उत्तर में पिंगलख्येश लिङ्ग, अविमुक्तेश्वर के पीछे वीरभद्रेश्वर लिङ्ग, केदार के दक्षिण में किरातेश लिङ्ग, वृद्धकालेश के पास चतुर्मुखेश्वर लिङ्ग, निकुंभेश्वर लिङ्ग, महादेव के दक्षिण में पंचकेश लिङ्ग, अंतरगृह के उत्तरी द्वार पर भरभूतेश्वर लिङ्ग, त्यक्ष लिङ्ग, क्षेमक लिङ्ग, विश्वेश के उत्तर दिशा में लाङ्गलेश्वर लिङ्ग, दण्डपाणि के

दक्षिण-पश्चिम में विराधेश्वर लिङ्ग, पिलिपिला तीर्थ में पश्चिममुखी सुमुखेश लिङ्ग, भारभूत के उत्तर में आषाढ़ीश्वर लिङ्ग के स्वरूप में स्थापित होकर काशी से बाहर नहीं गये। कुछ अधीर होते हुए भृङ्गी ने ढाँढ़स भरा कि—'हे नन्दी काशी सभी को इतनी प्रिय क्यों है, यह मैं अब समझा।'

छप्पन विनायक

आनन्दकानन के पश्चिमी छोर पर भीमचण्डी में विशाल बरगद वृक्ष के नीचे बैठकर भृङ्गी एक गहरी साँस खींच कर छोड़ते हुए पूछते हैं कि—'हे नन्दी, चौंसठ योगिनियाँ नहीं लौटीं। सूर्य भी वापस नहीं लौटे। चतुर्मुख ब्रह्मा वापस नहीं आये। और अब शिव के गण भी लौट कर नहीं आये मंदरांचल। ऐसी स्थित में भगवान् शिव ने क्या किया? किसे काशी भेजा? उनके नाम बताते हुए कृपया उनकी वर्तमान स्थिति के बारे में बतायें।'

प्रतिउत्तर में नन्दी ने कहना आरम्भ किया कि—'हे भृङ्गी, उधर योगिनियाँ, सूर्य, ब्रह्मा, समस्त गण सब काशी आये तो पर लौटा कोई नहीं। ऐसा विचार कर शिव ने गजानन को बुलाया और यह कहकर भेजा—'हे पुत्र! तुम यहाँ से काशी चले जाओ। वहाँ रहकर गणों सहित निर्विघ्न हमारे कार्य की सिद्धि के लिए प्रयत्न करो।'

भृङ्गी ने पूछा कि—'विनायक ने स्वयं कैसे विभिन्न वेश धारण किए? काशी में उन्होंने किन-किन नामों से निवास किया?'

नन्दी ने कहा कि—'हे भृङ्गी, शिव को काशी में लाने के उपाय पर विचार करते हुए, भगवान् श्री गणेश ने मंदार पर्वत से प्रस्थान कर शीघ्रता से काशी पहुँच कर ज्योतिषी के वेश में काशी प्रवेश किया।' फिर विनायक का विभिन्न नामोल्लेख के साथ धुण्डी विनायक और छप्पन विनायकों का आविर्भाव हुआ। विश्वनाथ मंदिर के पास धुण्डीराज के चारों ओर केन्द्रित सात संकेन्द्रित वृत्तों में आठ दिशा बिंदुओं पर छप्पन विनायकों ने अपने-अपने स्थान बनाए। विनायकों

का पहला मंडल : (1) अर्क, (2) दुर्गा, (3) भीमचण्ड, (4) देहली, (5) उद्दण्ड, (6) पाशपाणि, (7) खर्वा और (8) सिद्धिविनायक। काशी में गङ्गा और असि के संगम पर अर्कविनायक, दुर्ग विनायक, भीमचण्डी के निकट पवित्र स्थान के दक्षिण-पश्चिम में भीमचण्डविनायक, इसके पश्चिम में देहलीविनायक, पवित्र स्थान के उत्तर-पश्चिमी भाग में उद्दण्ड विनायक, काशी के उत्तर में पाशपाणि-विनायक, गङ्गा और वरणा के संगम पर खर्वविनायक, पवित्र स्थान के पूर्व में सिद्धिविनायक, ये आठ विनायक काशी के बाहरी घेरे में हैं। विनायकों का दूसरा मंडल : (1) लम्बोदर, (2) कुशदंत, (3) शालकान्तक, (4) कुष्माण्ड, (5) मुंडविनायक, (6) विकटद्विज, (7) राजपुत्र और (8) प्रणव। गङ्गा नदी के पश्चिमी तट पर, अर्कविनायक के उत्तर में लंबोदर विनायक, इनके पश्चिम में तथा दुर्गा-विनायक के उत्तर में कुशदंत विनायक, भीमचण्ड गणेश के उत्तर-पूर्व में शालकान्तक विनायक, देहली विनायक के पूर्व में कुष्माण्ड विनायक, उद्दण्ड विनायक के दक्षिण-पूर्व दिशा में स्थित मुण्डविनायक, पाशपाणि के दक्षिण में विकटद्विज विनायक, खर्व विनायक के दक्षिण-पश्चिम में राजपुत्र विनायक, इनके दक्षिण में गङ्गा के पश्चिमी तट पर प्रणव विनायक, ये आठ विनायक काशी में दूसरे बाह्य वलय में स्थित हैं। विनायकों का तीसरा मंडल : (1) वक्रतुंड, (2) एकदंत, (3) त्रिमुख, (4) पंचास्य, (5) हेरंब, (6) विघ्नराज, (7) वरद और (8) मोदकप्रिय। गङ्गा नदी के तट पर स्थित लंबोदर के उत्तर में वक्रतुण्ड विनायक, कुशदंत के उत्तर में एकदंतक विनायक, शालकान्तक के उत्तर-पूर्व में वानर-सिंह-हाथी मुख वाले त्रिमुख विनायक, कुष्माण्ड के पूर्व में पंचास्य विनायक, मुण्डविनायक के दक्षिण-पूर्व में हेरम्ब विनायक, विकटदंत के दक्षिण में विघ्नराज विनायक, राजपुत्र विनायक से थोड़ा दक्षिण-पश्चिम दिशा में स्थित वरद विनायक, पिशाचिल तीर्थ में गङ्गा नदी के पावन तट पर प्रणवविघ्नेश के दक्षिण में मोदकप्रिय विनायक, ये आठ विनायक तीसरे बाह्य वलय पर स्थित हैं। विनायकों का चौथा मंडल : (1) अभयद, (2) सिंहतुण्ड, (3) कुणीताक्ष, (4) क्षिप्रप्रसादन, (5) चिंतामणि, (6) दन्तहस्ता, (7) पिकान्डिला और (8) उद्दण्डमुण्ड। वक्रतुण्ड से उत्तर दिशा में गङ्गा नदी के तट पर अभयदा विनायक,

एकदंत विनायक उत्तर में सिंहतुण्ड विनायक, त्रिमुख विनायक के उत्तर-पूर्व दिशा में कुणिताक्ष विनायक, पंचास्य के पूर्व में स्थित क्षिप्रप्रसादन विनायक, हेरम्ब के दक्षिण-पूर्व में स्थित चिंतामणि विनायक, विघ्नराज के दक्षिण में दन्तहस्त विनायक, वरद के दक्षिण-पश्चिम में पिकान्डिल विनायक, मोदकप्रिय विनायक के दक्षिण में पिलिपिला तीर्थ में उद्दण्डमुण्ड विनायक स्थित हैं। विनायकों का पाचवाँ मंडल : (1) स्थूलदंत, (2) कलिप्रिय, (3) चतुर्दंत, (4) द्वितुंड, (5) ज्येष्ठ, (6) गजविनायक, (7) कलाविनायक, (8) नागेश। अभयप्रदा के उत्तर में दिव्य नदी के तट पर स्थूलदन्त विनायक, सिंहतुण्ड के उत्तर में कलिप्रिय विनायक, कुणिताक्ष के उत्तर-पूर्व में चतुर्दंत विनायक, कृपाप्रसादन के पूर्व में द्वितुण्ड विनायक, चिंतामणि विनायक के दक्षिण-पूर्व में ज्येष्ठ विनायक, दन्तहस्त की दक्षिण दिशा में गज-विनायक, पिचिण्डिल विनायक के दक्षिण में काल-विनायक, उद्दण्डमुण्ड विनायक से दक्षिण दिशा में स्थित नागेश विनायक ये सभी काशी में पाँचवें बाह्य वृत्त पर स्थित हैं। विनायकों का छठा मंडल : (1) मणिकर्ण, (2) आश्विनायक, (3) सृष्टिविनायक, (4) यक्षविघ्नेश, (5) गजकर्ण, (6) चित्रघंटा, (7) स्थूलजंघ और (8) मित्रविनायक। पूर्व दिशा में मणिकर्ण विनायक, दक्षिण-पूर्व दिशा में आश्विनायक, दक्षिण दिशा में सृष्टि विनायक, दक्षिण-पश्चिम दिशा में यक्ष विघ्नेश विनायक, पश्चिम दिशा में स्थित गजकर्ण विनायक, उत्तर-पश्चिम दिशा में चित्रघण्ट विनायक उत्तर दिशा में स्थूलजंघ विनायक, उत्तर-पूर्व दिशा में मित्रविनायक, ये सभी छठे बाह्य वलय पर स्थित विनायक हैं। विनायकों का सातवां मंडल : (5) मोद और अन्य, (6) ज्ञानविनायक, (7) द्वार विनायक, (8) अविमुक्त विनायक। मोद विनायक, ज्ञान विनायक, द्वार के सामने स्थित द्वार विनायक, अविमुक्त विनायक, ये सभी सातवें बाह्य वलय पर स्थित विनायक हैं।

भृङ्गी विनायक का प्रसंग सुन कर बहुत प्रसन्न हुए। लेकिन उनका कौतुहल अभी भी एक विचार कर रहा था कि जब गजानन भी काशी से वापस नहीं लौटे तो फिर क्या हुआ?

आदिकेशव

आनन्दकानन के पादोदक तीर्थ में बेल के एक विशाल वृक्ष के नीचे आसन जमाये भृङ्गी पूछते हैं कि—'हे नन्दी, चौंसठ योगिनियाँ नहीं लौटीं। सूर्य भी वापस नहीं लौटे। चतुर्मुख ब्रह्मा वापस नहीं आये। शिव के गण लौटकर नहीं आये। और अब गजानन भी लौट कर नहीं आये मंदरांचल। ऐसी स्थित में भगवान् शिव ने क्या किया? किसे काशी भेजा? कृपया उनकी वर्तमान स्थिति के बारे में बतायें।'

प्रतिउत्तर में नन्दी ने कहना आरम्भ किया कि—'हे भृङ्गी, उधर योगिनियाँ, सूर्य, ब्रह्मा, समस्त गण, गजानन सब काशी आये तो पर लौटा कोई नहीं। काशी की तरंगों में तैरते हुए नन्दी ने कहा कि—'हे भृङ्गी, मंदार पर्वत पर गजानन भी जब काशी से लौट कर नहीं आये तो महादेव ने भगवान् विष्णु से कहा—'जो अविमुक्त गया वह लौट कर अभी तक नहीं आया, इसलिए आप जायें और हमारे काशी में लौटने की व्यवस्था करें।' शिव से आज्ञा लेकर भगवान् विष्णु ने माता लक्ष्मी के साथ गरुण पर सवार होकर मंदार पर्वत से काशी के लिये प्रस्थान किया। काशी पहुँचकर भगवान् विष्णु ने गङ्गा और वरणा के संगम पर अपने हाथ-पाँव धो कर स्नान किया। इसी समय से काशी के इस संगम का नाम पादोदक तीर्थ पड़ा। माता लक्ष्मी और गरुड़ के साथ भगवान् विष्णु ने नित्यपूजन कर अपने हाथों से एक पत्थर की मूर्ति बनाई। आदिकेशव ने स्वयं उस मूर्ति की पूजा की, जो सभी समृद्धि और सिद्धियों की दाता थी। काशी के उत्तर की ओर थोड़ा आगे जाकर चक्रधारी

भगवान् ने अपने रहने के लिए क्षेत्र बनाया। तत्पश्चात् भगवान् विष्णु काशी पहुँचने के अठारहवें दिन बाद राजा दिवोदास के पास पहुँचे। भगवान् विष्णु ने राजा दिवोदास से कहा कि—'हे राजन, आपकी निष्ठा, सेवा भाव शक्ति तथा नि:स्वार्थता को जानता हूँ। आप जैसा राजा न पहले कभी हुआ है और न कभी होगा। आपने प्रारम्भ में ही उत्तम तप से इंद्रियों को परिमार्जित कर लिया है। पर इन सबसे अलग मुझे आपमें एक भयंकर दोष समझ में आता है और वह यह कि आपने जाने-अनजाने में विश्वेश्वर को काशी से बहुत दूर कर दिया है। यही तुम्हारा सबसे बड़ा दैवी-अपराध है। मैं तुम्हें उस पाप से मुक्त करने का सर्वोत्तम उपाय बताता हूँ। इसके निवारण के लिए तुम यहाँ शिव लिङ्ग की स्थापना करो। उस लिङ्ग की स्थापना से तुम शिव सायुज्य प्राप्त कर सकोगे। ऐसा कर लेने पर आज से सातवें दिन एक दिव्य विमान तुम्हें शिवधाम में ले जाने के लिए आएगा।' यह सुनकर दिवोदास बहुत प्रसन्न हुए। कहा कि 'मैं भवसागर से मुक्त होना चाहता हूँ।' राजा ने लिङ्ग की स्थापना कर उसकी विधिपूर्वक पूजन स्तुति की। उसी समय एक दिव्य हवाई रथ आकाश से तेजी से भूमि पर उतरा, जिसके चारों ओर शिव सेवक फैले हुए थे। उनके हाथों में त्रिशूल और खट्वांग थे। उनका तेज सूर्य और अग्नि की तेजस्विता से भी अधिक था। उनके मस्तक में आंखें और उनके बाल उलझे हुए थे। उनके अंग शुद्ध स्फटिक की तरह चमक रहे थे और आकाश को प्रकाशित कर रहे थे। उनके भौतिक रूप नागों के फन पर लगे मणियों के कारण पूजनीय लग रहे थे, जो उनके आभूषण थे। उनकी नीलवर्णी गर्दनें ऐसी लग रही थीं, मानो अंधकार ने उन्हें सहारा दिया हो और वे निरंतर तेज से भयभीत थीं। हवाई रथ को सैकड़ों रुद्रकन्याओं ने घेर रखा था, जिनके हाथों की अंगुलियाँ चौरियाँ चलाने में व्यस्त थीं। तत्पश्चात् सेवकों ने प्रसन्नचित्त होकर राजा दिवोदास को दिव्य मालाओं तथा रेशमी वस्त्रों से अलंकृत किया। उनका सुन्दर माथा तीन नेत्रों वाला हो गया। उनका कंठ नीला हो गया। उनके सभी अंग श्वेत हो गए। उनके बाल उलझ गए। उनके शरीर में चार भुजाएँ थीं तथा वे सर्पों से सुशोभित थे। उसके पश्चात सेवक

राजा दिवोदास को लेकर शिवधाम गए। उल्लेखनीय है कि दिवोदासेश्वर लिङ्ग के नाम से स्थापित यह स्थान आज भी मोक्ष की कामना के निमित्त श्राद्ध आदि अनुष्ठानों के लिए 'भूपालश्री' पवित्र तीर्थ के रूप में महत्त्वपूर्ण है।

राजा दिवोदास के शिव सायुज्य के प्रसंग के मध्य में ही भृङ्गी ने पूछा कि—'हे नन्दी, बिन्दुमाधव का प्राकट्य कैसे हुआ?' नन्दी ने कहा कि—'हे भृङ्गी, भगवान् विष्णु ने राजा दिवोदास के राजमहल से बाहर आने पर पादोदक तीर्थ स्थित ह्रद (भँवर) पञ्चनद में विधिपूर्वक स्नान किया। इसी के साथ भगवान् विष्णु ने एक क्षीणकाय तपस्वी अग्निबिन्दु ऋषि को तप करते देखा। तपस्वी अग्निबिन्दु ने भगवान् की स्तुति करते हुए प्रणाम किया। भगवान् विष्णु उस तपस्वी की तपश्चर्या से प्रसन्न हो कर बोले कि—'हे परम बुद्धिमान अग्निबिन्दु, मैं तुमसे अत्यंत प्रसन्न हूँ। मुझसे वरदान माँगो।' अग्निबिन्दु ने कहा—'हे प्रभु, समस्त प्राणियों के कल्याण के लिए, विशेषकर मोक्ष चाहने वालों के लिए, आप सर्वव्यापी होने के बावजूद पञ्चनद के भँवर में निवास करें। साथ ही आप मुझे अपने चरणकमलों में भक्ति प्रदान करें। भगवान् विष्णु ने कहा कि—'हे मुनि अग्निबिन्दु! जब तक काशी रहेगी, मैं यहीं रहूँगा। शिव के त्रिशूल की नोक पर टिकी होने के कारण प्रलय के समय भी इसका नाश नहीं होता। हे ऋषिवर अग्निबिन्दु, आज के बाद से आपके नाम के आधे भाग के साथ और माँ (लक्ष्मी) के नाम के साथ बिन्दुमाधव मेरा नाम तीनों लोकों में प्रसिद्ध होगा। हे मुनि! काशी में यह पापों को समूल नष्ट करने वाला माना जाएगा। तथा हे ऋषिवर, सत्ययुग में मुझे आदिमाधव, त्रेता में अनंतमाधव, द्वापर में श्रीमाधव, कलियुग में बिंदुमाधव नाम से जाना जाएगा। एक बात और शिव के विपरीत सोचने वाला प्रिय भक्त भी मेरा शत्रु बन जाता है। पिशाच के रूप में जन्म लेने के बाद, उन्हें कालभैरव की आज्ञा से तीस हजार वर्ष दु:ख के सागर में बिताने होंगे। तत्पश्चात, शिव की कृपा से ही उसे मोक्ष की प्राप्ति होगी। जो मन से भी शिव से द्वेष करते हैं, वे मृत्यु के बाद अंधतामिश्र नामक नरक में सदा के लिए प्रवेश करते हैं। जो लोग विश्वेश्वर से घृणा करते हैं और उनकी निंदा करते हैं, वे क्रमश: अट्ठाईस करोड़

नरकों में सड़ते हैं और प्रत्येक नरक में एक कल्प बिताते हैं। हे मुनि! मुझे शिव की कृपा प्राप्त है, इसलिए मैं भी मोक्षदाता हूँ। आनन्दकानन पुण्यमय है। पञ्चनद उससे भी अधिक पुण्यमय है। हे महामुनि अग्निबिन्दु, मेरा समीपस्थ क्षेत्र उससे भी अधिक पुण्यमय है।

भाव-विह्वल भृङ्गी ने पूछा कि—'हे नन्दी, बिन्दुमाधव के काशी में कितने रूप हैं? भविष्य में वे कौन से रूप होंगे? कृपया काशी में वैष्णव तीर्थों का परिचय बताइये।'

भाव-विभोर नन्दी ने कहना आरम्भ किया कि—'हे भृङ्गी, भगवान् बिन्दुमाधव ने स्वयं तपस्वी अग्निबिन्दु को बताया है कि—'प्रारम्भ में पाददोदक तीर्थ में मोक्ष प्रदान करने वाले आदिकेशव के नाम से समझो। पाददोदक के दक्षिण में श्वेतद्वीप तीर्थ में ज्ञानकेशव, ताक्ष्यर्तीर्थ में ताक्ष्यर्केशव, नारद तीर्थ में नारदकेशव, प्रह्लाद तीर्थ में प्रह्लादकेशव, अम्बरीष तीर्थ में आदित्यकेशव, दत्तात्रेयेश्वर के दक्षिण में आदिगदाधर, भार्गव तीर्थ में भृगुकेशव, वामनतीर्थ में वामनकेशव, नरनारायण तीर्थ में नरनारायण, यज्ञावराहतीर्थ में यज्ञावराह, विदारणरसिंह, लक्ष्मीनृसिंह, गोपीगोविन्द तीर्थ में गोपीगोविन्द शेषतीर्थ में शेषमाधव, शंखमाधव तीर्थ में शंखमाधव, हयग्रीवतीर्थ में हयग्रीवकेशव, वृद्धकालेश के पश्चिम में भीष्म केशव, लोलार्क के उत्तर में निर्वाणकेशव, त्रिलोकसुन्दरी के दक्षिण में त्रिभुवनकेशव, ज्ञानवापी के सामने ज्ञानमाधव, विशालाक्षी के समीप श्वेतमाधव, दशाश्वमेध के उत्तर में प्रयागतीर्थ में प्रयागमाधव नाम से विराजमान हूँ।'

आदिकेशव मंदिर राजघाट पठार के ऊँचे किनारे पर पेड़ों के एक झुरमुट स्थित है, जहाँ से गङ्गा और वरणा दिखाई देती है। उसके बाद के उल्लिखित तीर्थों में प्रह्लाद तीर्थ को छोड़ कर लगभग सभी तीर्थ अपने-अपने भूगोल की परतों में समा गए।

यह सुनकर भृङ्गी को बहुत प्रसन्नता हुई। भृङ्गी ने आगे पूछा—'हे नन्दी, भगवान् विष्णु की कितनी मूर्तियाँ हैं? उन्हें कैसे जाना जा सकता है? यह बताइए।'

भाव-विभोर नन्दी ने भगवान विष्णु की यथाक्रम विभिन्न मूर्तियों का उल्लेख कहना आरम्भ किया—'भगवान् विष्णु ने इसी काशी में तपस्वी अग्निबिन्दु से केशव से प्रारम्भ करके चौबीस विभिन्न मूर्तियों का उल्लेख किया। पहले दाहिने हाथ से शुरू करके इन बातों को सृष्टि क्रम (घड़ी की दिशा में) से समझा जा सकता है।

शंख (ऊपरी दाहिना हाथ), चक्र (ऊपरी बायाँ हाथ), गदा (निचला बायाँ हाथ) और पद्म (निचला दाहिना हाथ) से केशव की मूर्ति को समझा जा सकता है। मधुहा (मूर्ति) को शंख (ऊपरी दाहिना हाथ), पद्म (ऊपरी बायां हाथ), गदा (निचला बायां हाथ) और चक्र (निचला दाहिना हाथ) से समझना चाहिए। संकर्षण (मूर्ति) की पूजा शंख (ऊपरी दाहिना हाथ), पद्म (ऊपरी बायाँ हाथ), चक्र (निचला बायाँ हाथ) और गदा (निचला दायाँ हाथ) से करनी चाहिए।

दामोदर की पूजा शंख, कौमोदकी (गदा), चक्र और पद्म (ऊपर वर्णित क्रम में) से की जाती है। वामन भगवान् शंख, चक्र, पद्म और गदा से सुसज्जित हैं। विविध रूपों वाले पाञ्चजन्य (अर्थात् शंख), गदा, पद्म तथा सुदर्शन (अर्थात् चक्र) प्रद्युम्न को दर्शाते हैं। विष्णु से आरंभ होने वाली छः मूर्तियों का उल्लेख ऊपर वाले बाएं हाथ से घड़ी की सुई की दिशा में किया गया है। शंख, पद्म, गदा और चक्र से युक्त भगवान् माधव सबसे अधिक समृद्धि प्रदान करने वाले हैं। अनिरुद्ध के हाथ में शंख, पद्म, चक्र और गदा हैं। पुरुषोत्तम का ध्यान करना चाहिए, क्योंकि उनके हाथ में शंख, गदा, चक्र और पद्म हैं। अधोक्षज शंख, चक्र, पद्म और कौमोदकी (गदा) से पुनर्जन्म को दूर करने वाले हैं। गोविंद से शुरू होने वाली छह मूर्तियों में (शस्त्र धारण किए हुए) बाएं निचले हाथ से घड़ी की दिशा में आरंभ किया गया है। गोविंद हमेशा शंख (निचला बायां हाथ), चक्र (निचला दायां हाथ), गदा (ऊपरी दायां हाथ) और पद्म (ऊपरी बायां हाथ) धारण करते हैं। त्रिविक्रम की पूजा शंख (बाएं हाथ का निचला हिस्सा), पद्म (दाएं हाथ का निचला हिस्सा), गदा (दाएं हाथ का ऊपरी हिस्सा) और चक्र (बाएं हाथ का ऊपरी हिस्सा) से करनी

चाहिए। श्रीधर शंख, पद्म, चक्र और गदा धारण करने वाले हैं। हृषिकेश को शंख, गदा, चक्र और पद्म से सम्मानित किया जाता है। नृसिंह को शंख, चक्र, पद्म और गदा के माध्यम से समझा जाता है। अच्युत शंख, गदा, पद्म और चक्र के स्थायी धारक हैं। वासुदेव से आरंभ होने वाली छह मूर्तियों को दाहिने निचले हाथ से समझना चाहिए। वासुदेव हमेशा शंख (दाहिना निचला हाथ), चक्र (दाहिना ऊपरी हाथ), गदा (बायां ऊपरी हाथ) तथा पद्म (बायां निचला हाथ) धारण करते हैं। पद्मनाभ को शंख, पद्म, चक्र और गदा से युक्त जानना चाहिए। उपेन्द्र के पास सदैव शंख, गदा, चक्र और पद्म ही उसके शस्त्र होते हैं। हरि शंख, चक्र, पद्म और गदा से युक्त होकर मनुष्यों के पापों का नाश करते हैं। कृष्ण शंख, गदा, पद्म और चक्र से युक्त हैं। भगवान् विष्णु की ये भिन्न-भिन्न मूर्तियाँ बताई गई हैं।

मणिकर्णिका

आनन्दकानन के चक्रपुष्करणी में विचरण करते हुए भृङ्गी ने नन्दी से पूछा कि—'हे नन्दी, यह मणिकर्णिका तीनों लोकों द्वारा स्तुति के योग्य क्यों मानी जाती हैं? जब यहाँ कोई दिव्य नदी नहीं थी, तब यहाँ क्या था? इस नगरी का नाम वाराणसी, काशी, रुद्रवास कैसे पड़ा? यह सुंदर अविमुक्त, आनंदकानन (सुख का वन) बाद में महाश्मशान कैसे कहलाया? यह मोक्षदाता कैसे बन गई? इस पुण्यमयी मणिकर्णिका का क्या महत्त्व है?

भाव-विभोर नन्दी ने कहना आरम्भ किया कि—'हे भृङ्गी, शिव और शिवा जब इस आनन्दवन में क्रीड़ा कर रहे थे, तब उनके मन में यह विचार आया कि एक और संरचना होनी चाहिए। 'जब उस प्राणी पर जन्मान्तरों का भार आ जाएगा, तब हम अपनी इच्छानुसार विचरण करते हुए हम काशी के नियमित निवासियों को ही मोक्ष प्रदान करेंगे।' इस प्रकार संकल्प करके उन्होंने तीनों लोकों में सर्वाधिक सुंदर, आकर्षक स्वरूप वाले एक दिव्य पुरुष को प्रकट किया। अद्वितीय वह शांत स्वभाव के और सत्वगुण से संपन्न तथा नीलमणि के समान शोभायमान थे। उनकी आँखें कमल के समान सुन्दर थीं। वह चमकीले रेशमी वस्त्र पहने हुए थे। उनकी शक्तिशाली भुजाएँ उन्हें तेजस्वी बनाती थीं। उनकी गहरी नाभि से सुन्दर सुगंध वाला एक उत्कृष्ट कमल निकला था। वे समस्त सद्गुणों के एकमात्र धाम तथा समस्त कलाओं के प्रधान भण्डार थे, वे सभी में सर्वश्रेष्ठ थे। इसलिए उन्हें पुरुषोत्तम कहा गया। उस अद्भुत पुरुष को परमता से अलंकृत देखकर महादेव ने कहा, 'हे

अच्युत! महाविष्णु बनो। वेद आपके प्राण होंगे; उनके द्वारा आप सब कुछ समझोगे। वेदों में बताए गए तरीके से सब कुछ उचित रीति से करो।' भगवान्

विष्णु से ऐसा कहकर ईशान रुद्र शिव सहित आनन्दकानन में प्रविष्ट हुए। तत्पश्चात भगवान् विष्णु ने शिव की मंशा को स्वीकार कर तपस्या करने का संकल्प किया। श्रीहरि ने अपने चक्र से एक सुन्दर कमल-तालाब खोदा, जो उनके पसीने की बूंदों से भर गया। वहाँ चक्रपुष्करिणी (अर्थात् दिक् द्वारा खोदे गए कमल-तालाब) के तट पर, उन्होंने निश्चल खड़े रह कर पचास हजार वर्षों तक कठोर तपस्या की। भगवान् ईश ने उन्हें स्थिर, आँखें बंद किए हुए, तप करते हुए देखा, तब भगवान् शिव ने माता पार्वती के साथ हृषीकेश से बार-बार सिर हिलाते हुए कहा—'अहा! तप की अद्भुत महानता! अहा! मन का धैर्य कितना अद्भुत है! अहा! यह अद्भुत अग्नि बिना ईंधन के निरंतर प्रज्वलित हो रही है! हे महाविष्णु! अब आपकी तपस्या पूर्ण हो गई। हे श्रेष्ठ पुरुषों में श्रेष्ठ! आँखे खोलें।' श्रीविष्णु ने कहा कि—'हे देवों के देव, यदि आप प्रसन्न हैं तो मैं आपको सदैव भवानी के साथ देखना चाहता हूँ। आपकी इस तपस्या की निरन्तर वृद्धि देखकर भगवान् शिव ने सर्पों से युक्त अपना सिर हिलाया। उस हरकत के फलस्वरूप भगवान् शिव का रत्नजटित कुंडल नीचे गिर गया। चक्रपुष्करिणी इस पवित्र कुंड का नाम मणिकर्णिका हो गया। शंख, चक्र और गदा धारण करने वाले भगवान् विष्णु द्वारा चक्र द्वारा खोदे जाने के कारण यह भव्य पवित्र स्थान पूर्वकाल में चक्रपुष्करणी तीर्थ के नाम से विख्यात हुआ था। जब से मेरे कान से रत्नजटित कुंडल इसमें गिरा था, तब से यह चक्रपुष्करणी मणिकर्णिका के नाम से विख्यात हो गई। श्रीविष्णु ने कहा, 'हे प्रभु, आपके मोती के कुंडल के यहाँ गिरने के कारण, यह पवित्र स्थान सभी मोक्ष प्रदान करने वाले पवित्र स्थानों में महान् बन जाए। चूँकि वह तेज, जिसका वर्णन नहीं किया जा सकता, यहाँ चमकता है, अतः इसका एक और नाम 'काशी' प्रसिद्ध हो। पाँच कोसों तक फैला यह अविमुक्त तीर्थ पवित्र स्थान मुझे प्रिय है। यहाँ केवल मेरी आज्ञा ही प्रभावी है, अन्य किसी की आज्ञा नहीं।'

काशी में कुछ भी प्रवेश नहीं कर सकता। त्रिशूल और पाश लेकर बाहर घूमने वाले गणों के भय से सारा पाप बाहर ही रह जाता है। शिव की कृपा से पंचकोशी (पाँच कोस तक फैली काशी की सीमा) में प्रवेश करते ही उसके

सारे पाप बाहर निकल जाते हैं। वह मनुष्य प्रवेश करते ही सारे पापों से मुक्त हो जाता है। मणिकर्णिका में स्नान करने के बाद उसे उत्तम पुण्य की प्राप्ति होती है।

मणिकर्णिका तीर्थ से संबंधित अक्षुण्य शक्ति का आश्रय लेने के बाद ही सभी तीर्थ अपने-अपने स्थान पर पापों का नाश करते हैं। कहते हैं कि प्रतिदिन मध्यान्ह के समय विश्वेश विश्वा के साथ मणिकर्णिका के पास स्नान करते हैं। भगवान् विष्णु प्रतिदिन बैकुंठ से आकर पद्मा के साथ पवित्र डुबकी लगाते हैं। भगवान् ब्रह्मा प्रतिदिन मध्याह्न में अनुष्ठान करने के लिए सत्यलोक से अपने वाहन हंस पर सवार होकर मणिकर्णिका आते हैं। इन्द्र से लेकर सभी दिशाओं के रक्षक, मरीचि से लेकर सभी महर्षि मध्याह्न अनुष्ठान करने के लिए मणिकर्णिका में आते हैं। नागों के लोक से, जिनके प्रमुख शेष और वासुकि हैं तथा समस्त चर-अचर प्राणियों में से सभी चेतन प्राणी मध्यान्ह के समय पवित्र स्नान करने के लिए मणिकर्णिका में आते हैं। भगवान् विष्णु ने स्वयं कहा है कि गङ्गाकेशव से लेकर हरिश्चंद्र के मंडप तक तथा दिव्य नदी के मध्य से लेकर स्वर्गद्वार तक मणिकर्णिका स्थूल विस्तार में फैली हुई है। मणिकर्णिका के भँवर के उत्तर में सीमाविनायक हैं।

हरिश्चन्द्र तीर्थ के सामने हरिश्चन्द्रविनायक, हरिश्चंद्रेश्वर है। उससे आगे, पर्वतेश्वर के समीप ही पर्वततीर्थ है, जो महामेरु का आधार है तथा महान् पापों का नाश करने वाला है। पर्वतेश्वर के दक्षिण में कम्बलेश्वतर तीर्थ है। उस तीर्थ के पश्चिम में कम्बलेश्वतरेश लिङ्ग है। चक्रपुष्करणी तीर्थ भगवान् विष्णु का उत्तम धाम है। भगवान् विष्णु ने अनेक वर्षों तक परार्द्ध तक यहाँ घोर तपस्या की थी। तब भगवान् विश्वेश्वर उन्हें दिखाई दिए। वहाँ उन्हें महान् अविनाशी शक्ति और समृद्धि प्राप्त हुई। मणिकर्णिका ने अपना द्रव्य वहाँ त्यागकर एक प्रत्यक्ष देवी का रूप धारण करके भगवान् विष्णु के सामने दर्शन दिया है। उनकी चार भुजाएँ और बड़ी-बड़ी आँखें हैं। उनके माथे की आँख चमकती है। वे हमेशा पश्चिम की ओर मुँह करके हथेलियाँ जोड़कर रहती हैं। उनके दाहिने हाथ में नीले कमल की माला है। वरदान देने की मुद्रा में उठे हुए

बाएँ हाथ में एक शानदार अनार का फल है। वे हमेशा बारह वर्ष की आयु की एक कुंवारी के रूप में रहती हैं। उनकी चमक शुद्ध स्फटिक की तरह है। उनके चमकदार बाल गहरे नीले रंग के हैं। उनके सुंदर होंठ मूंगे और माणिक से भी बढ़कर हैं। केतकी का ताजा फूल उनके सिर पर गुंथे हुए बालों की शोभा बढ़ाती है। मोतियों की माला और आभूषण उनके अंगों को सुशोभित कर रहे हैं। वह चन्द्रमा की चमक वाले रेशमी कपड़े में लिपटी हुई हैं। वह अपने वक्षस्थल पर कमलों की सुन्दर माला भी धारण करती हैं। महिमामयी मणिकर्णिका निर्वाणलक्ष्मी का निवास स्थान है। अंतरगृह के पूर्वी प्रवेशद्वार पर भगवान् विष्णु ने मणिकर्णीश्वर लिङ्ग की स्थापना की थी। मणिकर्णी के दक्षिण में पाशुपत तीर्थ है। यहीं पर पिनाकधारी भगवान् ने पाशुपत योग की शिक्षा दी थी। पशुपति ने स्वयं लिङ्ग रूप धारण किया है। उससे आगे, पाशुपत तीर्थ के आगे रुद्रवास तीर्थ है। मणिकर्णीश्वर के दक्षिण में रुद्रवासेश्वर रुद्रवास लोक है। इसके दक्षिण में विश्व तीर्थ है, जिसमें संसार के सभी तीर्थ स्थित हैं। वहाँ श्रद्धापूर्वक पवित्र स्नान करके भक्त को काशी विश्वनाथ का दर्शन करना चाहिए। तत्पश्चात उसे गौरी की अत्यन्त भक्तिपूर्वक पूजा करनी चाहिए। अपने आपको सम्पूर्ण ब्रह्माण्ड के साथ एकरूप कर लेना चाहिए। ततपश्चात् मुक्ति तीर्थ में अविमुक्तेश्वर भगवान् के पीछे मोक्षेश्वर अविमुक्तेश्वर तीर्थ से भी आगे है। उससे आगे तारक तीर्थ है, जहाँ विश्वेश्वर ने स्वयं तारक ब्रह्म का उल्लेख किया है जो पार्थिव के कानों के लिए अमृत के समान है। स्कंद तीर्थ बहुत निकट है। तारकेश्वर के पूर्व में स्थित छः मुख वाले भगवान् के दर्शन करने से भक्त भगवान् कुमार का शरीर धारण कर सकता है और सादनान लोक में रह सकता है। उससे आगे पुण्यदायी धुण्डि तीर्थ है। धुण्डी तीर्थ के दक्षिण में अद्वितीय भवानी तीर्थ है। यहाँ घर में विश्वेश है। भवानी घर की स्वामिनी है। वह सभी काशीवासियों को मोक्षरूपी भिक्षा देती हैं। मनुष्यों द्वारा पूजित होने पर भवानी काशी क्षेत्र के निवासियों को वह सुगमता से उपलब्ध करा देती हैं, जो प्राप्त करना कठिन है। क्योंकि विश्वेश की भवानी काशी में भिक्षा देने वाली है। शुक्रेश के पश्चिम में भवानी, भवानी तीर्थ के पास ही

ईशान तीर्थ भी है। ज्ञान तीर्थ भी वहीं है। ज्ञानवापी के निकट स्थित ज्ञानेश्वर। वहाँ ही शैलादि तीर्थ है ज्ञानवापी के उत्तर में स्थित शैलादिश्वर नांदी तीर्थ के दक्षिण में विष्णु तीर्थ है। विश्वेश के दाहिनी ओर स्थित विष्णु, विष्णु तीर्थ के दक्षिण में शुभ पितृमहा तीर्थ है। ब्रह्मनाल के ऊपर स्थित पितामहेश्वर लिङ्ग। ब्रह्मस्त्रोत, इसे नाभि तीर्थ इसलिए कहा जाता है क्योंकि यह पृथ्वी की नाभि के समान है। यह गोलाकार ब्रह्मांडीय अंडे की नाभि है और यह समृद्धि का उदय करता है। यह मणिकर्णिका की नाभि है, जो गहराई की भूमि है। इसमें ही सम्पूर्ण ब्रह्माण्डीय अंडा विलीन होता है और यहीं से इसकी उत्पत्ति होती है। ब्राह्मणाल तीनों लोकों में प्रसिद्ध महान् तीर्थ है। ब्राह्मणाल संगम। उससे आगे ब्रह्मणाल के दक्षिण में भगीरथी तीर्थ है। स्वर्गद्वार के समीप भगीरथीश्वर नामक लिङ्ग हैं। इसके दक्षिण में खुरकर्तरी तीर्थ है। गोलोक से आई गायों ने अपने खुरों के अग्रभाग से यहाँ की भूमि को ऊबड़-खाबड़ कर दिया है। इसलिए इसे खुरकर्तरी कहते हैं। खुरकर्तरीश लिङ्ग खुरकर्तरी के दक्षिण में उत्तम मार्कण्ड तीर्थ है। मार्कण्डेयेश्वर लिङ्ग वशिष्ठ तीर्थ, वहाँ अरुन्धती तीर्थ मार्कण्डेयेश्वर के पूर्व में वशिष्ठेश्वर वहाँ वशिष्ठ और अरुन्धती की प्रतिमा वशिष्ठ तीर्थ के दक्षिण में उत्तम नर्मदा तीर्थ है। पद्मा (भाग्य की देवी) उसे कभी त्याग नहीं देती। उसके आगे त्रिसंध्येश्वर के पूर्व में त्रिसंध्य तीर्थ है। त्रिसंध्येश्वर के दर्शन के बाद उससे आगे योगिनी तीर्थ है। योगिनीपीठ का दर्शन वहाँ पर बहुत से पापों का नाश करने वाला अगस्ति तीर्थ है। अगस्ति कुंड के पास भगवान् अगस्तीश्वर, लोपामुद्रा हैं, अगस्त्य तीर्थ के दक्षिण में गङ्गाकेशव तीर्थ में गङ्गा-केशवेश्वर तक मणिकर्णी की सीमा तुम्हें बताई गई है।

काशी में जितने बालू के कण हैं, उतने ही जीव जन्मे और अपने-अपने समय पर मर गए, परन्तु मणिकर्णिका नहीं मरी आजतक। यह बाधाओं को दूर करने वाले सीमाविनायक के दक्षिण में है। भगवान् विष्णु वैकुंठ माधव हैं, जो वैरोचनेश्वर के पूर्व में स्थित हैं। वीरेश के पश्चिम में वीरमाधव हैं। कालभैरव के समीप कालमाधव हैं। पुलस्तिश्वर के दक्षिण (दाहिने) में निर्वाण नृसिंह हैं। ओंकार के पूर्व में महाबल नृसिंह हैं। चण्डभैरव के पूर्व

में प्रचंडनृसिंह हैं। देहलीविनायक के पूर्व में गिरिनृसिंह हैं। नृसिंह भी भय को दूर करने वाले हैं। कालेश्वर के पश्चिम में अत्युग्रनृसिंह हैं। ज्वालामुखी के समीप ज्वालामुखीनृसिंह हैं। कोलाहलनृसिंह कहा जाता है, नीलकण्ठेश्वर के पीछे वित्तंकनृसिंह हैं। अनन्तेश्वर के समीप अनन्तवामन हैं। दधिवामन है (क्योंकि) भक्तों को दही-चावल प्रदान करते हैं। काशी में त्रिनेत्रधारी भगवान् के उत्तर में त्रिविक्रम कहलाते हैं। इन्हें बलिवामन कहा जाता है। बलि ने पूजा की थी। बलिभद्रेश्वर के पूर्व में भक्तों की शक्ति को बढ़ाने वाले हैं। भव तीर्थ के दक्षिण में स्थित ताम्रवराह हैं, जो ताम्रद्वीप से यहाँ आए हैं। प्रयागेश्वर के समीप स्थित धरणिवाराह हैं। वाराह तीर्थ के समीप कीतीश्वर के पास कोकवराह कहलाते हैं।

'एक सौ नारायण, पाँच सौ जलाशय, तीस कच्छप रूप, बीस मत्स्य रूप, एक सौ आठ गोपाल, हजारों बुद्ध, तीस परशुराम और एक सौ एक राम हैं। ये भगवान् विष्णु का ही एक रूप हूँ जो विश्वेश की कृपा से मुक्ति मंडप के मध्य में स्थित हैं, जिन्होंने यह अनुग्रह प्रदान किया है।' नारायण के रूप में साठ लाख गण हैं जो चक्र और गदा उठाए हुए हैं। वे पवित्र स्थान के चारों ओर निगरानी रखते हैं।

शिव का काशी में प्रवेश

आनन्दकानन में मयूर, मैना, तोता आदि पक्षी कलरव कर रहे हैं। मृग, शावक, गज आदि पशु प्राकृतिक रूप में निर्भय विचरण कर रहे हैं, इसी रमणीक वातावरण में निंदुन्द टहलते हुए भृङ्गी और नन्दी शिवध्यान में मग्न थे। राजा दिवोदास के शिव सायुज्य के प्रसंग के बाद भावुक हो कर भृङ्गी ने रुँधे कण्ठ से कहा कि—'हमारे भगवान् को अपनी प्रिय काशी से विरत रहना पड़ा। इस बात से काशी कितनी मर्माहत होगी, उसका अनुमान नहीं लगाया जा सकता। हे नन्दी, अब इसके बाद क्या हुआ? कृपया पूरी बात विस्तार से बताइए।'

नन्दी ने कहा कि—'हे भृङ्गी, लक्ष्मीपति ने राजा दिवोदास के विषय में समाचार देने के लिए शिव के पास अपने वाहन तार्क्ष्य (गरुड़) को भेजा। अब वह बहुप्रतीक्षित समय प्रत्यक्ष आ गया, जब शिव अपनी प्रिय काशी में आने वाले हैं। पूर्व में शिव के सभी गण काशी आ कर विराजित हो ही चुके हैं।'

***

भृङ्गी ने आगे नन्दी से पूछा कि—'हे नन्दी, भगवान् शिव को काशी के आकाश पर सर्वप्रथम किसने देखा? और फिर क्या हुआ? कृपया बतायें।'

नन्दी ने कहना आरम्भ किया कि—'हे भृङ्गी, जब गोविन्द अग्निबिन्दु मुनि से वार्तालाप कर रहे थे, तब पक्षीराज गरुण जो अपने पंखों के द्वारा शत्रुओं को भगा देते हैं, उनकी दृष्टि में आये। उसने तुरन्त दण्डवत् प्रणाम करके प्रसन्नतापूर्वक त्रिनेत्रधारी भगवान् के आगमन की घोषणा की। तब हृषीकेश ने

प्रसन्नतापूर्वक पूछा—'भगवान् कहाँ हैं?' गरुड़ ने कहा—'वो देखिये, नन्दी पर सवार भगवान्, जिनके ध्वज के रत्नों की चमक स्वर्ग और पृथ्वी के बीच के स्थान को भर दे रही है।'

***

प्रसंग में पूरी तरह से डूब चुके भृङ्गी ने नन्दी से पूछा कि—'हे नन्दी, भगवान् शिव ने काशी की पावन नगरी में प्रवेश किस प्रकार किया? शिव के साथ मंदरांचल से आये हुए वे सभी कौन थे? मैं जानना चाहता हूँ कि शिव ने भगवान् विष्णु से क्या कहा? योगिनियों, सूर्यदेव, ब्रह्मा आदि से शिव का सामना कैसे हुआ? मेरी उत्सुकता बढ़ गई है।'

भाव-विभोर नन्दी ने कहना आरम्भ किया कि—'हे भृङ्गी, पक्षीराज गरुण से शिव के आगमन की सूचना प्राप्त कर भगवान् विष्णु ने प्रसन्नतापूर्वक उन्हें सम्मानित किया। विश्वकर्मा ने नगर का जीर्णोद्धार किया ही था। सभी पवित्र तीर्थों ने अपने पवित्र जल का छिड़काव किया। भगवान् विष्णु ने भगवान ब्रह्मा को आगे रखकर प्रस्थान किया। उनके साथ सूर्यदेव थे। उनके चारों ओर गण और उनके पीछे योगिनियाँ थीं। वे श्रीगणेश के निकट संपर्क में थे।

***

वृषभ-चिन्ह वाला रथ बहुत सुन्दर था। दिशाओं के मुख मानो करोड़ सूर्यों के तेज से चमक रहे थे। देवताओं के हवाई रथों से आकाश का सम्पूर्ण प्रांगण आच्छादित था। पर्वतों की गुफाएँ विभिन्न वाद्यों की ध्वनि से गूँज रही थीं। विद्याधर देवियों द्वारा बिखेरे गए मुट्ठीभर फूलों से वह स्थान सुगन्धित हो रहा था। अभिभूत भगवान् ने दूर से ही त्रिनेत्र वाले भगवान् के रथ को देखा और प्रसन्न हो गए। शंख, चक्र और गदा धारण करने वाले भगवान् ने अग्निबिन्दु से कहा—'अपने दाहिने हाथ से इस सुदर्शन चक्र को स्पर्श करो।' ऐसा कहने पर अग्निबिन्दु ने सुदर्शन को स्पर्श किया। हरि की कृपा से वह तुरन्त सुदर्शन बन गये।

***

आसमान के आसमानी रुतबे से बादलों का झुण्ड खेल रहा था। बादल कभी अपनी धवलता से, तो कभी अन्तहीन लालिमा से, तो कभी भयंकर कालिमा

से आकाश को झकझोरने के प्रयत्न कर रहा है। कारण स्पष्ट है कि काशी के ऊपर मंडरा रहे बादलों ने आसमान के उस छोर पर भगवान् को आते देख लिया है।

भगवान् शिव स्वयं मंदरांचल से काशी आये। शिव ने काशी में प्रवेश किया। शिव के साथ देवी पार्वती, महाशाखा, विशाखा और स्कन्द, हम नन्दी स्वयं और आप भृङ्गी स्वयं आगे बढ़े। वह नैगमेय के साथ थे, वह चारों ओर से रुद्रों से घिरे हुए थे। सनक आदि देवताओं द्वारा उनकी स्तुति की जा रही थी। सभी अयातन (क्षेत्रीय तीर्थ) के सेनापतियों और चौकियों के रक्षकों ने हर्षपूर्वक उनका स्वागत किया। गंधर्वों ने मंगलमय गीत गाए। आकाश में चारों ओर स्वतः संगीत बज रहा था। वाद्य यंत्र अपनी-अपनी तरंगें छेड़ रहे थे। दिव्य युवतियाँ नृत्य कर रही थीं। ऋषियों के वेदमंत्रों की गगनभेदी ध्वनि से सम्पूर्ण दिशाएँ गूँज उठीं। चारणों के समूह उनकी स्तुति करने लगे। वे चारों ओर से हवाई रथों से घिरे हुए थे। स्वर्ग की अप्सराओं की अँजुरियों से छिटकते हुए सूखे अक्षत की वर्षा से भगवान् को अत्यन्त हर्ष का अनुभव हुआ। विद्याधर स्त्रियों के अनेक समूहों ने उन्हें उपहार स्वरूप मालायें भेंट कीं। यक्षों, गुह्यकों, सिद्धों तथा अन्य आकाश-यात्रियों ने उनका स्वागत किया तथा उनका अभिवादन किया। पशु-पक्षी शुभ संकेत देते हुए आगे बढ़े। कृष्ण और किन्नर गण प्रसन्न मुखों से उनका गुणगान करने लगे। नाग कन्याओं ने चारों ओर नीराजन (दीपों को लहराना) की रस्में निभाईं।

वृषभ-चिह्न-ध्वज के साथ शिव को देखते ही श्रीपत्नी ने तुरंत तार्क्ष्य से उतर कर उन्हें प्रणाम किया। भगवान् ब्रह्मा तुरन्त नतमस्तक हुए, शिव ने उन्हें गले लगा लिया। भगवान् (ब्रह्मा) ने स्वस्ति वाचन कर रुद्र सूक्त का पाठ किया। तत्पश्चात् चतुर्मुख भगवान् ने देवों के देव को राज्याभिषेक स्नान कराया। वे भवानी के साथ पवित्र आसन पर बैठे।'

भृङ्गी ने विषय की गम्भीरता को ध्यान में रख कर एक सवाल पूछा कि—'हे नन्दी, वह भी प्रकरण बताइये जब भगवान् शिव स्वयं गणनायक की प्रशंसा करते हैं।'

नन्दी ने तुरन्त कहा कि —'हाँ-हाँ भृङ्गी, मैं भी वही कहने जा रहा था। बात कुछ इस प्रकार से हुई कि जब सभी देवता देख रहे थे, तब वृषभ-चिन्ह से सुसज्जित भगवान् ने हम (नन्दी) पर से उतर कर, गणों के स्वामी को गले लगाया और कहे कि—'मैं जिस पवित्र नगरी काशी में पहुँच पाया हूँ, जहाँ पहुँचना मेरे लिए भी बहुत कठिन हो गया था, यह सब केवल इस बालक की सूझ-गूझ के कारण ही हुआ है। जो कार्य तीनों लोकों में पिता के लिए भी कठिन है, उसे पुत्र के द्वारा सहज ही कर लिया जाता है। इसका साक्षी मैं स्वयं हूँ। इस गजानन ने अपनी बुद्धि के बल से कुछ ऐसा कर दिखाया है जिससे मेरा काशी में प्रवेश आसान हो गया है। हे समस्त सेनाओं के स्वामी, सारस के समान उज्ज्वल दाँतों वाले! हे पर्वत (क्रौंच) के भेदक, विजयी रहो! यदि कोई काशीवासी पहले तुम्हारे चरणकमलों को प्रणाम करके फिर मुझे प्रणाम करता है, तो मैं उसके कान की जड़ तक पहुँचकर प्राण निकलने से पहले उसे तारक मंत्र प्रदान करता हूँ, जिससे उसका संसार में पुनर्जन्म नहीं होता। मणिकर्णिका में जो पवित्र स्नान करके वस्त्र सहित आगे बढ़ते हुए ऋषियों, मनुष्यों और पितरों का तर्पण करते हैं। तत्पश्चात् वे ज्ञानोदतीर्थ (ज्ञानवापी) में आकर तुम्हारी पूजा करते हैं। हे कृतार्थ! मैं जानता हूँ कि असंख्य बाधाओं को दूर करने के लिए ही तुमने विभिन्न रूप धारण किये हैं और इस पवित्र स्थान पर निवास किया है।'

अत्यंत प्रसन्न शिव ने गजानन को उठाकर उनके सिर को चूमकर उन्हें गले लगाया और अपने साथ आसन पर बैठाया। सोमनन्दी और अन्य गणों ने भी दण्डवत् प्रणाम किया। योगिनियों ने प्रणाम करके मंगल गीत गाये। सूर्यदेव ने प्रमथों के स्वामी शिव को प्रणाम किया। तत्पश्चात भगवान् (शिव) ने श्रीहरि को बड़े आदर के साथ अपने सिंहासन के पास बाईं ओर बैठाया। उन्होंने ब्रह्मा को आसन देकर दाहिनी ओर बैठाया। जो गण उन्हें प्रणाम कर रहे थे, उनपर शिव अपनी कृपा की वर्षा कर रहे थे। योगिनियाँ सिर हिलाने से प्रसन्न होती थीं। हाथ के इशारे से सूर्यदेव को 'बैठो' कहकर प्रसन्न हुए।

कपिलधारा

आनन्दकानन में शिवा बावनी बयार बह रही थी। खण्ड-खण्ड भूखण्ड विभोर था। भृङ्गी पूछते हैं कि—'हे नन्दी, फिर क्या हुआ? बतायें।'

नन्दी ने कहना आरम्भ किया कि—'हे भृङ्गी, इतने में गोलोक से सुनन्दा, सुमना, सुशीला, सुरभि और कपिला नामक पाँच दिव्य गौएँ वहाँ आईं। पाँचवीं गौ समस्त पापों का नाश करने वाली थी। शिव की स्नेहमयी दृष्टि से उनके थन बहने लगे। बादलों की तरह उनके थनों से दूध की निरंतर और अखंड फुहार बरसने लगी, यहाँ तक कि वहाँ भँवर बन गई। सभी ने इसे दूसरे क्षीरसागर के समान समझा। शिव की उपस्थिति से यह एक महान् तीर्थ बन गया। महेश्वर ने इसका नाम कपिला ह्रद 'कपिल का तालाब' रखा। तत्पश्चात भगवान् के आदेश पर सभी स्वर्गवासियों ने वहाँ पवित्र स्नान किया। सबसे पहले इस पुष्करिणी को (1) मधुश्रवा, इसके बाद इसे (2) कृतकृत्य, फिर (3) कृनिराधि, (4) वृषभध्वज तीर्थ, (5) पितामह तीर्थ, (6) गदाधर तीर्थ, (7) पितृ तीर्थ, (8) कपिलाधर, (9) सुधाखानी, और (10) शिवगया आदि पवित्र तीर्थ दस नामों से जाना जाता है। यह तीर्थ कृतयुग में दूध से भरा रहता है, त्रेता में शहद से भरा रहता है, द्वापर में घी से भरा रहता है और कलियुग में जल से भरा रहता है।

यह सब चल ही रहा था कि मैं नन्दी स्वयं वहाँ पहुँचकर वृषभध्वजधारी भगवान् को प्रणाम करके कहने लगा कि—'रथ तैयार हो गया है। स्वागत यात्रा आरम्भ हो। वहाँ आठ सिंह (मूलप्रकृति और महत् से शुरू होने वाले

सात तत्त्व), आठ शानदार बैल (आठ धातुएँ—शरीर के घटक), आठ हाथी (दिशाओं के), आठ तेज़ घोड़े (चित्त, अहंकार, बुद्धि और पाँच ज्ञानेन्द्रियाँ) हैं। हाथ में चाबुक लिए नियंत्रण करने वाला मन वहाँ बैठा है। रथ के डण्डे गङ्गा और यमुना हैं। प्रातः और सायं पवन (देवता) के नेतृत्व वाले दो पहिये हैं। स्वच्छ छत्र स्वर्ग का क्षेत्र है। तारों के समूह कीलें बनाते हैं। सर्प बाँधने की रस्सियाँ हैं। श्रुतियाँ पथ खोजने वाली हैं। स्मृतियाँ रथ की रक्षा करने वाली हैं। दक्षिणा दृढ़ जूआ है। मख (यज्ञ) रक्षक हैं।

प्रणव आसन है। गायत्री पादपीठ है। सहायक अंगों सहित व्याहृतियाँ चरणों की श्रृंखला हैं। सूर्य और चंद्रमा सतत द्वारपाल हैं। अग्नि थूथन जैसा उभार है, जो मगरमच्छ जैसा है। चन्द्रमा की रोशनी रथभूमि का निर्माण करती है। महामेरु ध्वजदण्ड है। सूर्य की चमक ध्वज है। वाणी की देवी स्वयं रथ की धारक हैं।

विश्वेश्वर

आनन्दकानन के मणिकर्णिका के पास एक पाषाण शिला पर बैठे भृङ्गी ने प्रश्न किया कि—'हे नन्दी, देवताओं और इन्द्र के साथ निर्वाण मंडप से बाहर आने के बाद भगवान् ने क्या किया? शंभु ने मुक्ति-मंडप से श्रृंगार-मंडप पहुँचकर ब्रह्मा और विष्णु को अग्रगामी बनाकर क्या किया। कृपया बताइये।'

नन्दी ने कहा कि—'हे भृङ्गी, भगवान् हम और देवी के साथ पूर्व की ओर मुख करके बैठे थे। ब्रह्मा उनके दाहिनी ओर बैठे थे और शार्ङ्गिन (विष्णु) उनके बाईं ओर बैठे थे। महेंद्र उन्हें पंखा झल रहे थे और ऋषियों ने उन्हें घेर रखा था। गण उनकी सेवा में चुपचाप हाथ ऊपर उठाए हुए थे। वे दोनों ओर अत्यंत आदरपूर्वक खड़े थे। शंभू ने अपना दाहिना हाथ उठाया और ब्रह्मा तथा विष्णु को विश्वेश्वर के इस स्वयंभू लिङ्ग को दिखाते हुए कहा—'देखो। यह सबसे महान् वैभव है। यह अकेला ही सबसे महान् से भी महानतम है। ये विश्वेश्वर स्वयं एक स्थिर सत्ता के रूप में इस ब्रह्माण्ड के स्वामी हैं। मैं कभी प्रकट हो सकता हूँ और कभी अप्रकट। हे देवों, मैं इस आनन्दकानन में अपनी इच्छानुसार, स्वतंत्र रूप से, सभी भक्तों को सदा-सदा के लिए आशीर्वाद देने के उद्देश्य से रहता हूँ। मैं लिङ्ग रूप में निवास करूंगा और मन में जो भी वस्तु है, उसे प्रदान करूंगा। सभी लिङ्ग (चाहे वे स्वयंभू हों या नहीं), हमेशा इस लिङ्ग को देखने आते हैं। इसमें कोई संदेह नहीं है कि मैं सभी लिङ्गों में निवास करता हूँ। लेकिन यह मेरा सबसे महान् लिङ्ग रूप है। देवगण, मुनिगण, ऋषिगण और गण तथा मनुष्यों द्वारा सदा पूजित विश्वेश के समान कोई लिङ्ग

भूः, भुवः, स्वर्ग, महाः और जन आदि लोकों में नहीं है। न तो सत्यलोक में, न तपोलोक में, न वैकुण्ठ, कैलास और रसातल में कहीं भी मणिकर्णिका के समान तीर्थ है और न ही विश्वेश के समान लिङ्ग हैं। जिस स्थान पर मेरा राजमहल है, वहाँ से नगर उत्तर और पूर्व के बीच में फैला हुआ है; बायीं ओर तीन सौ हाथ (हरिश्चन्द्रेश्वर तक) और दायीं ओर दो सौ हाथ (गङ्गा केशव तक) है। मेरे इस आनन्दकानन में, यह लिङ्ग जो अमृत (मोक्ष) का धाम है तथा जिसमें से आत्मा का तेज निकलता है, भक्तों पर दया करके सात पातालों के तल से स्वयं ही प्रकट हुआ है। तीन वेदों वाले इस संसार में केवल तीन चीजें आवश्यक हैं : विश्वेश लिङ्ग, मणिकर्णिका जल और काशी नगरी। यही त्रिविध सत्य है। तब भगवान् शक्ति सहित उठे, उत्तम पूजन किया और उसी लिङ्ग में लीन हो गये।'

ज्येष्ठेश

भृङ्गी ने प्रश्न किया कि—'हे नन्दी, काशी को देखकर शिव ने क्या किया, जो नेत्रों को सुख देने वाला है और जिससे उनकी अत्यंत मनोकामनाएं पूर्ण हुईं।'

नन्दी ने कहा कि—'हे भृङ्गी, चन्द्रशिखर वाले भगवान् ने बड़ी उत्सुकता से काशी को अपने दर्शन का अतिथि बनाया था। तत्पश्चात् भगवान् शिव को एक गुफा में निवास करते हुए जैगीषव्य नामक ऋषि दिखाई दिए, जिनका मन अपने भक्तों के प्रति अत्यन्त स्नेही है। जिस दिन से भगवान् शिव ने वृषभदेव पर सवार होकर पर्वत की पुत्री को साथ लेकर मंदार पर्वत की ओर प्रस्थान किया, उसी दिन से महाबुद्धिमान जैगीषव्य ने दृढ़ निश्चय कर लिया था—'मैं जल की एक बूँद भी तभी ग्रहण करूँगा जब मुझे त्रिनेत्रधारी भगवान् के चरण दिखाई देंगे।' यह बात केवल शंभु ही जानते थे। इसी कारण से जैसे ही वे मंदरांचल से लौटे, वैसे ही प्रमथराज भगवान् वहाँ आ गए। ईश्वर ने कहा—'हे शिलादपुत्र! यहाँ एक सुन्दर गुफा है; तुम शीघ्र ही उसमें प्रवेश करो; वहाँ मेरे भक्त जैगीषव्य ऋषि रहते हैं। वह महान् व्रतों और संयमों का पालन करते हैं। उसकी केवल त्वचा, हड्डियाँ और नसें ही बची हैं। मेरे भक्त को मेरे पास ले आओ, जो मुझसे मिलने के अपने निश्चय पर दृढ़ है। जब से मैं काशी छोड़कर अत्यन्त सुन्दर मंदरांचल पर्वत पर गया हूँ, तब से इसने बड़े संयम के साथ अन्न ग्रहण करना छोड़ दिया है। यह कमल लो, जो उसे अमृत के समान पोषण देगा। इससे उसके अंगों को स्पर्श करो, जिससे उसे उत्तम पोषण मिलेगा तत्पश्चात् हमने भगवान् को प्रणाम किया और गहरी

कंदरा में प्रवेश किया। जब हमने उसे तपस्या की अग्नि में सूखे हुए देखा, तो हमने अपने कमल से उसका स्पर्श किया। उस कमल के स्पर्श मात्र से वह योगी उसी प्रकार प्रसन्न और तरोताजा हो गए, जैसे ग्रीष्म ऋतु के अंत में वर्षा के स्पर्श से सूख गए तनों में नए अंकुर फूट जाते हैं। तब हम नन्दी स्वयं महर्षि को अपने साथ ले कर भगवान् के समक्ष ले गये। जैगीषव्य ने कहा—'हे महेश्वर! संसार सागर में डूबते हुए मुझे ऊपर उठाइए।' मुनि की यह प्रार्थना सुनकर भगवान् प्रसन्न हो गए और मुनि से बोले—'वर मांगो।' जैगीषव्य ने कहा—'मेरे द्वारा स्थापित लिङ्ग में आपकी उपस्थिति हो।' ईश्वर ने कहा—'हे धन्य जैगीषव्य, आपके द्वारा कही गई सभी बातें पूर्ण हों। इसके अतिरिक्त मोक्ष प्राप्ति में सहायक योगशास्त्र तुम्हें प्रदान किया जा रहा है। तुम सभी योगियों में सर्वश्रेष्ठ योगाचार्य होगे। हे तपस्वी! तुम नन्दी, भृङ्गी और सोमनन्दिन के समान वृद्धावस्था और मृत्यु से रहित मेरे भक्त होगे।' वहाँ ज्येष्ठेश्वर नामक लिङ्ग प्रकट हुआ। वहाँ बहुत निकट में ज्येष्ठेश्वर गौरी, जो सर्वत्र समस्त आध्यात्मिक शक्तियाँ प्रदान करती हैं, ज्येष्ठा और श्रेष्ठा के रूप में प्रकट हुईं। चूँकि शंभु ने स्वयं उस स्थान पर निवास किया था, इसलिए वहाँ निवासेश्वर लिङ्ग प्रकट हुआ।

***

ज्येष्ठेश्वर के चारों ओर पाँच हजार लिङ्गों का उल्लेख है। वे ऋषियों को आध्यात्मिक शक्तियाँ प्रदान करने में पूर्णतया समर्थ हैं। ज्येष्ठेश के उत्तर में पराशरेश्वर, माण्डव्येश्वर, शंकरेश, जाबालीश्वर (सुमन्तु ऋषि ने वहाँ श्रेष्ठ आदित्य की स्थापना की है) नामक लिङ्ग हैं। उपजाघनी, भारद्वाजेश्वर, माद्रीश्वर लिङ्ग और अरुणि द्वारा स्थापित लिङ्ग, वाजसनेय कण्वेश्वर लिङ्ग, कात्यायनेश्वर लिङ्ग, बामदेवेश्वर लिङ्ग, औतथ्येश्वर, हरितेश्वर लिङ्ग, गालवेश्वर लिङ्ग, कुम्भी लिङ्ग, कौसुमेश्वर, अग्निवर्णेश्वर, नैध्रुवेश्वर, वत्सेश्वर लिङ्ग, पर्णदेश्वर, शक्तिप्रस्थेश्वर लिङ्ग, कण्णदेश, माण्डूकायनी द्वारा स्थापित लिङ्ग, बाभ्रवेयेश्वर लिङ्ग, शिलावृत्तिश्वर, च्यवनेश्वर लिङ्ग, शालंकायनकेशवर,

कलिंदमेश्वर लिङ्ग, अक्रोधनेश्वर लिङ्ग, कपोतवृत्ति लिङ्ग, कनकेश, कुंतलेश्वर, कंठेश्वर, कहोलेश, तुंगबरू, मातंगेश, मरुत्तेश, मगधेयेश्वर, जातुकर्णेश्वर लिङ्ग, जंबुकेश्वर, जारुधिश, जलेश, जलमेश द्वारा पूजनीय लिङ्ग जलकेश्वर, कंदुकेश्वर लिङ्ग, व्याघ्रेश्वर लिङ्ग, व्याघ्रेश के पश्चिम में उत्तजेश्वर लिङ्ग।

ज्येष्ठेश के दक्षिण में देव कन्याओं का शुभ लिङ्ग हैं। वहीं पर सौभाग्योदक नामक देव कन्याओं का कुआं है। वहीं, तालाब के पास कुक्कुटेश लिङ्ग हैं। ज्येष्ठवापी के तट पर शुभ पितामहेश्वर लिङ्ग हैं। पितामहेश के दक्षिण-पश्चिम में गदाधरेश्वर लिङ्ग हैं। ज्येष्ठेश्वर के दक्षिण-पश्चिम भाग में वासुकीश्वर लिङ्ग हैं। वासुकीकुण्ड के पश्चिम की ओर तक्षकेश्वर लिङ्ग हैं। इसके उत्तर में तक्षककुण्ड है। उस कुण्ड के उत्तर दिशा में कपाली नामक भैरव विराजमान हैं, वहाँ विशाल मस्तक वाली देवी चण्डी भक्तों के महान् विघ्नों का नाश करती हैं। महामुण्डा (विशाल सिर वाली देवी) के पश्चिम में चतु:सागर वापिका नाम की एक प्रसिद्ध जगह है। वहाँ चार समुद्रों द्वारा स्थापित चार लिङ्ग हैं। उस कुण्ड के उत्तर में वृषभेश्वर नामक लिङ्ग हैं। वृषभेश्वर के उत्तर में गंधर्वेश्वर नामक लिङ्ग हैं। उसके पूर्व में गंधर्वकुण्ड है। गंधर्वेश्वर के पूर्व में कर्कोट नामक सर्प है। कर्कोटवापी नामक कुआं और कर्कोटकेश्वर लिङ्ग भी वहीं है। कर्कोटेश के पश्चिम में धुंधुमारीश्वर लिङ्ग हैं। इसके उत्तर में पुरुरवेश्वर लिङ्ग स्थित है। इसके पूर्व में सुप्रतीक गज द्वारा पूजित एक सुप्रतीकेश्वर लिङ्ग हैं। उसके सामने सुप्रतीक नामक महान् सरोवर चमकता है। महागौरी देवी विजयभैरवी भी हैं। वे रक्षा के लिए उत्तरी द्वार पर स्थित हैं। वरणा के सुन्दर तट पर हुण्डा और मुण्डा नामक गण रहते हैं। वे पवित्र स्थान की रक्षा करते हैं। वे सभी बाधाओं को दूर करते हैं। वरणा के उत्तम तट पर शैलेश्वर लिङ्ग हैं।

मैदागिन से मृत्युंजय तक सड़क के मध्य में रत्नेश्वर लिङ्ग हैं। इसके पूर्व में दक्षिणायनीश्वर लिङ्ग हैं। ऐरावतेश्वर लिङ्ग इसके पूर्व दिशा में है। उसके बाद वृद्धकालेश्वर का स्थान है। काशी का यह प्राचीनतम कृत्तिवासेश्वर लिङ्ग मैदागिन के उत्तर-पूर्व में है। राक्षस महिष का पुत्र, गजासुर राक्षस ने अविमुक्त में अपना शरीर त्याग दिया है। शिव की कृपा से वह कृत्तिवासेश्वर नाम से

विख्यात हुए। कृत्तिवास के निकट स्थित कुण्ड हंस तीर्थ है। हंस तीर्थ के चारों ओर ऋषियों-मुनियों द्वारा स्थापित दस हजार दो सौ लिङ्ग हैं। कात्यायनेश से लेकर च्यवनेश तक प्रत्येक लिङ्ग अविमुक्त के निवासियों को आध्यात्मिक शक्ति प्रदान करता है। लोमश ऋषि ने कृत्तिवास के पश्चिम में लोमशेष लिङ्ग की स्थापना की थी। मालतीश लिङ्ग कृत्तिवास के उत्तर में है। इसके उत्तर में अन्तकेश्वर लिङ्ग स्थित है। इसके पास जनकेश लिङ्ग हैं। इसके उत्तर में श्याम वर्ण के अंगों वाले भैरव की विशाल प्रतिमा है। कृत्तिवास के उत्तर में भयंकर नेत्रों वाली देवी शुष्कोदरी भी हैं। देवी के दक्षिण-पश्चिम में अग्निजिह्वा नामक बेताल (आत्मा, भूत) रहता है। वहाँ बेतालकुण्ड है जो सभी रोगों को दूर करता है। वहाँ दो भुजा, चार पैर और पाँच सिर वाला एक गण है। इसके उत्तर में भयंकर रुद्र हैं, जिनके चार सींग (वेद), तीन पैर (सवन), दो सिर (प्रायाणीय, आरंभिक अनुष्ठान, और उदयनीय, समापन अनुष्ठान) हैं। उनके सात हाथ (वैदिक छंद) हैं। वे (भगवान् रुद्र) वृष (धर्म) के रूप में तीन प्रकार से (मंत्रों, ब्राह्मणों और कल्पों द्वारा) बंधे हुए खड्ग धारण करते हैं। विश्वनाथ मंदिर के पूर्व में धर्म कूप के पास धर्मेश्वर लिङ्ग स्थित है। यहीं पर सूर्यदेव के पुत्र धर्मराज (यम) ने अत्यंत कठिन तपस्या करने के बाद धर्माधिकारण (पुण्य और पाप तथा उनके पुरस्कार और दंड से संबंधित मामलों पर अधिकार) प्राप्त किया था।

सङ्कर-सङ्कर में शङ्कर

हर्ष और उल्लास से सराबोर आनन्दकानन आज अपने चरम पर है। अति प्रसन्न भृङ्गी पूछते हैं कि—'हे नन्दी, फिर आगे क्या हुआ? कृपया बतायें।'

नन्दी ने कहना आरम्भ किया कि—'हे भृङ्गी, देवताओं की संख्या 33 करोड़ थी। गण एक करोड़, दो लाख थे। चामुण्ड नौ करोड़ और भैरवियाँ एक करोड़ थीं। स्कन्द के आठ करोड़ महाबलशाली अनुयायी यहाँ आये, वे छह मुख वाले, कुमार और मयूर-वाहन वाले थे। सात करोड़ गजमुख वाले देवता बड़े वेग से यहाँ आये, वे अपने हाथों में चमकते हुए फरसे लिये हुए थे और विघ्नों के भी विघ्नरूप माने जाते थे। यहाँ वेदों का गान करने वाले 86 हजार ऋषिगण आये। यहाँ इतने ही गृहस्थ भी थे। पाताल लोक से तीन करोड़ सर्प आये थे। इनमें से प्रत्येक दानव और शुभात्मा दैत्य दो करोड़ थे। गंधर्वों की संख्या आठ करोड़ थी, यक्ष और राक्षस आधे करोड़ और विद्याधरों की संख्या दो लाख थी। यहाँ साठ हज़ार महान् तेज वाली दिव्य देवियाँ, आठ लाख गोमाताएँ और छह लाख सुपर्ण थे। सातों समुद्र यहाँ नाना प्रकार के रत्न प्रदान करते हुए आये। यहाँ तिरपन हजार नदियाँ थीं। आठ हजार पर्वत, तीन सौ वनस्पतियाँ तथा आठ दिग्गज (क्षेत्रों को सहारा देने वाले हाथी) इस स्थान पर आये जहाँ पिनाक-दहन करने वाले भगवान् उपस्थित थे।

जब शिव के काशी लौटने के बारे में सुना तो सभी तपस्या के कारण दुबले-पतले होने पर भी प्रसन्नता से भर गये। हंस तीर्थ से दस हजार तीन सौ, दुर्वासा तीर्थ से एक हजार दो सौ ऋषि, दण्डखात तीर्थ से भगवान के दर्शन

के लिए पाँच हजार ब्राह्मण घोर तपस्या करते हुए, मंदाकिनी तीर्थ से पाशुपत व्रत करने वाले ब्राह्मण शिव को प्रसन्न करने के लिए दस हजार की संख्या में वहाँ आये। मत्स्योदरी से छः हजार ब्राह्मण, कपालमोचन से सात सौ, राजा पृथु द्वारा खुदवाए गए पृथूदक कुण्ड से एक हजार तीन सौ ब्राह्मण, ऐरावत कुण्ड से तीन सौ ब्राह्मण, गंधर्वपशर तीर्थ से नौ सौ ब्राह्मण लक्ष्मी तीर्थ से एक हजार छह सौ ब्राह्मण, पिशाचमोचन से सात हजार श्रेष्ठ ब्राह्मण, वासुकिह्रद से दस हजार ब्राह्मण, जानकी कुण्ड से आठ सौ ब्राह्मण, गौतम कुण्ड से नौ सौ ब्राह्मण, दुर्गतिसंहार्त तीर्थ से एक हजार एक सौ ब्राह्मण, असि नदी के संगम से लेकर संगमेश्वर तीर्थ तक गङ्गा के तट पर रहने वाले ब्राह्मण, गङ्गा तट से अठारह हजार पाँच सौ पचपन ब्राह्मण, पितृ कुण्ड से सौ से कुछ अधिक, ध्रुव तीर्थ से छः सौ, मानस सरस से पाँच सौ पुरुष, ऋणमोचन तीर्थ से एक हजार दो सौ, वैतरणी से पाँच हजार पुरुष, देवकन्या मेनका कुंड से दो सौ पुरुष, उर्वशी कुण्ड से एक हजार दो सौ पुरुष, वृष तीर्थ से तीन सौ नब्बे लोग, यक्षिणी कुण्ड से एक हजार तीन सौ लोग, उमापति भगवान् के दर्शन के लिए काशी के स्वामी के पास आये।

इन सबके साथ तथा सर्वत्र स्तुति कराते हुए संतुष्ट भगवान् शिव रथ पर सवार होकर काशी में आये। इस प्रकार भगवान् ने वाराणसी की पावन नगरी में प्रवेश किया। भगवान् विष्णु, महालक्ष्मी, ब्रह्मा, विश्वकर्मा, हम नन्दी और गणेश सभी इस अभूतपूर्व स्वागत में तल्लीन थे।

शुभ सूक्तों से विजयघोष करते हुए ब्राह्मणों ने शंभु का स्वस्तिवाचन कर स्तवन किया। शंभु ने प्रसन्नतापूर्वक उनका कुशलक्षेम पूछा। तत्पश्चात् ब्राह्मणों ने श्रद्धापूर्वक हाथ जोड़कर कहा, 'हे प्रभु! विशेषतः आप हमारी आँखों के सामने प्रकट हुए हैं, जिनका वास्तविक रूप श्रुतियाँ भी नहीं जानती थीं। यदि दोनों बीजाक्षरों वाला मंत्र 'काशी' (का, काम का बीज है और श, श्री का बीज है) को हृदय में धारण कर लिया जाये तो उसके लिए सभी कर्मबीज (कर्मों के बीज) निष्प्रभावी हो जाते हैं। हे प्रभु! यदि वायु द्वारा उड़ाई हुई काशी की धूल किसी के सिर पर पड़े, तो वह सिर चन्द्रमा के अंक के समान हो जाता है।

भगवान ने प्रसन्न होकर कहा—'हे श्रेष्ठ ब्राह्मणो, तुम धन्य हो क्योंकि तुममें मेरे अत्यन्त पवित्र स्थान के प्रति इतनी भक्ति है। मैं जानता हूँ कि आप सभी इस पवित्र स्थान का आश्रय लेकर सत्त्वगुण से पूर्णतया संपन्न हो गये हैं, आप राजस तथा तमस् गुणों से मुक्त हो गये हैं और इस प्रकार संसार सागर को पार करने में समर्थ हो गये हैं। मैं आनन्दकानन में प्रज्वलित वन की अग्नि हूँ। मैं प्राणियों के कर्मों के बीजों को जला देता हूँ, उन्हें बढ़ने नहीं देता।' ब्राह्मणों ने कहा—'हे विश्वनाथ, हे उमापति, संसार के क्लेशों को दूर करने वाली काशी को आप कभी न त्यागें। मृत्युपर्यन्त हमारा काशी में वास बना रहे। हम लोगों द्वारा स्थापित आपकी प्रतिमा, आपकी भक्ति से शुद्ध होकर, लिङ्गों में आपकी उपस्थिति हो।' भगवान् ने कहा—'ऐसा ही हो' और कहा 'तुम ज्ञान से संपन्न होगे। काशी में ही रहना चाहिए। मेरी पूजा करनी चाहिए। कलि और काल को हराना चाहिए। मुक्ति का आनंद लेना चाहिए।'

तत्पश्चात् वे विश्वकर्मा द्वारा निर्मित राजमहल में प्रविष्ट हुए। ब्रह्मा आदि ने उनका राज्याभिषेक किया।

काशी के संङ्कर-संङ्कर (कण-कण) में शङ्कर (देवता) विराजमान हो गये।

रुद्रावास

आनन्दकानन के नारियल के उपवन में विचरण करते हुए भृङ्गी पूछते हैं कि—'हे नन्दी, रुद्रावास के विषय में कृपया बतायें।'

नन्दी ने कहना आरम्भ किया कि—'हे भृङ्गी, स्कन्द ने अगस्त्य मुनि को बताया है कि काशी वह स्थान है जहाँ शिव ने खेल-खेल में खाल पहनी, समय ने उसे रुद्रावास कहा। कृत्तिवास उमा के साथ जब स्वेच्छा से प्रकट हुए, तब हम नन्दी वहाँ आये और विधिपूर्वक प्रणाम करके बोले—'हे ब्रह्मांड नियंता यहाँ रत्नों से भरे अड़सठ बहुत ही आकर्षक भवन बन गए हैं। तीनों लोकों में जो भी भव्य तीर्थ हैं—भूः भुवः और स्वः, जो मोक्ष देने में समर्थ हैं, वे सब मैंने चारों ओर से यहाँ लाये हैं। जिसका विवरण इस प्रकार है—प्रथम युग (कृतयुग) में अविमुक्त में भूमि को भेदकर एक अभेद्य लिङ्ग प्रकट हुआ। ऋषियों ने इसे 'महादेव' कहा। महादेव ने अन्य कल्पों में भी लिङ्ग रूप में कभी आनन्दकानन का त्याग नहीं किया।

गङ्गा का काशी में जब आगमन नहीं हुआ था, तब तीनों लोकों के उद्धार के लिए अमरकंटक से भगवान् ओंकार ने प्रणवरूपी एक महान् ओंकार लिङ्ग के रूप में पुण्यमय पिलिपिला तीर्थ में स्वयं को प्रकट किया। इस प्रकार यह पहला लिङ्ग है जिसका उद्गम तारक (प्रणव) है। मत्स्योदरी के तट पर पाँच मंदिरों का एक समूह जो ओंकार के घटक अ, उ, म, नाद और बिंदु का प्रतिनिधित्व करते थे। निम्नलिखित आयतनों को विभिन्न मूल तीर्थों में केवल एक अंश छोड़कर लाया है।

देवताओं के स्वामी स्थाणु के मोक्षदायक लिङ्ग का सोलहवाँ भाग कुरुक्षेत्र से यहाँ उत्पन्न हुआ है। इसके सामने लोलार्क के पश्चिम में सन्निहति नामक भव्य पुष्करिणी पवित्र सरोवर है। धुण्डिराज के उत्तरी भाग में देवदेव लिङ्ग हैं। इसके आगे नैमिष में अपना एक अंश वहीं छोड़ कर आये ब्रह्मावर्त लिङ्ग काशी में प्रकट हुए हैं, ब्रह्मवर्त नामक एक उत्कृष्ट कुआँ है। सांबदित्य के समीप, कपालमोचन के समक्ष गोकर्ण के तीर्थ से महाबल लिङ्ग स्वेच्छा से उत्पन्न हुआ है। यहाँ ऋणमोचन के पूर्व में प्रभास से लाकर स्थापित शशिभूषण लिङ्ग भगवान् शिव की स्थिति प्राप्त कर लेता है। प्रणव लिङ्ग के पूर्व में स्थित भगवान् महाकाल स्वयं उज्जयिनी से यहाँ आये महाकाल लिङ्ग हैं। मत्स्योदरी के उत्तरी भाग में पवित्र सरोवर पुष्कर (तीर्थ) से अयोगंधेश्वर लिङ्ग

यहाँ प्रकट हुआ है। यहीं पर अयोगंधकुण्ड स्थित है। त्रिलोक के उत्तर में स्थित महानदेश्वर लिङ्ग अट्टहास से यहाँ आया है। कामेश्वर के उत्तरी भाग में स्थित महोत्कटेश्वर लिङ्ग मरुत्कोट से यहाँ आया है। स्वर्लीन के पश्चिमी भाग में स्थित विमलेश्वर लिङ्ग विश्वस्थान से यहाँ आया। स्कंदेश्वर के समीप स्थित महाव्रत लिङ्ग महेंद्र पर्वत से यहाँ आया है। फल्गु सहित साढ़े आठ करोड़ तीर्थों के साथ गया तीर्थ से पितामहेश्वर लिङ्ग यहाँ आये, जहाँ धर्म ने धर्मेश्वर लिङ्ग को साक्षी मानकर लाखों युगों तक तपस्या किया था। प्रयाग से तीर्थराज महेश्वर के साथ शुलताङ्ग यहाँ आये और निर्वाणमंडप के दक्षिण में ठहरे। विनायकेश्वर के पूर्व में शङ्कुकर्ण से महातेजस लिङ्ग प्रकट हुआ। पार्वतीश्वर लिङ्ग के समीप स्थित महायोगीश्वर लिङ्ग रुद्रकोटि तीर्थ से प्रकट हुआ था। वेदों के व्याख्याताओं ने काशी में इसे रुद्रस्थली कहा है। एकाम्बर भुवनेश्वर से यहाँ आये और कृत्तिवास लिङ्ग में समाहित हो गये। गणाध्यक्ष के समीप चण्डीश्वर लिङ्ग मरुजांगल (मारवाड़, राजस्थान) से यहाँ आये हैं। कालंजर पर्वत से भगवान् नीलकंठ स्वयं यहाँ आकर दन्तकूट गणों के समीप नीलकण्ठेश्वर लिङ्ग में समाहित हो गये। विजयेश लिङ्ग कश्मीर से यहाँ आकर शालकटकंकट के पूर्व में विराजित हो गये। त्रिदण्ड नगरी से भगवान् ऊर्ध्वरेता स्वयं यहाँ आकर गणाधिपति कुष्माण्डक को अपने सामने रखकर यहाँ अपना स्थान स्थापित किया है। मण्डल विनायक के उत्तर में स्थापित श्रीकण्ठ लिङ्ग मण्डलेश्वर से यहाँ आये हैं। कपर्दीश्वर भगवान् स्वयं चगलन तीर्थ से यहाँ आकर पिशाचमोचन तीर्थ में प्रकट हुए हैं। गणेश के समीप स्थित विकटद्विज सूक्ष्मेश्वर लिङ्ग आम्राटकेश्वर से यहाँ आये हैं। गणपति लम्बोदर के सामने स्थित देवेश जयंत लिङ्ग मधुकेश्वर से यहाँ आये हैं। विश्वेश के पश्चिम भाग में भगवान् श्रीत्रिपुरान्तक लिङ्ग श्रीशैल शिखर से प्रकट हुए। वक्रतुण्ड गणेश के समीप स्थित भगवान् कुक्कुटेश्वर सौम्यस्थान से यहाँ आए हैं। गणपति कूटदन्त के सामने विराजमान त्रिशूली स्वयं पवित्र स्थान जालेश्वर से यहाँ आए हैं। एकदन्त के उत्तरी भाग में स्थित भगवान् जति रामेश्वरम् से यहाँ आये हैं। त्रिमुख के पूर्व दिशा में भगवान् त्र्यंबक त्रिसंध्या से यहाँ आये हैं। हरिश्चन्द्रेश्वर

के सामने स्थित हरेश्वर हरिश्चन्द्र तीर्थ से यहाँ आये हैं। चतुर्वेदेश्वर लिङ्ग के सामने स्थापित सर्व लिङ्ग सर्व मध्यमकेश्वर से यहाँ आये हैं। यज्ञेश्वर लिङ्ग के समीप महालिङ्ग स्थलेश्वर से प्रकट हुआ है। शैलेश्वर के दक्षिण में स्थित भगवान् सहस्राक्षेश्वर का सहस्राक्ष लिङ्ग सुवर्ण से यहाँ आये हैं। मंत्रेश्वर मंदिर के समीप हर्षितेश्वर का हर्षित लिङ्ग हर्षित तीर्थ से प्रकट हुए हैं। त्रिपुरेश के समीप रुद्रेश्वर लिङ्ग, यहाँ स्वयं रुद्रमहालय से आये हैं। बाणेश्वर लिङ्ग के समीप भगवान् वृषेश वृषभध्वज से यहाँ आये हैं। प्रह्लादकेशव के पश्चिम में ईशानेश्वर लिङ्ग केदार से यहाँ आये हैं। खरवविनायक के पूर्व में संहारभैरव भैरव से यहाँ आये हैं। अर्कविनायक के पूर्व में उग्र लिङ्ग हैं, जो कनखल से यहाँ आये हैं। भीमचण्डी के समीप भवेश्वर बस्त्रापथ से यहाँ आये हैं। देहलीविनायक के पूर्व में दण्डीश्वर लिङ्ग देवदरुवन से यहाँ आये हैं। उद्दण्ड विनायक के पूर्व में भद्रकर्णेश लिङ्ग भद्रकर्णह्रद से यहाँ आये हैं। यहीं भद्रकर्णह्रद कुंड भी है। चन्द्रेश के पश्चिम में कलशेषकाल लिङ्ग यम स्थान से आये हैं। मित्रावरुण के दाहिनी ओर यम तीर्थ स्थित है। नेपाल से पशुपति यहाँ आये थे। कपालमोचन तीर्थ में उत्पन्न कपालीश करवीरक तीर्थ से यहाँ आये हैं। उमापति देविका नगरी (देवीपाटन) से आकर यहाँ स्थापित हुए हैं। उमापति के पास काशी के मध्य में दीप्तेश लिङ्ग महेश्वरक्षेत्र कैलास से यहाँ आये हैं। महादेव के दक्षिण में विराजमान नकुलीश्वर (लकुलीश्वर) गुजरात, बड़ौदा जिला के कायारोहण से आए हैं। अमरेश लिङ्ग गङ्गासागर से यहाँ आये हैं। नकुलीश्वर के समक्ष भीमेश्वर लिङ्ग सप्तगोदावरी तीर्थ से यहाँ आये हैं। भीमेश के दक्षिण भाग में भस्मागात्र लिङ्ग भूतेश्वर से यहाँ आये हैं। सिद्धह्रद महालक्ष्मीश्वर के समक्ष स्वयंभू लिङ्ग, प्रयाग तीर्थ के बहुत निकट धरणिवराह लिङ्ग, धरणिवराह के पश्चिम में स्थित कर्णिकार गणाध्यक्ष कर्णिकार तीर्थ से आये हैं। महेश्वर के दक्षिण में विरूपाक्ष लिङ्ग हेमकूट से यहाँ आये हैं। ब्रह्मनाल के पश्चिम में हिमस्थेश लिङ्ग गङ्गाद्वार से यहाँ आये हैं। कैलास पर्वत से गणाधिप के साथ सात करोड़ पराक्रमी गण आये हैं। उन्होंने सात स्वर्गों के समान सात किले बनवाए हैं। भूगोल के नीचे भी एक खाई बनायी थी, जिसमें मत्स्योदरी का पानी भरता था। कालान्तर में

मत्स्योदरी दो भागों में विभाजित हो गयी थी, एक बाहरी और दूसरा भीतरी। गङ्गा, वरणा के जल में मिलकर ओंकार के दक्षिण में यह मत्स्योदरी तीर्थ के रूप में उल्लिखित हुआ। गंधमादन पर्वत से भूर्भुवः लिङ्ग गणाधिप के पूर्व में प्रकट हुआ। ईशानेश्वर के पूर्व में हाटकेश लिङ्ग सात पाताल लोकों के नीचे भोगवती (पाताल की नदी) के साथ यहाँ आये। यह शेष और वासुकी नागों द्वारा बनाया गया था। तेजस्वरूप तारकेश्वर लिङ्ग आकाश में तारक लोक से यहाँ आया और ज्ञानवापी के सामने प्रकट हुआ। भरभूतेश्वर के पीछे स्थित किरातेश लिङ्ग किरात से यहाँ प्रकट हुए हैं। मरुकेश्वर लिङ्ग लंका नगरी से आया था। दक्षिण-पश्चिम दिशा में पौलस्त्यराघव नैऋतेश्वर लिङ्ग हैं। जललिङ्ग जल प्रिय है। ज्येष्ठेश्वर के पीछे श्रेष्ठलिङ्ग कोटिश्वर से यहाँ आये थे। नलेश्वर के सामने अनलेश्वर लिङ्ग वड़वानल (पानी के अंदर की अग्नि) के मुख से निकले हैं। त्रिविष्टप लिङ्ग में विरज तीर्थ से उत्पन्न हुए।

आनंदकानन में लिङ्ग

आज सायंकाल संध्यावन्दन कर मणिकर्णिका पर विचरण करते हुए भृङ्गी पूछते हैं कि—'हे नन्दी, इसे उन सभी पवित्र तीर्थों का वर्णन करें जो आनंदकानन में लिङ्ग रूप में स्थित हैं।'

नन्दी ने भृङ्गी से कहा कि—'हे भृङ्गी, लिङ्ग को तीर्थ कहा जाता है। जल के जलाशय को भी मूर्ति (ब्रह्मा, विष्णु, अर्क (सूर्य), शिव, विघ्नेश्वर आदि) से संबद्ध होने के कारण तीर्थ कहा जाता है। जहाँ शिव हैं, वह वास्तव में तीर्थ है।

वाराणसी में महादेव को प्रथम तीर्थ बताया गया है। इसके उत्तर में कुआँ सरस्वतीपद है।

पवित्र स्थान के उत्तर-पूर्व में देखा जाए तो यह जीवात्मा के बंधन को दूर करता है। महादेव के पूर्व में गोप्रेक्ष लिङ्ग हैं, लोग कहते हैं कि गोलोक से गायें यहाँ आई थीं। गोप्रेक्ष के दक्षिण में दधीचिश्वर तीर्थ है। इसके पूर्व में मधु-कैटभ द्वारा पूजित अत्रिश्वर लिङ्ग हैं। गोप्रेक्ष के पूर्व में विज्वर लिङ्ग हैं। इसके पूर्व में वेदेश्वर हैं। वेदेश्वर के उत्तर में क्षेत्रज्ञ और आदिकेशव हैं। इसके पूर्व में सङ्गमेश्वर हैं। यह चतुर्मुख लिङ्ग हैं। साथ गौरी विराजमान हैं। पूर्व दिशा में वरणा के तट पर कुन्तीश्वर लिङ्ग हैं। कुन्तीश्वर के उत्तर में कपिल ह्रद है। गोप्रेक्ष के उत्तर में अनुसूयेश्वर लिङ्ग हैं। इसके पूर्व में सिद्धिविनायक हैं। गणेश के पश्चिम में हिरण्यकशिपु लिङ्ग हैं। हिरण्यकूप उससे आगे है। इसके पश्चिम में मुण्डासुरेश्वर लिङ्ग स्थित हैं। गोप्रेक्ष के दक्षिण-पश्चिम में वृषभेश्वर भगवान का वास है। महादेव के पश्चिम में स्कंदेश्वर लिङ्ग हैं। इनके पास ही शकेष,

विशाखेष, नैगमयेष्वर तथा नन्दी आदि अन्य गण हैं। इनके द्वारा हजारों लिङ्ग स्थापित किये गये हैं। शिलादेश नन्दीश्वर के पश्चिम में हैं। वहीं हिरण्यकश्वर हैं। इसके दक्षिण में अट्टाहास लिङ्ग हैं। इसके उत्तर में प्रसन्नवदनेश लिङ्ग हैं। इसके उत्तर में प्रसन्नोद कुंड है। अट्टाहास के पश्चिम में मित्र लिङ्ग और वरुण लिङ्ग हैं। अट्टहास के दक्षिण-पश्चिम में वृद्धवशिष्ठ लिङ्ग हैं। वशिष्ठ के समीप स्थापित कृष्ण भगवान हैं। दक्षिण में याज्ञवल्क्येश हैं। तत्पश्चात् प्रह्लादेश्वर तथा उसके पूर्व में स्वालीन लिङ्ग हैं। स्वालीन के सामने वैरोचनेश्वर लिङ्ग हैं। उसके उत्तर में बलिष हैं। बाणेश लिङ्ग। चन्द्रेश्वर के पूर्व में विद्येश्वर लिङ्ग हैं। उसके दक्षिण में वीरेश हैं। वहाँ विकट देवी विराजमान हैं। पंचमुद्रा महापीठ पीठ के उत्तर-पश्चिम कोने में सागरेश्वर इसके उत्तर-पूर्व में वालिषा स्थित हैं। उसके उत्तर में सुग्रीवेश हैं, जो महान् पापों का नाश करते हैं। वहाँ हनुमदीश्वर हैं। फिर जाम्बवतीश्वर। गङ्गा के पश्चिमी तट पर अश्विनीकुमारों द्वारा स्थापित अश्वनीयेश्वर हैं। इसके उत्तर में भद्रहृद है। ह्रद के पश्चिमी तट पर स्थित हैं भद्रेश्वर, भद्रेश्वर के दक्षिण-पश्चिम में उपशांतशिव हैं। इसके उत्तर में चक्रेश हैं। इसके उत्तर में चक्रह्रद है। इसके दक्षिण-पश्चिम में शूलेश हैं। इसके पूर्व में नारदेश्वर लिङ्ग और नारदेश्वर के पूर्व में अवभ्रष्टकेश्वर। इसके सामने ताम्रकुण्ड है। इसके उत्तर-पश्चिम में गण्डाध्यक्ष के साथ ही यह कुण्ड है। इसके उत्तर दिशा में अनारकेश्वर लिङ्ग हैं। यहाँ अनारक कुण्ड है। इसके उत्तर में वरणा के तट पर वरनेश हैं। इसके पश्चिम में शैलेश हैं। इसके दक्षिण में कोटिश्वर लिङ्ग हैं। कोटि तीर्थ कोटीश के दक्षिण-पूर्व दिशा में एक महाश्मशानस्तंभ (श्मशान का स्तंभ, जिसे कुलस्तंभ, अब लाट भैरव के नाम से जाना जाता है) स्थापित है। महारुद्र उस स्तंभ में उमा के साथ रहते हैं। कपालेश के समीप ही कपालमोचन तीर्थ है। वहाँ से उत्तर दिशा में ऋणमोचन तीर्थ है। वहाँ अंगारक तीर्थ है और पवित्र कुण्ड भी है। इसके उत्तर में विश्वकर्मेश्वर लिङ्ग हैं। इसके दाहिनी ओर महामुण्डेश्वर लिङ्ग हैं। यहाँ एक शुभोदा नाम का कुआँ भी है। वहाँ देवी महामुंडा उत्पन्न हुईं। एक खटवांग (खोपड़ी वाला गदा) पकड़ा गया, उसी से खटवांगेश की उत्पत्ति हुई। इसके दक्षिण में भुवनेशा है और भुवनेश्वर

कुण्ड है। उसके दक्षिण में विमलेषा और विमलोदक कुण्ड हैं। इसके पश्चिम में भृगु का मंदिर है। इसके पश्चिम में शुभेश्वर हैं। यहीं कपिलेश्वर हैं। कपिलेश्वर के समीप ही एक सुन्दर गुफा है। वहाँ स्थित यज्ञोद कुआँ है। यह अकेला ही 'अ' और अन्य अक्षरों से युक्त ओंकार हैं। मत्स्योदरी के उत्तरी तट पर नादेश हैं। जाह्नवी (गङ्गा) कभी-कभी उस भगवान के दर्शन में आती हैं। उसे मत्स्योदरी कहते हैं। जब मत्स्योदरी गङ्गा पश्चिम में कपिलेश्वर तक पहुँचती है, तो वह एक दुर्लभ संयोग होता है। कपिलेश्वर के उत्तर में उद्दालकेश्वर लिङ्ग हैं। इसके उत्तर में बाष्कुलीश लिङ्ग हैं। बाष्कुलीश के दाहिनी ओर कौस्तुभेश्वर लिङ्ग हैं। कौस्तुभेश्वर के दक्षिण में शङ्कुकर्णेश्वर लिङ्ग हैं। गुफा के प्रवेश द्वार पर अघोरेश हैं। इसके उत्तर में एक अघोरोद कुआं है। यहाँ गर्गेश और दमनेश दो भव्य लिङ्ग हैं। इसके दाहिनी ओर रुद्रेश्वर रुद्रवास कुण्ड है। रुद्र की दक्षिण-पश्चिम दिशा में महालय लिङ्ग हैं। उसके सामने पितृकूप है। वहाँ पश्चिम दिशा में वैतरणी सरोवर है। रुद्रकुण्ड के पश्चिम में बृहस्पतिदेव लिङ्ग हैं। रुद्रवास के दक्षिण में कामेश लिङ्ग हैं। उसके दक्षिण में महाकुण्ड है। चैत्र मास के शुक्ल पक्ष की त्रयोदशी को यहाँ की यात्रा से मनोकामनाएं पूर्ण होती हैं। कामेश्वर के पूर्व में नलकूबर लिङ्ग हैं। इसके सामने कूप (कुआं) स्थित है। नलकूबर के पूर्व में सूर्यचन्द्रमेश्वर लिङ्ग हैं। इसके दाहिनी ओर अध्वकेश हैं। वहाँ सिद्धिश्वर लिङ्ग हैं। कामकुण्ड के पूर्व में च्यवनेश और सनकेश सनत्कुमार लिङ्ग हैं। इसके दक्षिण में आहुति हैं। इसके दक्षिण में पंचशिखेश्वर लिङ्ग हैं। उसके पश्चिम में मार्कण्डेय ह्रद सरोवर है। इसके उत्तर में कुण्डेश और पूर्व में शाण्डिल्येश हैं। कपालेश के दाहिनी ओर श्रीकण्ठ कुण्ड है। इसके समीप महालक्ष्मीश्वर लिङ्ग हैं। स्वर्गद्वार क्षेत्र में मत्स्योदरी कुण्ड है। उस कुण्ड के दक्षिण में लिङ्ग स्थित हैं। मत्स्योदरी के तट पर गायत्रीश्वर और सावित्रीश्वर सत्यवतीश्वर लिङ्ग हैं। लक्ष्मी से पूर्व दिशा में उग्रेश्वर लिङ्ग स्थित हैं। इसके दक्षिण में उग्रकुण्ड है। इसके पश्चिम में करवीरेश्वर लिङ्ग हैं। इसके उत्तर-पश्चिम में मरीचिश कुण्ड है। इसके पीछे इन्द्र कुण्ड तथा चन्द्रेश्वर लिङ्ग हैं। इंद्रेश से दक्षिण में कर्कोटवापिका है। इसके पीछे भगवान् द्रिमचंडेश हैं।

इसके दक्षिण में महाकुण्ड है। इसके पश्चिम में अग्नियेश्वर लिङ्ग हैं। इसके पूर्व में अग्नि कुण्ड के पास बालचन्द्रेश और दक्षिण में शुभकुण्ड है। बालचन्द्र के समीप पितर कूप है। इसके पूर्व में विश्वेश्वर लिङ्ग हैं। विश्वेश्वर के पूर्व में वृद्धकालेश्वर विराजमान हैं। इसके आगे कालोद कुआं है। दक्षिण में मृत्युदेव हैं। उस कुएँ से उत्तर दिशा में दक्षेश्वर लिङ्ग हैं। दक्षेस के पूर्व में महाकालेश लिङ्ग हैं। इसके दक्षिण में अन्तकेश्वर, इसके दक्षिण में हस्तिपालेश्वर लिङ्ग हैं। यहीं ऐरावत कुण्ड और ऐरावतेश्वर लिङ्ग हैं। इसके दक्षिण में मालतीश्वर लिङ्ग कल्याणकारी हैं। हस्तीश्वर के उत्तर में जयंतेश लिङ्ग हैं। महाकाल कुण्ड के उत्तर में बन्दीकुण्ड, बन्दीश्वर हैं। धन्वन्तरिश्वर, तुंगेश्वर लिङ्ग, वैद्येश्वर कुण्ड है। इसके उत्तर में हलीशेष हैं। तुंगेश्वर के दक्षिण में शिवेश्वर हैं। शिवेश्वर के दक्षिण में जमदग्निश्वर लिङ्ग हैं। इसके पश्चिम में भैरवेश्वर लिङ्ग और उत्तर में एक कुआँ है। उस कुएँ के पश्चिम में सुकेश हैं। इसके दक्षिण-पश्चिम में व्यास तीर्थ है और वहाँ एक कुआँ है। व्यास तीर्थ के पश्चिम में घण्टाकर्ण ह्रद है। घण्टाकर्ण के पास पंचचूड़ापसर है। उसके दक्षिण में गौरीकूप है। पंचकूड के उत्तर में अशोक तीर्थ है। उसके उत्तर में मंदाकिनी तीर्थ है। उसके उत्तर में मध्यमेश्वर लिङ्ग हैं। मध्यमेश्वर लिङ्ग से प्रत्येक दिशा में एक कोस (तीन किमी) मुक्तिक्षेत्र काशी की सीमा है। मध्यमेश के दक्षिण में शुभ विश्वेदेवेश्वर हैं। इनके पूर्व में वीरभद्रेश हैं, जिनके दक्षिण में भद्रकाली हैं। यहाँ भद्रकाली ह्रद है। इसके पूर्व में आपस्तम्बेश्वर लिङ्ग हैं। इसके उत्तर में पुण्य कूप और उसके पीछे शौनक ह्रद है। ह्रद के पश्चिम में शौनकेश लिङ्ग हैं। इसके दक्षिण में जम्बूकेश हैं। इसके उत्तर में मतङ्गेश हैं। मतङ्गेश के उत्तर-पश्चिम में यहाँ अनेक लिङ्ग हैं। मतङ्गेश के दक्षिण में ब्रह्मराटेश्वर लिङ्ग हैं। वहाँ आज्यपेश्वर लिङ्ग है और अनेक पितृ लिङ्ग भी हैं। इसके दक्षिण में सिद्धकूप है। यहीं पर सिद्धेश्वर लिङ्ग हैं। इसके पश्चिम में सिद्धवापी है। सिद्धकूप के पूर्व में व्याघ्रेश्वर लिङ्ग हैं। उसके दक्षिण में ज्येष्ठेश्वर हैं। इसके दक्षिण में प्रहसितेश्वर लिङ्ग हैं। इसके उत्तर में निवासेश हैं। यहाँ एक चतुःसमुद्र कूप है वहाँ ज्येष्ठा देवी विराजमान हैं। व्याघ्र लिङ्ग के दक्षिण में चण्डीश्वर लिङ्ग हैं, जिसके उत्तर में

दण्ड से खोदा गया सरोवर (दण्डखटा) हैं। दण्डखत में ग्रहण के बाद स्नान करने से बहुत पुण्य मिलता है। वहाँ जैगीषव्यगुहा लिङ्ग हैं। उसके पश्चिम में देवलेश्वर लिङ्ग हैं। उसके दक्षिण में शतपश्चात् लिङ्ग हैं। इसके पश्चिम में हेतुकेश देवता हैं। इसके दक्षिण में अक्षपादेश देवता हैं। इनके सामने कणादेश है। कणादकूप के दक्षिण में भूतेश हैं। इसके पश्चिम में अष्टाधीश्वर लिङ्ग हैं और पूर्व में दुर्वासेश हैं। व्यासेश्वर के पूर्व में शंखलेखितेश्वर हैं। इसके उत्तर-पूर्व में अवधूतेश तीर्थ है। अवधूतेश्वर के पूर्व में पशुपतिश्वर लिङ्ग हैं। इसके दक्षिण में गोभिलेश हैं। इसके पीछे जीमूतवाहनेश लिङ्ग हैं। पंचनद में मयूखार्क और गभस्तिश हैं। इसके उत्तर में दधिकल्प ह्रद है। गभस्तिश के उत्तरी भाग में दधिकल्पेश्वर और दक्षिण में मंगलागौरी का निवास है। मंगलागौरी मुखप्रेक्षेश्वर के उत्तर में देवी वदनप्रेक्षा विराजमान हैं। मुखप्रेक्षा के उत्तर में त्वष्ट्रीश लिङ्ग और वृत्तिश लिङ्ग हैं। इसके उत्तर में देवी चर्चिका हैं। चर्चिका के सामने रेवतेश्वर लिङ्ग हैं। इसके सामने पंचनदेश्वर लिङ्ग हैं। मंगलागौरा के पश्चिम में मंगलोद और उपमन्यु लिङ्ग हैं। इसके पीछे व्याघ्रपादेश्वर लिङ्ग हैं। गभस्तिश के दक्षिण-पश्चिम में शशाङ्केश हैं। इसके पश्चिम में चैत्ररथ लिङ्ग हैं। रेवतेश के पश्चिम में यमनीश हैं। यमनीश के उत्तर-पश्चिम में रावणेश्वर लिङ्ग हैं। इसके दक्षिण में वराहेश और दक्षिण में मांडव्येश हैं। इसके आगे दक्षिण में प्रचण्डेश हैं और योगेश हैं। इसके दक्षिण में धातेशा हैं। इसके सामने सोमेश हैं। इसके दक्षिण-पश्चिम में कनकेश हैं। इसके उत्तर में पाण्डवों के पाँच लिङ्ग हैं। इसके आगे संवर्तेश हैं और पश्चिम में श्वेतेश हैं। इसके पीछे एक कलशेष लिङ्ग हैं। इसके उत्तर में चित्रगुप्तेश्वर लिङ्ग हैं। चित्रगुप्तेश्वर के पीछे हृढ़ेश हैं। कलशेष के दक्षिण में ग्रह लिङ्ग हैं। चित्रगुप्तेश्वर के पीछे यदुच्छेश हैं। ग्रहेश्वर के दक्षिण में उतथ्यवामदेवेश लिङ्ग हैं। इसके दक्षिण में कम्बलेश और अश्वतरेश हैं। वहीं नलकूबर लिङ्ग हैं। इसके दक्षिण में मणिकर्णिश लिङ्ग और उत्तर में पलितेश्वर है। वहीं जराहर लिङ्ग हैं। इसके पीछे पापनाशन हैं। इसके पश्चिम में निर्जरा और दक्षिण-पश्चिम में पितामह हैं। पितामहस्त्रोतिका नदी भी यहीं हैं। इसके दक्षिण में वरुणेश हैं और उससे

भी दक्षिण में बाणेश है। इसके पूर्व में राक्षसेश है और दक्षिण में गङ्गा हैं। इसके उत्तर में निम्नगेश लिङ्ग हैं। वहाँ वैवस्वतेश हैं। उसके पीछे आदित्य और उसके आगे चक्रेश हैं। उसके सामने कालकेश हैं। इसके पीछे तारकेश हैं, आगे स्वर्णभारद हैं। इसके उत्तर में मरुत्तेश हैं। इसके आगे शक्रेश हैं। इसके दक्षिण में रणभेष हैं। वहीं शशिश्वर हैं। इसके उत्तर में लोकपेष हैं। शक्रेस के दक्षिण में महापापनाशक फाल्गुनेश हैं। उसके दक्षिण में महापाशुपतेश हैं। इसके पश्चिम में समुद्रेश हैं, उत्तर में ईशानेश हैं, पूर्व में लाङ्गलीश हैं। लाङ्गलीश में तपस्वी मधुपिङ्ग और श्वेतकेतु हैं। वहाँ नकुलीश और कपिलेश हैं। इसके समीप ही प्रीतिकेश हैं। इसके दक्षिण दिशा में कुण्ड हैं। इसके पश्चिम में दण्डपाणि (भैरव) हैं। उसके पूर्व में तारकेश, दक्षिण में कालेश और उत्तर में नंदिकेश्वर लिङ्ग हैं। अविमुक्त के समीप भगवान् मोक्षेश हैं। इसके पूर्व में स्वर्णाक्ष हैं। इसके उत्तर में सौभाग्यगौरी हैं। विश्वेश के दक्षिण में निकुंभेश हैं। निकुंभेश से दक्षिण-पूर्व दिशा में विरूपाक्ष हैं। इसके दक्षिण में शुक्रेश हैं। इसके उत्तर में देवयानीश्वर लिङ्ग हैं। शुक्रकेश के सामने काकेश विराजमान हैं। शुक्रकूप है। शुक्रेश के पश्चिम में भवानी और ईशा, पूर्व में अलार्केश हैं। अलार्केश के पूर्व में मदालेश्वर हैं। गणेश्वरेश्वर लिङ्ग को भगवान् राम ने रावण का वध करने के बाद स्थापित किया था। वहाँ त्रिपुरान्तक लिङ्ग हैं। इसके पश्चिम में दत्तात्रेयेश्वर लिङ्ग हैं। इसके दक्षिण में हरिकेश हैं। गोकर्णेश उसके आगे हैं। इसके आगे सरोवर है। इसके पीछे ध्रुवेश्वर हैं। इसके आगे ध्रुवकुण्ड है। इसके उत्तर में स्थापित पिशाच है। इसके दक्षिण में पितृदेव हैं और पितृकुण्ड है। ध्रुवेश के आगे प्रणवेश हैं। वही देवता वैद्यनाथ हैं। इसके दक्षिण-पश्चिम में मनुलिङ्ग हैं। वैद्यनाथ के सामने प्रियव्रतेश्वर लिङ्ग हैं। इसके दक्षिण में मुचुकुंदेश हैं। इसके बगल में गौतमेश्वर हैं। इसके पश्चिम में भद्रेश हैं और इसके दक्षिण में ऋष्यशृंगिन के स्वामी हैं। ब्रह्मेश इसके आगे हैं। पर्जन्येश ईशान दिशा में हैं। इसके पूर्व में नहुषेश हैं। इसके आगे विशालाक्षी हैं। विशालाक्षीश्वर लिङ्ग यहीं हैं। उसके दक्षिण में जरासंधेश्वर लिङ्ग हैं। इसके सामने हिरण्याक्ष लिङ्ग हैं। इसके पश्चिम में गयाधीश तथा उससे भी आगे

पश्चिम में भगीरथ हैं। ब्रह्मेश के आगे पश्चिम में दिलीपेश हैं। वहाँ विश्वावसु लिङ्ग हैं। पूर्व में मुण्डेश हैं। उसके दक्षिण में विधीश और वाजिमेदेश्वर हैं। दशांश्वादिधि। इसके उत्तर में मातृ तीर्थ है। अगस्त्य कुण्ड के दक्षिण में पुष्पदंतेश्वर हैं। पुष्पदंत के दक्षिण में सिद्धिश हैं। हरिश्चन्द्रेश। इसके पश्चिम में नैऋतेश हैं। दक्षिण में अंगिरसेश और क्षेमेश तथा चित्रांगेश हैं। इसके दक्षिण में केदार हैं। इसके दक्षिण में लोलार्क (अर्कविनायक) हैं। इसके पश्चिम में करंधमेश्वर लिङ्ग हैं। इसके पश्चिम में महादुर्गा हैं। इसके दक्षिण में शुष्केश्वर लिङ्ग हैं, जिसकी पूजा सूखी नदी (असि) करती है। इसके पश्चिम में जनकेश हैं। इसके उत्तर में शंकुकर्ण हैं। शंकुकर्णेश के उत्तर-पश्चिम में वादव्य लिङ्ग हैं। इसके आगे विभाण्डेश हैं। इसके उत्तर में कहोलेश, द्वारेश्वर लिङ्ग और देवी द्वारेश्वरी हैं। वहाँ हरिदेश लिङ्ग और कात्यायन लिङ्ग हैं। इनके एक ओर जंगलेश हैं और उसके पीछे मुकुटेश्वर हैं। वहीं मुकुटकुंड और मुकुटेश्वर हैं।

काशी तीर्थ

भृङ्गी ने नन्दी पूछा कि—'हे नन्दी, शिव ने गङ्गा और वरणा के पुण्यमय संगम के माध्यम से एक पवित्र स्थान का निर्माण कैसे किया? आदिकेशव से लेकर भगीरथ तीर्थ तक के तीर्थों का वर्णन करें।'

नन्दी ने भृङ्गी से कहा कि—'हे भृङ्गी विष्णुपादोदक नामक तीर्थ यहीं श्वेतद्वीप में है। यहीं पर भगवान् विष्णु ने मंदरांचल से आते ही सबसे पहले अपने चरण धोए थे।

विष्णुपादोदक तीर्थ से आगे क्षीरोद (दूध सागर) तीर्थ, क्षीरोद के दक्षिण में शंख तीर्थ, शंख तीर्थ के पीछे चक्र तीर्थ, उससे आगे गदा तीर्थ, उससे आगे पद्म तीर्थ, तत्पश्चात महालक्ष्मी तीर्थ है, फिर गरुड़माता तीर्थ, तत्पश्चात नारद तीर्थ है, जो ब्रह्मविद्या (परमात्मा का ज्ञान) प्राप्ति का एकमात्र कारण है। वहाँ पवित्र स्नान करने तथा नारदकेशव का दर्शन करने से मनुष्य मुक्त हो जाता है। इसके दक्षिण में प्रह्लाद तीर्थ है, तत्पश्चात अम्बरीष तीर्थ है, तत्पश्चात आदित्यकेशव तीर्थ है। दत्तात्रेय तीर्थ भी यहीं है। उससे आगे भार्गव तीर्थ है। तत्पश्चात वामन तीर्थ है, तत्पश्चात नरनारायण तीर्थ है, इसके दक्षिण में यज्ञवराह तीर्थ है। वहाँ विदारणारसिंह तीर्थ है। तत्पश्चात गोपीगोविन्द तीर्थ है, गोपीगोविन्द के दक्षिण में लक्ष्मीनृसिंह तीर्थ है। दक्षिण दिशा में शेष तीर्थ है। दक्षिण दिशा में शंखमाधव तीर्थ है। तत्पश्चात नीलग्रीव तीर्थ व उद्दालक तीर्थ है। तत्पश्चात् सांख्येश्वर के समीप सांख्य तीर्थ है। स्वर्णिणेश्वर के समीप ही स्वर्णिण तीर्थ है। इसके निकट ही महिषासुर तीर्थ है। इसके

बहुत निकट ही बाण तीर्थ है। इसके आगे गोपतारेश्वर तीर्थ है। इसके दक्षिण में हिरण्यगर्भ तीर्थ है। उससे आगे प्रणव तीर्थ है। इसके आगे पिशाचगीला तीर्थ है, तत्पश्चात पिलिपिला तीर्थ है। तत्पश्चात नागेश्वर तीर्थ है। इसके दक्षिण में कर्णादित्य तीर्थ है। तत्पश्चात भैरव तीर्थ है। भैरव तीर्थ के आगे खर्वणसिंह तीर्थ है। इसके दक्षिण में मृकण्ड तीर्थ है। तत्पश्चात पञ्चनद तीर्थ है, तत्पश्चात ज्ञानह्रद तीर्थ है। तत्पश्चात मङ्गल तीर्थ है। उससे आगे सूर्य तीर्थ है, मखेश्वर के समीप ही मख तीर्थ है। उसके पास ही बिन्दु तीर्थ है। इसके दक्षिण में पिप्पलाद तीर्थ है। तत्पश्चात ताम्रवराह तीर्थ है। इसके आगे कालगङ्गा है। इन्द्रद्युम्नेश्वर के सामने इन्द्रद्युम्न तीर्थ है। तत्पश्चात वीररामेश्वर के सामने राम तीर्थ है। तत्पश्चात ऐक्ष्वाकव तीर्थ है। मरुत्तेश्वर के समीप ही मरुत्त तीर्थ है। तत्पश्चात मैत्रावरुण तीर्थ है। तत्पश्चात अग्निश के सामने अग्नि तीर्थ है। अंगारेश्वर के समीप ही अंगार तीर्थ है। तत्पश्चात कालेश्वर के समीप काली तीर्थ है। चन्द्रेश्वर के समीप ही चन्द्र तीर्थ है। उससे आगे वीरेश्वर के समीप वीर तीर्थ है। तत्पश्चात विघ्नेश तीर्थ है, तत्पश्चात मुनिराज हरिश्चन्द्र तीर्थ है। तत्पश्चात परवतेश के समीप पर्वत तीर्थ है। तत्पश्चात कम्बलेश्वर तीर्थ है। तत्पश्चात सारस्वत तीर्थ है। उमा तीर्थ वहीं है। उससे आगे मणिकर्णिका तीर्थ है। वहीं चक्रपुष्करिणी तीर्थ है। मणिकर्णिका के दक्षिण में पाशुपत तीर्थ है। इसके आगे रुद्रवास तीर्थ है। उसके बाद विश्व तीर्थ है। इसके बाद मुक्ति तीर्थ है; फिर अविमुक्त, तारक तीर्थ और स्कंद तीर्थ हैं। इसके आगे ढुण्ढ़ी तीर्थ है। फिर भवानी, ईशान, ज्ञान तीर्थ, नन्दी तीर्थ, विष्णु तीर्थ और पितामह तीर्थ है। यह नाभि तीर्थ है और इसके आगे ब्रह्मनाल है। फिर भगीरथ तीर्थ है।

दक्षिण से उत्तर दिशा में बहने वाली दिव्य नदी तट पर काशी के निकट अनेक पुण्य तीर्थ हैं, किन्तु मैंने उनमें से कुछ का ही उल्लेख किया है। पाँच तीर्थों का समूह पञ्चतीर्थी काशी की गरिमा में विस्तार देता है। पहला तीर्थ असि-गङ्गा का सङ्गम है, उसके बाद दशाश्वमेध तीर्थ है, आदिकेशव के समीप पादोदक तीर्थ है, फिर पञ्चनद है, पाँचवाँ तीर्थ मणिकर्णिका तीर्थ है।

असि और गङ्गा नदियों का सङ्गम पुण्यदायी है। उससे भी अधिक पुण्यदायी है हयग्रीव तीर्थ। हयग्रीव तीर्थ से भी गज तीर्थ श्रेष्ठ है। कोकवराह तीर्थ गज तीर्थ से भी अधिक पुण्यदायी है।

दिलीपेश्वर के समीप स्थित दिलीप तीर्थ कोकवराह से भी अधिक श्रेष्ठ है। सागरेश्वर के समीप स्थित सागरतीर्थ इससे भी अधिक श्रेष्ठ है। सागर तीर्थ से भी अधिक पुण्यदायक है सप्तसागर तीर्थ। सप्तब्धितीर्थ से भी श्रेष्ठ है महोदधि तीर्थ। इससे भी अधिक पुण्यदायक है कपिलेश्वर के समीप का चौर तीर्थ। केदारेश्वर के समीप का हंस तीर्थ अधिक पूजनीय है। वहाँ हंस रूप में देहधारियों को ब्रह्म के पास ले जाता है। उससे आगे त्रिभुवन-केशव तीर्थ है। उससे भी बढ़कर है गोव्याघ्रेश्वर तीर्थ, जहाँ दोनों (गाय और बाघ) ने अपने स्वाभाविक बैर का परित्याग करके सिद्धि प्राप्त की थी। मान्धात्री तीर्थ, मुचुकुन्द तीर्थ, पृथु तीर्थ, परशुराम तीर्थ, राजा दिवोदास तीर्थ भी यहीं है। भगीरथी तीर्थ भी भगीरथी के तट पर है। वहाँ निष्पापेश्वर लिङ्ग दशाश्वमेध तीर्थ उससे भी श्रेष्ठ माना गया है। बंदी तीर्थ, प्रयाग तीर्थ, क्षौणी-वराह तीर्थ, कालेश्वर तीर्थ, अशोक तीर्थ, शुक्र तीर्थ, भवानी तीर्थ हैं। प्रभास तीर्थ सोमेश्वर के सामने है। इसके आगे गरुड़ तीर्थ है। उससे आगे ब्रह्म तीर्थ है। इसके आगे वृद्ध तीर्थ है और उसके बाद विधि तीर्थ है। तत्पश्चात नृसिंह तीर्थ है, चित्ररथेश्वर तीर्थ है। उससे आगे धर्मेश के सामने पुण्यमय धर्म तीर्थ है। इसके आगे विशाल तीर्थ है। जरासंधेश तीर्थ, जरासंधेश के समीप है। उससे आगे ललिता तीर्थ है। इसके आगे गौतमी तीर्थ है। इसके आगे गङ्गाकेशव तीर्थ, अगस्त्य तीर्थ, योगिनी तीर्थ, त्रिसंध्याख्य तीर्थ, नर्मदा तीर्थ, अरुन्धतेय तीर्थ, वशिष्ठ तीर्थ तथा मार्कण्डेय तीर्थ है। ये सभी तीर्थ पुण्य देने वाले हैं। पिछला तीर्थ पहले वाले से अधिक पुण्य देने वाला है। फिर खुरकरतरी तीर्थ है। इसके आगे भगीरथ तीर्थ है।

इन तीर्थों से भी बढ़कर, तीन करोड़ लिङ्गों से भी बढ़कर, हे वीर! यह वीरेश्वर लिङ्ग अत्यंत श्रेष्ठ है। यदि कोई व्यक्ति वीर तीर्थ में स्नान करके वीरेश की पूजा करता है, तो ऐसा माना जाता है कि उसने इन सभी तीर्थों में स्नान कर लिया है, अन्यथा नहीं। यदि कोई व्यक्ति रात्रि में वीरेश्वर लिङ्ग की पूजा करता है, तो ऐसा माना जाता है कि उसने यहाँ तीन करोड़ लिङ्गों की पूजा की है।

आनन्दवन में देवता और उनके स्थान

भृङ्गी ने नन्दी से पूछा कि—'हे नन्दी, शिव के आदेश पर देवताओं को उनके कार्य में किस प्रकार नियुक्त किया गया? तथ्यपूर्वक बताएं कि अविमुक्त की रक्षा के लिए कौन-कौन से देवता कहाँ तैनात हुए? आनन्दवन में कौन-कौन से स्थान किस-किस देवता को सौंपे गए हैं?'

नन्दी ने भृङ्गी से कहा कि—'हे भृङ्गी, वाराणसी में गङ्गा के तट पर विशाल तीर्थ का निर्माण करने के बाद, विश्वनाथ मंदिर से गङ्गा की ओर ललिता घाट पर, जिसे पहले गङ्गा केशव घाट के नाम से जाना जाता था, वहीं पर विशालाक्षी शक्तिपीठ (जहाँ सती के शरीर का एक हिस्सा गिरा था) की स्थापना की गई थी। विशालाक्षी को असम के काञ्ची, कामाख्या की कामाक्षी और मदुरै की मीनाक्षी से भी जुड़ा हुआ माना जाता है।

गङ्गा-केशव के समीप ही ललिता तीर्थ है। यहीं पर महत्त्वपूर्ण ललिता देवी विराजमान हैं। विशालाक्षी के सामने गौरी का एक रूप देवी विश्वभुजा स्थित हैं। क्रतुवराह के समीप त्रिशूल-धारी बाराही देवी हैं। इंद्रेश के दक्षिण में हाथ में वज्रा धारण किए तथा हाथी पर विराजित ऐन्द्री देवी हैं। स्कंदेश्वर के समीप देवी कौमारी अपने वाहन मयूर पर सवार रहती हैं। महेश्वर के दक्षिण में बैल पर सवार देवी महेश्वरी, निर्वाण के समीप नृसिंह भगवान् अपने हाथ में चक्र उठाए हुए ब्रह्मेश के पश्चिम में हंस पर सवार ब्राह्मी देवी स्थित हैं। काशी में नारायणी देवी। देवयानी के उत्तर में विरूपाक्षी स्वरूप गौरी। शैलेश्वरी देवी जो शैलेश्वर के पास स्थित हैं। चित्रकूप के पास चित्रगुप्तेश्वर तथा चित्रघण्टा

है। चित्रांगदेश्वर के पूर्व में चित्रग्रीव देवता। भद्रवापी तथा भद्रनाग के समक्ष भद्रकाली सिद्धिविनायक के पूर्व में स्थित हरसिद्धि। प्रयाग तीर्थ के समीप हाथ में छैनी और हथौड़ा लिये निगड़भंजनी (बंदी) देवी हैं। पशुपति के पीछे अमृतकूप तथा अमृतेश्वर के समीप अमृतेश्वरी देवी विराजमान हैं। अमृतेश्वर के पश्चिम में प्रपितामह लिङ्ग के सामने सिद्धलक्ष्मी देवी हैं। तत्पश्चात नलकूबर लिङ्ग के सामने तथा प्रपितामह लिङ्ग के पश्चिम में स्थित कुब्जा देवी हैं। नलकूबर के पश्चिम में कुब्जाम्बरेश्वर लिङ्ग हैं। वहाँ त्रिलोकसुन्दरी गौरी हैं। सांबदित्य के समीप ही महाशक्ति दीप्ता देवी रहती हैं। श्रीकण्ठ के समीप ही श्रीकुण्ड तीर्थ में जगतजननी महालक्ष्मी का वास है। महालक्ष्मी के उत्तर में कुल्हाड़ी लिये हयकण्ठी देवी विराजमान हैं। महालक्ष्मी के दक्षिण में हाथ में पाश लिये देवी कौरमी (भगवान विष्णु के कछुआ अवतार कूर्म की शक्ति) स्थित हैं। उत्तर-पश्चिम में शिखी चण्डी स्थित हैं। भीमेश्वर के सामने हाथ में पाश और हथौड़े पकड़े हुए भीमचण्डी उत्तरी द्वार की रक्षा करती हैं। वहीं भीमकुण्ड है। वृषभध्वज के दक्षिण में देवी चागेश्वरी विराजित हैं। सङ्गमेश्वर लिङ्ग के दक्षिण में ताड़ वृक्ष को अपने अस्त्र में धारण करने वाली तालजंघेश्वरी देवी हैं। उद्दालकेश्वर लिङ्ग के दक्षिण में उद्दालक तीर्थ में यमदंष्ट्र विराजित हैं। दारुकेश्वर तीर्थ में दारुकेश के समीप हाथों में कपाल और खड्ग धारण किये चर्ममुण्डा देवी विराजमान हैं। (उनके तालु और मुख में पाताल लोक हैं। आकाश उनका ऊपरी ओष्ठ और पृथ्वी उनका निचला ओष्ठ है। वे इतनी दुबली हैं कि उनका पेट सूख गया है। ऐसा प्रतीत होता है मानो वे स्नायु से बंधी हुई हैं। वे तीर्थ के पूर्वी भाग की रक्षा अनेक विघ्नों से करती हैं। उनकी हजारों विशाल, बलवान भुजाएँ चमक रही हैं। उनकी आँखें टेढ़ी हैं। उनके हाथों में समुद्र के समान फैला हुआ चक्र और मिष्ठान है। वे चीते की खाल पहनती हैं। वे कर्कश और जोर से हँसती हैं। वे पापियों की हड्डियों को इस प्रकार तेजी से चबाती हैं, मानो वे कमल की डंठल हों। वह दुष्ट आदतों वाले पवित्र स्थान के विश्वासघातियों के शवों को अपने त्रिशूल की नोक पर दबाए रखती हैं। खोपड़ियों की माला उन्हें सुशोभित करती है। वह भयानक रूप वाली

हैं।) लोलार्क के उत्तर में हयग्रीवेश्वर तीर्थ में भयंकर मुख वाली महारुण्डा देवी सदैव विराजमान रहती हैं। महारुण्डा के पश्चिम में शुभ देवी स्वप्नेश्वरी विराजमान हैं। स्वप्नेश्वरी के पश्चिम में देवी दुर्गा विराजमान हैं। वे सदैव पवित्र स्थान के दक्षिणी भाग की रक्षा करती हैं।

दिशाओं के रक्षक देवता हैं। इन्हें पूर्व से आरंभ करके आठ दिशाओं में तथा (अंतिम) मध्य में स्थापित किया गया है। इसी प्रकार आठ दिशाओं में आठ भैरव उचित क्रम में रुरु, चण्ड, असितांग, कपाली, क्रोध, उन्मत्तभैरव, संहार और भीषण स्थापित हैं, जो सदैव देवी के निवास और मोक्ष की महिमा वाली काशी की रक्षा करते हैं। चौंसठ पूजित बेताल विद्युज्जिह्वा, लालज्जिह्व, क्रुरस्य, क्रुरलोकन, उग्र, विकटदंस्त्र, वक्रस्य, वक्रनासिक, जांभक, जृण्भानमुख, ज्वलनेत्र, वृकोदर, गर्तनेत्र, महानेत्र, तुच्चनेत्र, अंतरमंडन, ज्वलत्केश, कंबुशिरस, खर्वग्रीव, महानु, महानास, लांबकर्ण, कर्णप्रवरण, अनास इत्यादि अत्यंत भयानक रूप वाले हैं। उन सभी के हाथों में खोपड़ियों की माला और सिर रहित धड़ हैं। उनके हाथों में कैंचियाँ और खोपड़ियाँ हैं। वे नग्न हैं, उनके बाल बिखरे हुए हैं, वे रक्त-पिपासु से मतवाले हैं। वे सभी अनेक रूप धारण कर सकते हैं। उनके हाथों में भिन्न-भिन्न प्रकार के अस्त्र-शस्त्र हैं। उनके चारों ओर करोड़ों सेवक हैं, जो उन्हीं के समान गुण और विशेषताएं रखते हैं। यहाँ पर नाना प्रकार के भयंकर रूप धारण करने वाले सौ करोड़ भूतगण अपने शस्त्र उठाकर इस नगर की रक्षा करते हैं। त्रैलोक्यविजय से लेकर ज्वालामुखी तक सभी शक्तियाँ चारों दिशाओं में अपने शस्त्र उठाकर काशी की रक्षा करती हैं।

मुक्तिक्षेत्र

भृङ्गी ने नन्दी पूछा कि—'हे नन्दी, भगवान् शिव ने माता पार्वती से मुक्तिक्षेत्र को कैसे परिसीमित किया था? कुल कितने लिङ्ग और किस क्रम में परिभाषित किया था?'

नन्दी ने कहा कि—'हे भृङ्गी, काशी में प्रवेश करने के बाद एक दिन भगवान् शिव आनंदकानन में विचरण करते हुए माता पार्वती से कहने लगे- आनंदकानन में अनगिनत नैसर्गिक पत्थरों, रत्नों और धातुओं के सूक्ष्म और स्थूल लिङ्ग हैं। ये सभी कई देवताओं, ऋषियों, देवकन्याओं, असुरों, दानवों, नागों, मनुष्यों, हाथियों, पर्वतों, तीर्थों, भालुओं, बंदरों, किन्नरों, पक्षियों द्वारा स्थापित किए गए तथा उनके नाम से उत्कीर्ण अनेक लिङ्ग हैं। सिद्ध, चारण, गन्धर्व, यक्ष और राक्षस, मनुष्य आदि इनकी पूजा करते हैं। कुछ दृश्यमान और कुछ अदृश्य हैं। इनमें से कुछ नष्ट हो गए हैं तथा कुछ समय के साथ बिखर गए हैं। एक समय इनकी गणना सौ परार्द्धों (एक के बाद सत्रह शून्य) के रूप में की जाती थी। गङ्गा के जल में साठ करोड़ लिङ्ग स्थित हैं, जो सिद्ध लिङ्ग इस कलियुग में अदृश्य हो गए हैं।

आनन्दकानन में इन सब चौदह लिङ्गों क्रमशः ओंकारेश्वर (मच्छोदरी के उत्तर में) प्रथम लिङ्ग, त्रिलोचन (मच्छोदरी और गङ्गा के बीच) दूसरा लिङ्ग, महादेव (त्रिलोचन-वाराणसी का पहला तीर्थ) तीसरा लिङ्ग, इसके उत्तर-पूर्व में कृत्तिवासेश्वर (मैदागिन के उत्तर-पूर्व में/मंदिर ध्वस्त, अब एक मस्जिद) चौथा लिङ्ग, रत्नेश्वर (मैदागिन से मृत्युंजय जाने वाली सड़क के बीच में) पाँचवाँ

लिङ्ग, चन्द्रेश्वर (संकठा देवी मंदिर के पश्चिम में) छठा लिङ्ग, केदारनाथ (केदार घाट पर) सातवाँ लिङ्ग, धर्मेश्वर (धर्म कूप पर विश्वनाथ के पूर्व में) आठवाँ लिङ्ग, वीरेश्वर (संकठा देवी के दक्षिण में) नौवाँ लिङ्ग, कामेश्वर (मच्छोदरी के ठीक पूर्व में) दसवाँ लिङ्ग, विश्वकर्मेश्वर (मृत्युंजय के उत्तर-पूर्व) ग्यारहवाँ लिङ्ग, मणिकर्णीश्वर (मणिकर्णिका घाट के ऊपर) बारहवाँ लिङ्ग, अविमुक्तेश्वर (विश्वनाथ मंदिर के अंदर) तेरहवाँ लिङ्ग, विश्वेश्वर (काशी का केंद्र) चौदहवाँ लिङ्ग का योग ही मुक्तिक्षेत्र कहलाता है।

ये देवता इस पवित्र स्थान के अधिष्ठाता देवता हैं। यह अविमुक्ता का हृदय हैं। भगवान् ने कहा कि उन्होंने प्रत्येक (चौदह) लोक से सम्पूर्ण सार लेकर इन्हें विकसित किया है। शैलेश, सङ्गमेश, स्वर्लीन, मध्यमेश्वर, हिरण्यगर्भ, ईशान, गोप्रेक्ष, वृषभध्वज, उपशांत शिव, ज्येष्ठ, निवासेश्वर, शुक्रेश, व्याघ्र लिङ्ग तथा चौदहवें लिङ्ग जम्बूकेश। यह पवित्र स्थान का उपनिषद (रहस्य) है। यह मोक्ष का सबसे बड़ा बीज है। यह लिङ्गों का समूह, कर्म के जंगल को वास्तविक दावानल की तरह नष्ट कर देता है। इन सभी लिङ्गों का न तो कोई आदि है और न ही कोई अंत। इस प्रकार यह उत्तम तीर्थस्थान अविमुक्त महान् पुण्य देने वाला है। अविमुक्त के समान कोई पवित्र स्थान ब्रह्माण्ड में कहीं भी नहीं है, जो साधक को सिद्धि प्रदान करता हो।

शिव के सेवक अपने हाथों में पाश और तलवार लेकर हमेशा पवित्र स्थान की रक्षा करते हैं। वे क्रूर लोगों के प्रति क्रूर होते हैं, जबकि अन्य लोगों के प्रति दयालु होते हैं। पूर्वी द्वार पर एक करोड़ गणों से घिरे रहने वाले भयंकर सेवक अट्टहास दिन-रात दुष्टों से काशी की रक्षा करते हैं। दक्षिणी द्वार पर भूतधात्रिशा रक्षक हैं। पश्चिमी द्वार पर एक करोड़ गणों से घिरे रहने वाले गोकर्ण रक्षा करते हैं।

उत्तरी द्वार पर गण घण्टाकर्ण रक्षा करते हैं। उत्तर-पूर्वी कोने की रक्षा चागवक्त्र करते हैं। दक्षिण-पूर्व दिशा रक्षा भीषण करते हैं। दक्षिण-पश्चिम दिशा की रक्षा शंकुकर्ण करते हैं और उत्तर-पश्चिम दिशा की रक्षा द्रमीचण्ड करते हैं।

इस प्रकार, ये अत्यंत तेजस्वी गण हमेशा पवित्र स्थान की रक्षा करते हैं। पूर्व दिशा से गङ्गा के दूसरे तट पर रक्षा हेतु कालक्ष, रणभद्र, कौलेय और कालकम्पन गण स्थित हैं। असि के दूसरी ओर शक्तिशाली भुजाओं वाले वीरभद्र, नभ, कर्दमालिप्तविग्रह और स्थूलकर्ण तैनात हैं। इस क्षेत्र के प्रवेश द्वार पर विशालाक्ष, महाभीम, कुण्डोदर और महोदर तैनात हैं। वे पश्चिमी द्वार की रक्षा करते हैं। वरणा के तट पर नंदीषेण, पंचाल, खरपाद, करंटक, आनंद, गोपक और बभ्रु रक्षा करते हैं।

महर्षि दुर्वासा और काशी

भृङ्गी ने नन्दी पूछा कि—'हे नन्दी, महर्षि दुर्वासा और काशी का प्रसंग कृपया बतायें।' नन्दी ने कहा कि—'हे भृङ्गी, महर्षि दुर्वासा समुद्र, पर्वत, वन, नदी, बड़े-बड़े सरोवर ग्राम, नगर और नगरों से युक्त इस पृथ्वी पर भ्रमण करते हुए एक बार आनन्दकानन में पहुँचे। दुर्वासा उन श्रेष्ठ जटाधारी, भस्म से सुशोभित, केवल एक कौपीन पहने पाशुपत भक्तों को देखकर बहुत प्रसन्न हुए जो शिवजी के ध्यान में लीन थे। सम्पूर्ण पृथ्वी, स्वर्गलोक तथा नागलोक भी मेरे मन को इस प्रकार आकर्षित नहीं करते, जैसे यह विश्वेश्वर नगरी। सम्पूर्ण ब्रह्माण्ड में यह अवश्य ही सबसे सुन्दर नगर है, यह सोचकर तपस्वी ऋषि ने दीर्घकाल तक तपस्या की, किन्तु जब उन्हें उसका कोई फल नहीं मिला, तब वे अत्यन्त क्रोधित हो गये। 'धिक्कार है मुझ तपस्वी पर! धिक्कार है मेरे उस तप पर जिसे करना कठिन है! धिक्कार है शम्भू के इस पवित्र स्थान पर जो सबको धोखा देता है! मैं कुछ ऐसा करूंगा कि ऐसी स्थिति उत्पन्न हो जाए कि यहाँ किसी को मोक्ष न मिले।' ऐसा कहकर वह शाप देने ही वाले थे कि शिव जोर से हँस पड़े। वहाँ एक लिङ्ग प्रकट हुआ और वह प्रहसितेश्वर 'उग्र हँसी के स्वामी' के नाम से प्रसिद्ध हुआ। पर इधर दुर्वासा के क्रोध की अग्नि से उत्पन्न आकाश धुएँ के स्तम्भों से व्याप्त हो गया था।

तब शिवजी के सेवकगण क्रमशः नंदिन, नंदीशेन, सोमानंदिन, महोदरा, महानु, महाग्रीव, महाकाल, जीतांतक, मृत्युप्रकम्पन, भीम, घंटाकर्ण, महाबल, क्षोभन, द्रवण, जृभिन, पंचास्य, पंचालोकन, द्विशिरस, त्रिशिरस,

सोम, पंचहस्ता, दशानन, चण्ड, भृंगिरिति, टुंडिन, प्रचण्ड, ताण्डवप्रिया, पिसिंडिला, स्थूलशिरस, स्थूलकेश, गभस्तिमान, क्षेमक, क्षेमधन्वन, वीरभद्र, राणाप्रिया, चंडापाणि, शूलपाणि, पाशापनि, कृष्णोदरा, दीर्घग्रीव, पिंगगाक्ष, पिंगला, पिंगमूर्द्धज, बहुनेत्र, दीर्घकर्ण, खर्व, पर्वतविग्रह, गोकर्ण, गजकर्ण, कोकिलाख्य, गजानन, स्कंद, नाइगामेया, विकटास्य, अष्टाहसक, सीरापाणि, शिवराव, वैनिका, वेणुवादन, दुर्धर्ष, दुःसह, गर्जना और रिपुतर्जन आदि प्रलयकाल के सागर के जल के समान व्याकुल हो उठे। वे परस्पर गर्जना करते हुए अपने-अपने हथियार हाथ में उठाते हुए प्रमथगण शंभु के निवास के चारों ओर तैयार खड़े हो गये। अन्यों के लिए वङ्जा के समान अजेय गणेशानों ने काशी में वायु की गति को भी रोक दिया। उन्होंने दुर्वासा के क्रोध से उत्पन्न प्रलय की अग्नि को इस प्रकार अनेक टुकड़ों में विभाजित कर दिया, मानो वे चट्टानी शिलाएँ हों। गणों के तेज से सूर्य और चन्द्रमा की चमक फीकी पड़ गई थी, इसलिए दया करके उन्होंने उन्हें काशी में प्रवेश करने की अनुमति दे दी।

शिव ने प्रमथों की सेना को रोकते हुए कहा—'ये अनसूइया के पुत्र ऋषि मेरे ही अंश हैं।' तत्पश्चात् महान् तेज वाले, करुणा के भण्डार शम्भु, दुर्वासा के लिङ्ग से प्रकट हुए और उन्होंने नगर को ऋषि के शाप से बचा लिया। 'मुनि का शाप काशीवासियों के उद्धार में बाधक न बने।' इस प्रकार दया करके भगवान् उनके सामने प्रत्यक्ष हो गये। और कहे—'हे अति क्रोधी ऋषि! मैं प्रसन्न हूँ; अब आप बिना किसी हिचकिचाहट के बताइए कि मैं आपको क्या वरदान दूँ?'

शाप देने के लिए हाथ उठाने वाले ऋषि लज्जित हो गए। उन्होंने कहा, 'क्रोध से अंधे होकर मुझ क्रोध बुद्धि ने घोर अपराध किया है।' उन्होंने बार-बार कहा, 'धिक्कार है मुझ क्रोध के वशीभूत होने पर! धिक्कार है मुझ पर, जिसने तीनों लोकों को भय से मुक्ति देने वाली काशी को मानसिक रूप से शाप देने का प्रयास किया! यदि कोई ऐसी श्रेष्ठ काशी को भी शाप दे, तो वह स्वयं शापित हो जायेगा; परन्तु काशी कभी शापित नहीं होगी।'

दुर्वासा के ये वचन सुनकर त्रिनेत्रधारी भगवान् काशी की स्तुति से उत्पन्न हुई प्रसन्नता से अत्यन्त प्रसन्न हो गये और कहने लगे कि जो बुद्धिमान् काशी का गुणगान करता है, जो काशी को अपने हृदय में रखता है, वह धन्य है, क्योंकि उसने घोर तप किया है, उसने करोड़ों यज्ञ किये हैं। यदि किसी की जिह्वा के अग्रभाग पर 'का-शी' ये दो अक्षर हों तो वह अत्यंत बुद्धिमान है। हे अनसूइयापुत्र! काशी की स्तुति से मुझे वह सुख मिलता है जो मुझे दान, यज्ञ या तप से कभी नहीं मिलता। यदि कोई भी व्यक्ति सच्चे मन आनन्दकानन की स्तुति करता है, तो ऐसा लगता है मानो श्रुतियों में वर्णित समस्त सूक्तों द्वारा मेरी स्तुति कर दी गई है।'

महर्षि व्यास और काशी

भृङ्गी ने नन्दी पूछा कि—'हे नन्दी, महर्षि व्यास और काशी का प्रसंग कृपया बतायें।' नन्दी ने कहा कि—'हे भृङ्गी, पराशर के पुत्र महर्षि व्यास ने वेदों को अनेक शाखाओं में विभाजित किया। उन्होंने सूत आदि को अठारह पुराणों की शिक्षा दी। उन्होंने *महाभारत* नामक ग्रन्थ की रचना की, जिसे श्रुति, स्मृति और पुराणों का सबसे गुप्त रहस्य (सार) कहा जा सकता है। एक बार वे महर्षि व्यास पृथ्वी पर भ्रमण करते हुए नैमिषारण्य में पहुँचे, जहाँ शौनक आदि अट्ठासी हजार प्रमुख ऋषि रहते थे। सभी श्रद्धा और ध्यानपूर्वक शिव का नाम ले रहे थे। ऐसा देखकर ऋषि व्यास हरि और हर में भेद कर हरि की प्रशंसा करते हुए हर की निंदा करने लगे।

तब ऋषियों ने कहा कि—'हे महर्षि व्यास, आप वाराणसी जाइये, जहाँ स्वयं विश्वेश्वर विराजमान हैं। वहाँ विभिन्न युगों के बदलते स्वरूप नहीं दिखते। न ही वह धरती को छूता है।' यह सुनकर महर्षि व्यास मन में क्रोधित हो गये और अपने लगभग दस हजार शिष्यों के साथ तुरन्त वहाँ से चले गये।

वाराणसी पहुँचकर महर्षि व्यास ने पञ्चनद नामक तालाब में स्नान किया, माधव की पूजा की और पादोदक चले गए। आदिकेशव की आराधना के लिए व्यास ने स्नान किया और अन्य अनुष्ठान किए तथा आदिकेशव के दर्शन किए। उन्होंने वहाँ पाँच रातें बिताईं और विष्णु के भक्तों ने उनका उचित सम्मान किया। महर्षि व्यास बड़े प्रसन्न होकर विश्वेश के निवासस्थान (मंदिर) में आये। वे ज्ञानवापी के सामने भगवान् के भक्तों के साथ खड़े थे। तुलसी के पत्तों की

एक सुंदर माला उनके गले में चमक रही थी। वे स्वयं ही नृत्य करते झांझ लेकर ताल बजा रहे थे। कभी-कभी वे बांसुरी भी बजा रहे थे। इस प्रकार नृत्य करते हुए व्यास जी शिष्यों के बीच में खड़े हो गये और अपना दाहिना हाथ ऊपर उठाया। तब शैलादि ने व्यास जी की वाणी की शक्ति और उस बाये हाथ को स्तब्ध कर दिया। व्यास की इस दुर्दशा पर नारायण भी उद्वेलित हो कर कहे कि 'हे व्यास! तुमने निःसंदेह बहुत बड़ा अपराध किया है।' व्यास ने इशारों से नारायण से कहा कि 'उन नन्दी ने अपनी आँखों से ही भुजाओं को लकवाग्रस्त कर दिया है। उनके भय से ही मेरी वाणी स्तब्ध हो गई है। मेरे कण्ठ को स्पर्श कीजिए, जिससे मैं संसार के नाश करने वाले भवानीश का गुणगान कर सकूँ।' नारायण ने कंठ का स्पर्श किया, तब व्यास जी ने महेश की व्यासाष्टक स्तुति आरम्भ की। तब शंभु की कृपादृष्टि हुई, जिससे नन्दी ने महर्षि व्यास की भुजा का लकवा दूर कर लिया और मुस्कराते हुए सभी महात्माओं का स्वागत किया। तब से व्यास जी शंभु के भक्त हो गये। घण्टाकर्णह्रद के आगे उन्होंने व्यासेश्वर नामक लिङ्ग की स्थापना की।'

नर्मदेश्वर

भृङ्गी ने नन्दी पूछा कि—'हे नन्दी, वाराणसी में उस नर्मदेश्वर लिङ्ग के विषय में कृपया बतायें।' नन्दी ने कहा कि—'हे भृङ्गी, सभी नदियों में से जो नदियाँ समुद्र में गिरती हैं, वे श्रेष्ठ हैं। उन सभी नदियों में गङ्गा, यमुना, नर्मदा और सरस्वती सर्वश्रेष्ठ नदियाँ हैं। गङ्गा ऋग्वेद, यमुना यजुर्वेद, नर्मदा सामवेद और सरस्वती अथर्ववेद का अवतार हैं। गङ्गा बहुत सी नदियों का उद्गम है और वह समुद्र को भरती हैं। कोई भी श्रेष्ठ नदी गङ्गा की बराबरी नहीं कर सकती। पूर्वकाल में नर्मदा (रेवा) ने तपस्या के फल में ब्रह्मा जी से गङ्गा समान बनने का वर माँगा। ब्रह्मा जी के ऐसा वर देने से असहमति जताने से क्षुब्ध नर्मदा वाराणसी शहर में आ गयीं। तत्पश्चात् नर्मदा ने त्रिविष्टप के निकट पिलिपिला तीर्थ में विधिपूर्वक लिङ्ग की स्थापना की। तब महादेव उस महाप्राण नदी के तट पर प्रसन्न होकर कहे—'हे नर्मदा, मेरे आशीर्वाद से तुम्हारे तट पर स्थित सभी पत्थर अब से लिङ्ग रूप में होंगे। गङ्गा तुरन्त पापों को दूर कर देती हैं। यमुना सात दिन में और सरस्वती तीन दिन में पापों को दूर कर देती हैं, परन्तु नर्मदा तो अपने दर्शन मात्र से पापों को दूर कर देगी।' ऐसा कहकर वाराणसी में उस नर्मदेश्वर लिङ्ग में लीन हो गये। चमत्कारिक पवित्रता प्राप्त करके नर्मदा अपने धाम को लौट गयीं।

सतीश्वर

भृङ्गी ने नन्दी से पूछा कि—'हे नन्दी, महादेव ने शिशु का रूप क्यों धारण किया? किस प्रकार काशी में सतीश्वर लिङ्ग प्रकट हुआ? कृपया बतायें।' नन्दी ने कहा कि—'हे भृङ्गी, पूर्वकाल में ब्रह्मा जी ने तपस्या के फलस्वरूप महादेव से पुत्र और देवी दक्ष की पुत्री बनने का वरदान प्राप्त किया। फलस्वरूप ब्रह्मा जी के ललाट से चन्द्रमाधारी भगवान् प्रकट हुए। ब्रह्माजी की ओर देखकर विधि की इच्छा जानकर नवजात शिशु भगवान् के तीनों नेत्रों में हर्ष के आँसू आ गए और रोते ही रहे। तत्पश्चात् उस रोते हुए बालक का नाम रुद्र पड़ा।

इधर भगवान ने रुद्र का रूप धारण किया, तो देवी दक्ष की पुत्री बन गईं। दक्ष की पुत्री सती पति की अभिलाषा रखती थीं। उन्होंने काशी में घोर तपस्या की। उन्होंने देखा कि महादेव लिङ्ग के रूप में प्रकट हो कर कह रहे हैं, 'हे दक्ष की पुत्री, हे महान् देवी, आपकी तपस्या पर्याप्त है। इस लिङ्ग का नाम तुम्हारे नाम पर सतीश्वर लिङ्ग रखा जाएगा। आठवें दिन पिता दक्ष ने उन्हें रुद्र को सौंप दिया। इस प्रकार काशी में सतीश्वर लिङ्ग प्रकट हुआ।'

कालभैरव

भृङ्गी ने नन्दी से कहा कि—'हे नन्दी, काशी नगरी में स्थापित भैरव नामक यह देवता कौन हैं? वह किस रूप में हैं? उनका कार्यकलाप क्या है? उनके नाम क्या हैं? मुझे काशी में भैरव की विस्तृत कथा सुनाइए।'

नन्दी ने कहा कि—'हे भृङ्गी, कालभैरव को काशी का कोतवाल कहा जाता है। उल्लेख है कि मैदागिन के उत्तर में ओङ्कारेश्वर क्षेत्र में कपालमोचन तीर्थ के तट पर कालभैरव स्थित थे। परन्तु आक्रान्त कालखण्डों के बाद अब भैरोनाथ मंदिर चौखम्बा लेन में विराजमान है।

भैरव अत्यंत उत्तेजित भाव से ताण्डव नृत्य करते हैं। वे अपनी दोनों भुजाओं से ब्रह्मांड को निचोड़ते हुए प्रलयंकारी प्रतीत होते हैं।

एक बार मेरु पर्वत पर महर्षियों ने पितामह ब्रह्मा से पूछा—'वह कौन सा तत्त्व है जो अपरिवर्तनीय है?' पितामह ब्रह्मा ने कहा—'मैं ही इस जगत की उत्पत्ति का स्रोत एकमात्र स्वयंभू ईश्वर अनादि ब्रह्म हूँ। मैं ही संसार को चलाता हूँ। देवताओं में मुझसे श्रेष्ठ कोई नहीं है।' ब्रह्मा जब ऐसा कह रहे थे, तब नारायण के अंश से उत्पन्न देवता क्रतु ने क्रोधातुर ताम्रवर्णी नेत्रों से कहा—'आपका यह अज्ञान उचित नहीं है, मैं जगत् का रचयिता हूँ। मैं यज्ञ हूँ, महान् नारायण हूँ। मेरे कहने पर ही आप सृष्टि का कार्य करते हैं।' परस्पर बढ़ते द्वंद्व के मध्य ब्रह्मा और क्रतु दोनों ने चारों वेदों से प्रश्न किया—'हे वेदों, तुम किस बात को सत्य मानते हो?

ऋग ने कहा—'यह रुद्र ही हैं जिनके भीतर भूत (तत्व, जीव) निवास करते हैं। उन्हीं से सब कुछ निकलता है और कार्य करता है; उन्हीं को वे सर्वोच्च वास्तविकता कहते हैं।' यजुस ने कहा—'शिव ही सर्वज्ञ हैं। वे ईश ही हैं जो समस्त यज्ञों और योग के द्वारा पूजित हैं; उन्हीं से हम अधिकार प्राप्त करते हैं।' सामन ने कहा—'वह महान् त्यंबक (तीन नेत्रों वाला भगवान) ही है जिसके तेज से सारा ब्रह्माण्ड चमकता है। योगीजन उन्हीं का ध्यान करते हैं और उन्हीं के कारण सारा ब्रह्माण्ड घूमता है।' अथर्वन ने कहा—'शङ्कर, कैवल्य, दुखों को दूर करने वाले, एकमात्र भगवान् हैं।' श्रुतियों की कही हुई बातें सुनकर, मोह से पूर्णतया व्याकुल ऋतु और विधि मुस्कुराये और बोले—'जो भगवान् शिवजी श्मशान में क्रीड़ा करते हैं, जो भस्म से श्वेत हो गए हैं, जो जटाधारी तथा सर्पों को आभूषण के रूप में धारण करते हैं, जो बैल पर सवार होकर घूमते हैं, वे प्रमथों के स्वामी भगवान् ने परब्रह्म पद कैसे प्राप्त किया?'

तत्पश्चात् उनके बीच में एक महान् तेज प्रकट हुआ, जो अपने तेज से आकाश और पृथ्वी के बीच के स्थान को भर रहा था। उस प्रकाशमय वृत्त के मध्य में एक मनुष्यरूपी प्राणी दिखाई दिया। तब ब्रह्मा का पाँचवाँ सिर क्रोध से भड़क उठा। ब्रह्मा सोच रहे थे कि *यह कौन है जो मनुष्य का रूप धारण करके हम दोनों के बीच में खड़ा है?*

क्षण भर में सृष्टिकर्ता को नीललोहित महान् पुरुष दिखाई दिये। उस नीललोहित के हाथ में त्रिशूल था, माथे पर एक आँख थी और आभूषण के रूप में सर्प और अर्धचंद्र धारण किये हुए थे। हिरण्यगर्भ (ब्रह्मा) ने उनसे कहा—'मैं तुम्हें जानता हूँ, हे चन्द्रशिखर वाले। पूर्वकाल में तुम मेरे ललाट से रुद्र के रूप में प्रकट हुए थे। जब तुमने पुकारा था, तब मैंने तुम्हें पूर्वकाल में रुद्र नाम दिया था। हे पुत्र, मेरी ही शरण में आओ। मैं तुम्हारी रक्षा करूँगा।'

कमलवत भगवान् के अभिमानपूर्ण वचन सुनकर ईश्वर ने क्रोध में आकर एक भयानक रूप वाले पुरुष की रचना की। उन्होंने उनसे कहा—'हे कालभैरव! यह कमलवत पुरुष तुम्हारे द्वारा दण्डित किये जाने योग्य है। तुम साक्षात् काल के समान हो। इसलिए तुम कालराज हो।' आप ब्रह्माण्ड

को धारण करने में समर्थ हैं। ब्रह्माण्ड को धारण करने की क्षमता के कारण आपको भैरव कहा जाता है। यहाँ तक कि काल भी आपसे डरता है। इसलिए आपको कालभैरव कहा जाता है। हे आमर्दक, पापभक्षक कालराज! मेरी मोक्ष नगरी काशी पर सदैव आपका आधिपत्य रहेगा। काशी में पाप करने वालों को चेतावनी और दण्ड देने वाले आप अकेले होंगे। चित्रगुप्त उनके शुभ या अशुभ कार्यों का लेखा-जोखा नहीं रखेंगे। ऐसा वरदान प्राप्त कर कालभैरव ने अपने बाएं हाथ की अंगुली के नख से क्षण भर में शिव निन्दा करने वाले ब्रह्मा के पाँचवें सिर को काट डाला।

तब यज्ञरूपी विष्णु ने शङ्कर की स्तुति की। भयभीत हिरण्यगर्भ ने शतरुद्रीय मन्त्र का जाप किया। तब महादेव ने अपने ही स्वरूप जटाधारी भैरव से कहा—'ये नारायण और ब्रह्मा आपके द्वारा आदरणीय हैं। हे नीललोहित! तुम ब्रह्मा का कपाल पकड़कर ब्रह्म-हत्या के पाप को दूर करने के लिए पवित्र अनुष्ठान के रूप में भिक्षाटन करो और इस प्रकार तुम स्वयं ही सामान्य लोगों को इसका प्रदर्शन करो।'

इसके अलावा उन्होंने एक स्त्री रूप भी बनाया था जिसका नाम ब्रह्महत्या है। वह लाल वस्त्र पहने थी और उसके गले में लाल माला, इत्र और लेप थे। उसका रंग भी लाल था। उसका चेहरा घुमावदार नुकीले दांतों के साथ भयानक था। लटकती हुई जीभ ने उसे भयानक बना दिया था। उसके पैरों के सिरे आकाश में थे। वह बहुत सारा खून पी रही थी। उसके हाथ में चाकू और टूटा हुआ बर्तन था। उसकी भूरी-भूरी आँखें चमकीली थीं। वह बहुत तेज़ी से दहाड़ रही थी। वह भैरव को भी भयभीत कर रही थी। 'हे ब्रह्महत्या! जब वह वाराणसी जाए, तो काल का अनुसरण करो। वाराणसी नगरी को छोड़कर तुम हर जगह आसानी से पहुँच सकोगी।' ऐसा कहकर शिव अन्तर्ध्यान हो गए।

वे स्वयं काल-काल थे, भैरव का रंग काला हो गया। महादेव के आदेश पर, उन्होंने कापालिक व्रत का पालन किया और आम लोगों का मार्गदर्शन करते हुए तीनों लोकों की यात्रा की। अत्यंत भयंकर ब्रह्महत्या ने भैरव को नहीं छोड़ा। अपने प्रमथ हर के साथ, हाथ में कपाल लिए हुए कालभैरव

तीनों लोकों में विचरण करते हुए नारायण के धाम में पहुंचे। तीन नेत्रों वाले भगवान् महाकाल को, जिनके कुंडल सर्पों से बने हैं, जो महादेव के अंश हैं, किन्तु भयंकर भैरव कहलाते हैं, आते देखकर गरुड़-चिह्नधारी भगवान् ने अभिवादन किया। तथा वृषभ-चिह्न वाले भगवान् से इस प्रकार कहा : 'हे प्रभु, समस्त पापों को दूर करने वाले, हे अपरिवर्तनशील, हे सर्वज्ञ, देवों के स्वामी, समस्त लोकों के रचयिता आप यह क्या कर रहे हैं?' शंभु ने विष्णु से कहा—'ब्रह्मा का सिर मैंने अपनी अंगुली के नाखून से काट डाला था। हे विष्णु! उस पाप को दूर करने के लिए ही मैं यह शुभ प्रायश्चितपूर्ण पवित्र अनुष्ठान कर रहा हूँ।' सभी पूर्ववर्ती ब्रह्माओं की अस्थियों की माला आपके गले में चमक रही है। हे निष्पाप, तब ब्रह्महत्या के पाप कहाँ चले गए?'

जब हरि-हर संवाद हो रहा था तब देवी लक्ष्मी ने उनके पात्र में मनोरथवती नामक पवित्र दान अर्पित किया। भगवान् भी बड़े हर्ष के साथ वहाँ से भिक्षा मांगने के लिए चल पड़े। जब जनार्दन ने ब्रह्महत्या को अपने पीछे आते देखा तो उससे प्रार्थना की, 'त्रिशूलधारी शिव को छोड़ दो।' ब्रह्महत्या ने कहा—'इस बहाने मैं भगवान् शिव का दर्शन करके स्वयं को पवित्र करूंगा। मैं पुनः भव (भगवान् शिव या संसार) का दर्शन कहाँ कर सकता हूँ?'

इस प्रकार दैत्यों के शत्रु को आशीर्वाद देकर वह ब्रह्मा, इन्द्र आदि के लोकों में भ्रमण करते हुए मुक्ति की माता वाराणसी नगरी में पहुंचे। जैसे ही शिवजी ने वाराणसी में प्रवेश किया, भयंकर रूप वाले भैरव को देखते ही ब्रह्महत्या 'हाय! हाय' चिल्ला उठी और सबसे निचले पाताल लोक में प्रवेश कर गई। जब सभी लोग खड़े होकर देख रहे थे, तभी रुद्र के हाथ से ब्रह्मा का कपाल नीचे गिर गया। उसे गिरता देख वे अत्यन्त प्रसन्नता से नाचने लगे। जब हर भटक रहे थे, तो ब्रह्मा का अत्यन्त असहनीय कपाल अन्य किसी स्थान पर उनके हाथ से नहीं छूटा, अपितु काशी वह तुरन्त ही गिर पड़ा। त्रिशूलधारी भगवान् के ब्रह्मा-वध का पाप, जो कहीं भी कभी दूर नहीं हुआ, काशी में क्षण भर में नष्ट हो गया।

दण्डपाणि च भैरवम्

भृङ्गी ने नन्दी से कहा कि—'हे नन्दी, मुझे हरिकेश का जन्म-वृत्तांत सुनाइए। वह कौन हैं? वह किसके पुत्र थे? उनकी तपस्या कैसे अद्भुत है? वह महादेव के प्रिय कैसे हुए? काशी के नागरिकों के मुखिया कैसे बने वह? वह दण्ड के मुख्य अधिकारी कैसे बने? इन महाबुद्धिमान को अन्नदाता का पद कैसे प्राप्त हुआ? संभ्रामा और विभ्रामा उनके अनुयायी कैसे बन गए? वे पवित्र स्थान के विरोधियों के लिए भ्रम पैदा करने वाले व्यक्ति कैसे बन गए?'

नन्दी ने कहा कि—'हे भृङ्गी, दण्डपाणि काशी के अवांछित लोगों को काशी से बाहर निकालते हैं और काशी के योग्य निवासियों की रक्षा करते हैं। उनके सहायक के रूप में संभ्रामा और विभ्रामा हैं। देवी अन्नपूर्णा के सहायक के रूप में, वे काशी में जरूरतमंदों को भोजन कराते हैं। (आज, दण्डपाणि का लघु मंदिर ज्ञानवापी मस्जिद के पश्चिम में विश्वनाथ गली में है। उनका दण्ड (गदा) कालभैरव के पास एक लघु मंदिर में लाट भैरव के महाश्मशान स्तंभ का एक स्तंभ-खंड है)।

गंधमादन पर्वत पर एक शांभव योगी धर्मात्मा यक्ष के यशस्वी पुत्र यक्षराज पूर्णभद्र अपनी पत्नी सती यक्षिणी कनककुण्डला के साथ रहते थे। सन्तानहीन रहने के बाद दोनों ने महादेव की शरण ली। यक्षराज पूर्णभद्र ने अपनी संगीत कला से महादेव को प्रसन्न किया। उनके दृढ़ व्रत और अनुष्ठान से समय आने पर उनकी गर्भवती पत्नी ने एक पुत्र को जन्म दिया। पिता ने उसका नाम हरिकेश रखा। जब बालक हरिकेश लगभग आठ वर्ष के हुए तो वह केवल शिवजी से ही

भक्ति करने लगे। जब वे धूल में क्रीड़ा करते थे, तब भी वे धूल के कणों से लिङ्ग बनाते थे। वे बड़े उत्साह से हरे पत्तों और कोमल घास के पत्तों से उनकी पूजा करते थे। वह अपने सभी मित्रों को शिव के नाम चंद्रशेखर, भूतेश, मृत्युंजय, मृद, ईश्वर, धूर्जति, खंडपरशु, मृदनीश, त्रिलोकन, भर्ग, शंभू, पशुपति, पिनाकिन,

उग्र, शंकर, श्रीकंठ, नीलकंठ, ईश, स्मरारि, पार्वतीपति, कपालिन, भलानयन, शुलपाणि, महेश्वर, अजिनांबर, दिग्वासस, स्वर्धुनिक्लिन्नमुलिजा, विरूपाक्ष, अहिनेपथ्य आदि से पुकारते थे। चलते-फिरते, गाते-बजाते, सोते-जागते, खड़े-बैठे, लेटे-सोते, खाते-पीते हुए आदि सभी अवस्थाओं में, हर जगह वह बालक शिव मय ही रहता। शिव से विरत कुछ भी नहीं। बालक की इस अवस्था से कुपित पिता ने एक बार झकझोरा तो हरिकेश ने घर छोड़ दिया। जिनके माता-पिता, अपने ही सगे-संबंधियों ने उन्हें त्याग दिया है, जिनके पास जाने के लिए कोई और स्थान नहीं है, जो संसार से पीड़ित हैं, उनके लिए वाराणसी ही अंतिम आश्रय है। इस प्रकार विचार करके हरिकेश वाराणसी नगरी आनन्दवन पहुँचकर तपस्या रत हो गये।

कुछ समय पश्चात् शंभु आनन्दकानन में आये। माता पार्वती से काशी की महिमा बताने के क्रम में शंभु ने अशोक वृक्ष की जड़ में बैठे हुए तपस्यारत श्रीहरिकेश ऋषि को देखा। चींटियों, छछूंदरों और दूसरे कीड़ों ने उनकी नसों का खून सुखा दिया था। वह केवल हड्डियों के ढाँचा भर रह गये थे, उनके शरीर में मांस बिलकुल नहीं था। उनसे निकलने वाली चमक स्फटिक, शंख, कुंद पुष्प, चंद्रमा, बर्फ और सीप के खोल की तरह थी। उनके तप की अग्नि की लपटों से सारा वन मानो धुँधला हो गया। उनके कोमल नेत्रों से अमृत की वर्षा से सारे वृक्ष सिंचित हो गये। उन्हें ऐसी अवस्था में देखकर देवी ने भगवान् से प्रार्थना की, 'हे प्रभु! इसने अपना मन केवल आपमें ही लगाया है। इसका जीवन आपके अधीन है। इसके कार्य आपके ही लिए हैं। यह आपको ही अपना आधार मानता है तथा घोर तपस्या के कारण इसका शरीर पूरी तरह सूख चुका है। इस यक्ष की मनोकामना उचित वरदान देकर पूर्ण करें।'

देवी के साथ भगवान् नीचे उतरे। भगवान का मन द्रवित हो गया और उन्होंने ध्यान में लीन मुनि को स्पर्श किया। यक्ष ने अपनी आँखें खोली और अपने सामने हज़ारों उगते सूर्यों के समान चमक वाले त्रिनेत्रधारी भगवान को देखा। तब वह तेजपुण्ज हर्ष के कारण रुँधे हुए शब्दों में बोले—'हे शंभु, आपके कमल-सद्दश हस्त के स्पर्श से मेरा कोमल शरीर अमर हो गया है।'

महादेव ने कहा—'हे यक्ष, मेरे आशीर्वाद से इस पवित्र स्थान के स्थायी दण्डधर बनो जो मुझे प्रिय है। दुष्टों को दण्ड देने वाले और पुण्यात्माओं के अच्छे रक्षक, अब तुम्हारा नाम दण्डपाणि होगा। मेरे कहने पर तुम क्रूर गणों को वश में करो। ये दोनों साम्भ्रम और उदभ्रम अनुचर सदैव तुम्हारा अनुसरण करेंगे।' काशीवासियों को अंतिम श्रृंगार देना है, जिसमें गले में नीला टीका, कंगन में सर्प, माथे में सुन्दर नेत्र, हाथी की खाल पहनना तथा बायीं ओर सुन्दर स्त्री का होना शामिल है। सिर पर गहरे पीले रंग के जटाजूट हों, पुण्यात्मा शरीर पर भस्म मली हुई हो तथा सम्पूर्ण शरीर में चन्द्रमा की आकृति तथा सुन्दर बैल की भाँति धीमी चाल से चलने वाला सुन्दर शरीर हो। आप ही काशीवासियों को सदैव पका हुआ भोजन प्रदान करने वाले हैं। आप ही उनमें प्राण भरते हैं; आप ही उन्हें ज्ञान प्रदान करते हैं; आप ही मेरे मुख से उपदेश प्राप्त करके उन्हें मोक्ष प्रदान करते हैं; आप ही उन्हें स्थिर और स्थायी निवास प्रदान करते हैं। हे पिंगला! पापियों को पूर्णतया परेशान करोगे, उनमें खलबली मचाकर उन्हें (वाराणसी से) निकाल दोगे। क्षण भर में दूर-दूर से भक्तों को ले आओगे। तुम उन्हें मोक्ष प्रदान करने वाले हो। जब उत्तम तीर्थस्थान आपको सौंपा गया है, तो आपकी पूजा किये बिना किसका उद्धार हो सकता है? मेरे नगर में तुम (भक्तों को) निवास दोगे। तुम न्याय के अधिकारी हो। काशी के दुष्ट शत्रुओं का नाश करो और काशी की सदा प्रसन्नतापूर्वक रक्षा करो। हे पूर्णभद्रपुत्र, हे दण्डनायक, हे वृक्षनेत्र यक्ष, हे हरिकेश, हे पिंगला, हे काशी में रहने वालों को पका हुआ भोजन प्रदान करने वाले, आप गणों के नेता बनें, ज्ञान और मोक्ष के दाता बनें। हे दण्डपाणि! मेरे प्रति अत्यन्त भक्त भी तुम्हारी भक्ति के बिना काशी में रहने का अवसर नहीं पा सकता। हे दण्डपाणि! तुम सदैव दक्षिण दिशा में, मेरी आँखों के सामने, दुष्ट कर्म करने वाले जीवों को दण्ड देते हुए तथा अपने लोगों को भय से मुक्ति देते हुए रहो। यहीं रहो। दण्डपाणि को इस प्रकार वरदान देकर गिरीश अपने उत्तम वृषभ पर सवार होकर आनन्दकानन में चले गये। उस समय से यक्षों के राजा दण्डनायक, भगवान् शिव की आज्ञा से वाराणसी नगरी पर पूर्ण नियंत्रण रखते हैं।'

मुक्ति द्वार काशी

आनन्दकानन के अविमुक्त क्षेत्र में विचरण कर रहे भृङ्गी पूछते हैं कि—'हे नन्दी, काशी मुक्ति का एक मात्र द्वार है। कृपया समझाइये।'

नन्दी ने कहना आरम्भ किया कि—'हे भृङ्गी, चौरासी लाख जन्मों (लगभग 30 लाख पेड़-पौधे, लगभग 27 लाख कीड़े-मकोड़े, लगभग 14 लाख पक्षी, लगभग 1 लाख जल के जीव-जंतु, लगभग 4 लाख पशु, देवता, मनुष्य) के पाप से अर्जित विभिन्न 28 प्रकार के नरक (तामिस्र, अंधतामिस्त्र, रौरव, महारौरव, कुंभीपाक, कालसूत्र, असिपत्रवन, शूकरमुख, अंधकूप, कृमिभोजन, संदंश (समदामसा), तप्तसूरी, वङ्काकंटक-शाल्मली, वैतरणी, पुयोद, प्राणरोध, विसासन, लालभक्ष, सारमेयादन, अवीची, अय:वान (अयहपान), क्षारकर्दम, रसोगणभोजन, शूलप्रोट, दंडशुक, अवटनिरोधन, पर्यावर्तन और सुचिमुख) से मुक्ति का एक मात्र द्वार है काशी।

तामिस्र, अंधतामिस्त्र (यह नरक अज्ञान और अंधकार से भरे हैं), रौरव, महारौरव (यहाँ अत्यधिक दर्द और यातना होती है), कुंभीपाक, कालसूत्र (यहाँ जीवात्मा को गर्म तेल और कांटों से सताया जाता है), असिपत्रवन, शूकरमुख (यहाँ कांटों और जंगली जानवरों से सताया जाता है), अंधकूप, कृमिभोजन (यहाँ अंधेरे कुएं में रखा जाता है और कीड़ों को खाना पड़ता है), संदंश, तप्तसूरी (यहाँ जीवात्मा को गर्म सरिया और अन्य यंत्रों से यातना दी जाती है), वङ्काकंटक-शाल्मली, वैतरणी (यहाँ कांटेदार पेड़ों और गर्म नदी में डाला जाता है), पुयोद, प्राणरोध (यहाँ मवाद और रक्त से भरा है और सांस लेने में मुश्किल होती है), विसासन, लालभक्ष (यहाँ जीवात्मा को गर्म रेत और आग में डाला

जाता है), सारमेयादन, अवीची (यहाँ कुत्तों द्वारा सताया जाता है और यह सबसे भयानक नरक है), अय:वान (यहाँ गर्म लोहे से सताया जाता है), क्षारकर्दम, रसोगणभोजन (यहाँ खारा कीचड़ और अप्राकृतिक भोजन दिया जाता है), शूलप्रोट, दंडशुक (यहाँ शूल से सताया जाता है और छड़ी से मारा जाता है), अवटनिरोधन, पर्यावर्तन (यहाँ जीवात्मा को उलटा लटका दिया जाता है और घुमाया जाता है), सुचिमुख (यहाँ जीवात्मा को तेज चाकू से सताया जाता है)।

लाखों जन्म-जन्मांतरों के चक्र के क्रम में ईश्वर की कृपा से यह मानव जीवन मिलता है। सृष्टि क्रम का यह एक ऐसा संवेदनशील अवसर है, जहाँ महाप्रलय से पहले ही शव से शिव तक की यात्रा पूर्ण होती है। पर यहाँ से अगर चूक गए तो फिर वही 'पुनरपि जननं पुनरपि मरणं, पुनरपि जननी जठरे शयनम्' की अंतहीन जन्मांतर यात्रा चलती रहनी है।'

तीव्र शंखनाद की ध्वनि, घण्टा घड़ियाल के नाद ने यतीन्द्रनाथ और विजय नाथ दोनों का ध्यान भंग कर दिया। ब्राह्म मुहुर्त की छटा में काशी दैदिव्यमान हो रही थी। दक्षिण से 'हर-हर महादेव शम्भो, काशी विश्वनाथ गङ्गे' बोलते हुए तेजी से गङ्गा की ओर नेमी स्नानार्थी स्नान करने बढ़ रहे थे। एक गम्भीर तंद्रा से सहज होते हुए यतीन्द्रनाथ और विजय नाथ देखते हैं कि लल्लू डोम जोर से आवाज देते हैं कि—'ऐ बल्ली, आवै दा, आवै दा, इहाँ लगावा चिता इनकर! उ चल गइलन!' फूल-माला के ढेर के किनारे से निकलकर बल्ली डोम एक नई चिता सजाने लगता है।

आहिस्ता-आहिस्ता यतीन्द्रनाथ ने कहा—'विजय नाथ जी, आज की रात बड़ी लम्बी रही। हमने और आपने इस मणिकर्णिका घाट पर यह रात अकेली नहीं जी। हमारे साथ नन्दी और भृङ्गी साक्षात् रहे।' विजय नाथ ने कहा कि—'हाँ, हाँ, यतीन्द्रनाथ जी, साक्षात् विश्वनाथ जी ने हमें और आपको अपनी कृपा से अभि-सिंचित किया है। यह जो ओस की बूँदे हैं हमारे ऊपर, यह हमारे जन्मान्तरों के आँसू हैं, जो आज काशिका बयार में बह गये हम दोनों के, हम दोनों पर।' इसी तरह वार्ता करते हुए यतीन्द्रनाथ और विजय नाथ घाट से उठकर कल फिर मिलने का परस्पर आश्वासन देते हुए अपने-अपने घरों को लौट आये।

आभार

विश्वेश्वर शिव और माता पार्वती की 'कृपावलम्बन करी' की छत्रछाया में यह 'अक्षर यज्ञ' संपन्न हुआ है। 'नृत्यावसान' के बाद 'नटराज' ने जो बीजाक्षर तरंगित कर रोपण किये, वह कालातीत कालखंडों से होता हुआ अबतक जागृत है, जिसे एकत्र कर आपके करकमलों में सुपुर्द किया है। लिखा जो गया वह प्रमथों के संरक्षण में रहा। शिवगणों ने चाहा और हमने *दण्डपाणि च भैरवम्* लिखा।

कलम जब-जब रुकी तो स्याही बनीं माँ गङ्गा, जो हमारे पूर्वजों के अवशेष लिए प्रवाहित हैं और कागज चुके जब-जब तो पन्ना बना काशी का भूगोल, जिस पर चुन-चुन कर कण-कण से भगवान को सहेजा और लिखा है हम दोनों ने।

महाश्मशान पर शवों से अनवरत जलती चिताओं की लपटों को प्रणाम करते हुए हम आभार करना चाहेंगे काशी के डोम समाज का, जिन्होंने यह परम्परा जीवन्त रखी है पुरातन से अद्यतन तक।

काशी के घाटों पर सन्यासियों ने जो हर प्रणाम को आशीर्वाद दिया, वह हमारा सम्बल हैं। तीर्थ पुरोहितों ने भारत को पीढ़ी दर पीढ़ी सहेजा है, उनका भी आभार करते हुए भिक्षुओं की उदारता को नमन है।

वैधव्य और श्रृंगार के मध्य काशी की सीढ़ियों ने युगांतर सेतु का काम किया है। गङ्गापुत्रों, नाविकों और घाट के बाशिन्दों को आभार दिए बिना यह संकल्प अधूरा है।

पञ्च महाभूतों को अपनी गोद में समाहित किये काशी के तीनों खण्डों, पञ्चकोश के शालिग्रामों, बीरों को हम काशी के केदार खण्ड से प्रणाम करते हुए, काशी और उसके गाँव के निवासियों का भी आभार करते हैं।

उन तीर्थयात्रियों और विश्वभर के सैलानियों का आभार, जो काशी आकर लौट गए और अभी भविष्य में आने को हैं, जिन्होंने अपने निजी सलीके से काशी को सहेजा है अब तक।

अंतरराष्ट्रीय काशी घाटवाक् विश्वविद्यालय एवं तीर्थायन ने हम दोनों को, हमारी नियति काशी को एक नए दृष्टिकोण से देखने और समझने का एक नया नजरिया दिया, इसके लिए सभी सदस्यों का हार्दिक आभार।